Mission 3
MAD DOGS

Casterman
Cantersteen 47
1000 Bruxelles

www.cherubcampus.fr
www.casterman.com

Publié en Grande-Bretagne par Hodder Children's Books, sous le titre : *Mad Dogs*
© Robert Muchamore 2007 pour le texte.

ISBN 978-2-203-03533-1
N° d'Édition : L.10EJDN000814.C009

© Casterman 2009 pour l'édition française ; 2011 pour la présente édition
Achevé d'imprimer en juillet 2017, en Espagne.
Dépôt légal : mars 2011 ; D.2011/0053/251
Déposé au ministère de la Justice, Paris (loi n° 49.956 du 16 juillet 1949
sur les publications destinées à la jeunesse).

Mad Dogs

Robert Muchamore

CHERUB/08

Traduit de l'anglais
par Antoine Pinchot

Avant-propos

CHERUB est un département spécial des services de renseignement britanniques composé d'agents âgés de dix à dix-sept ans recrutés dans les orphelinats du pays. Soumis à un entraînement intensif, ils sont chargés de remplir des missions d'espionnage visant à mettre en échec les entreprises criminelles et terroristes qui menacent le Royaume-Uni. Ils vivent au quartier général de CHERUB, une base aussi appelée « campus » dissimulée au cœur de la campagne anglaise.

Ces agents mineurs sont utilisés en dernier recours dans le cadre d'opérations d'infiltration, lorsque les agents adultes se révèlent incapables de tromper la vigilance des criminels. Les membres de CHERUB, en raison de leur âge, demeurent insoupçonnables tant qu'ils n'ont pas été pris en flagrant délit d'espionnage.

Près de trois cents agents vivent au campus. Le rapport de mission suivant décrit en particulier les activités de **JAMES ADAMS**, né à Londres en 1991, brillant agent comptant à son actif de nombreuses missions couronnées de succès ; sa petite amie **DANA SMITH**, née en Australie en 1991 ; **BRUCE NORRIS**, né en 1992 au pays de Galles, surdoué des arts martiaux ; **GABRIELLE O'BRIEN**, née en Jamaïque en 1991 ; son petit ami **MICHAEL HENDRY**, né la même année à Ipswich, en Angleterre.

Les faits décrits dans le rapport que vous allez consulter se déroulent en mars et avril 2007.

Rappel réglementaire

En 1957, CHERUB a adopté le port de T-shirts de couleur pour matérialiser le rang hiérarchique de ses agents et de ses instructeurs.

Le T-shirt **orange** est réservé aux invités. Les résidents de CHERUB ont l'interdiction formelle de leur adresser la parole, à moins d'avoir reçu l'autorisation du directeur.

Le T-shirt **rouge** est porté par les résidents qui n'ont pas encore suivi le programme d'entraînement initial exigé pour obtenir la qualification d'agent opérationnel. Ils sont pour la plupart âgés de six à dix ans.

Le T-shirt **bleu ciel** est réservé aux résidents qui suivent le programme d'entraînement initial.

Le T-shirt **gris** est remis à l'issue du programme d'entraînement initial aux résidents ayant acquis le statut d'agent opérationnel.

Le T-shirt **bleu marine** récompense les agents ayant accompli une performance exceptionnelle au cours d'une mission.

Le T-shirt **noir** est décerné sur décision du directeur aux agents ayant accompli des actes héroïques au cours d'un grand nombre de missions. La moitié des résidents reçoivent cette distinction avant de quitter CHERUB.

La plupart des agents prennent leur retraite à dix-sept ou dix-huit ans. À leur départ, ils reçoivent le T-shirt **blanc**. Ils ont l'obligation – et l'honneur – de le porter à chaque fois qu'ils reviennent au campus pour rendre visite à leurs anciens camarades ou participer à une convention.

La plupart des instructeurs de CHERUB portent le T-shirt blanc.

1. La peur au ventre

Même au regard des critères de l'aviation civile, les toilettes de l'avion de transport de troupe C5 étaient extrêmement exiguës. Les épaules coincées entre les parois de PVC, James Adams se pencha au-dessus de la cuvette pour rendre tripes et boyaux. Hébété, il poussa le bouton de la chasse d'eau et regarda le tourbillon de liquide désinfectant bleu océan disparaître dans le siphon.

— Tu vas bien ? demanda Dana, sa petite amie, l'oreille collée à la porte.

James se redressa puis se tourna vers le miroir. Il venait de passer huit jours dans la jungle malaise. En dépit des litres de crème solaire qu'il avait pris soin d'appliquer sur sa peau, son visage partait littéralement en lambeaux.

— James, insista Dana en frappant du poing contre la cloison.

— Encore une seconde.

Il s'aspergea le visage puis avala quelques gorgées d'eau pour tâcher de se rafraîchir l'haleine.

—Tu es malade ?

—Ça doit être à cause du hot-dog de tout à l'heure. Il avait un goût bizarre.

Dana n'était pas dupe. Elle savait que son petit ami était tout simplement mort de peur.

—Tu vas y arriver, James.

Il s'essuya les mains sur son pantalon de treillis camouflage puis se baissa pour franchir la porte et regagner le fuselage de l'appareil. Ses mains tremblaient comme des feuilles. Il avait la conviction que ce séjour aux toilettes n'était pas le dernier.

—Je ne savais pas que tu avais le vertige, sourit Dana.

Elle glissa une main terreuse sur sa nuque et l'embrassa sur la joue.

—Je n'ai pas le vertige. C'est l'idée de me jeter d'un avion qui me fout les jetons.

—Je n'arrive pas à croire que tu n'as jamais sauté en parachute. J'y ai eu droit deux fois quand j'étais T-shirt rouge, et une fois lors du programme d'entraînement.

—En fait, je ne pense pas que je vais y arriver.

Les deux agents se dirigèrent vers l'arrière de la carlingue en s'appuyant aux parois métalliques pour compenser les turbulences.

L'Hercule C5 était conçu pour transporter indifféremment matériel, blindés, rations alimentaires des Nations Unies et troupes aéroportées. Des rangées de fauteuils avaient été boulonnées au sol en prévision de l'exercice. Dans cette configuration, l'espace situé autour des portes latérales était dégagé afin de permettre le déploiement d'une compagnie de parachutistes en moins de quatre-vingt-dix secondes, mais seuls douze passagers avaient pris place à bord de l'appareil.

Huit d'entre eux étaient des recrues âgées de dix à douze ans parvenues au terme des cent jours du programme d'entraînement initial de CHERUB. James et Dana faisaient offices d'agents seniors. Deux instructeurs adultes les accompagnaient.

Mr Pike dirigeait la manœuvre. C'était un chef dur mais juste pour lequel James éprouvait beaucoup de respect. En revanche, le comportement de son second, un nouveau venu nommé Kazakov, était plus contestable. Recruté un mois plus tôt, c'était à ses yeux un tyran dont il avait appris à connaître les travers au fil de sept nuits passées dans la même tente, au cœur de la forêt vierge.

Comme tous les instructeurs de CHERUB, Kazakov était un homme imposant. Il portait le cheveu ras ; son visage était couturé de cicatrices. Né en Ukraine, il avait servi dans les Spetznatz – les forces spéciales russes – et participé aux opérations de l'armée soviétique en Afghanistan. Émigré en Angleterre, il avait passé dix ans à initier les SAS aux techniques de contre-guérilla avant de rejoindre CHERUB.

Mr Pike adressa à James et Dana un regard sombre.

— Qu'est-ce que vous fabriquez ? rugit-il en pointant l'index vers la pendule fixée au-dessus de la porte. Vous devriez être en position depuis une minute.

Le dispositif à diodes lumineuses indiquait que l'avion se trouvait à cent quatre-vingts secondes de la zone de largage.

— Il a la trouille, expliqua Dana.

Pike secoua la tête.

— Si seulement j'avais su que tu n'avais jamais sauté...

— Si vous pouviez éviter de me coller encore plus de pression... marmonna James.

Les recrues avaient déjà bouclé leur parachute et fixé le sac contenant leur matériel à leur sangle abdominale. Certains étaient si petits que leur tête dépassait à peine du duvet enroulé au sommet du paquetage.

Mr Kazakov inspecta attentivement chaque enfant : il vérifia la jugulaire de leur casque, serra leur harnais et distribua quelques réprimandes à ceux dont l'équipement laissait à désirer.

Il se planta devant un garçon de dix ans nommé Kevin Sumner, une recrue que James, ironie du sort, avait aidée à se débarrasser de ses problèmes de vertige quelques mois plus tôt.

— Qu'est-ce que c'est que ça, Sumner ? lança Kazakov.

Les pointes d'une fourchette perçaient le tissu du sac que le petit garçon serrait contre son torse.

L'instructeur ouvrit le paquetage, en sortit l'objet et le colla sous le nez de Kevin.

— Je vous ai recommandé d'envelopper les trucs pointus ou tranchants dans des chiffons. Tu t'imagines atterrir là-dessus ? Tu aimerais te retrouver avec ce truc planté entre les côtes sur un banc de sable, à une heure de bateau du premier bloc opératoire ?

— Non, monsieur, répondit l'enfant en baissant les yeux.

— Il est trop tard pour refaire ton sac. Je confisque cette fourchette. Tu mangeras avec les doigts. Ça te servira de leçon.

James ne disposait pas de paquetage. Le matériel de l'équipe d'encadrement était acheminé par bateau.

— Cent vingt secondes ! cria Mr Pike. En ligne, tout le monde ! Accrochez-vous !

Les huit recrues formèrent une file puis fixèrent le mousqueton de la sangle de leur parachute au câble métallique qui courait au-dessus de leur tête. Elles étaient équipées de sacs à ouverture automatique conçus pour se déployer dès qu'elles sauteraient de l'appareil.

Dana chuchota quelques mots à l'oreille de l'instructeur.

Lorsque le compte à rebours afficha quatre-vingt-dix secondes, James était parvenu à boucler la jugulaire de son casque, mais il éprouvait des difficultés à mettre en place son harnais.

— Tu es un boulet, gronda Kazakov. Tu es censé assister les petits.

Il serra énergiquement les sangles du parachute de James. Ce dernier fut aussitôt saisi de vertige.

— Je n'y arriverai pas, gémit-il. Je n'ai jamais eu aussi peur de ma vie.

—Mr Kazakov, dit Dana, j'ai parlé à Mr Pike. Il a accepté de modifier l'ordre de largage. Je sauterai en dernière position, juste derrière James. Comme ça, je pourrai l'encourager si jamais il flanche.

Kazakov se tourna vers James et lui lança un regard noir.

—Je ne partage pas ma tente avec les trouillards de ton espèce. Soit tu sautes, soit tu couches dehors, avec les mygales et les cobras.

—Eh, je ne suis pas une recrue, protesta James. Vous n'avez aucun droit sur moi. Vos menaces, vous pouvez vous les garder.

—Pike vous a placé en sixième position, dit calmement Dana, soucieuse de détendre l'atmosphère. Je m'occupe de James. Vous feriez mieux de vous accrocher.

Une alarme retentit. Pike ouvrit la porte de l'avion. Une vive clarté inonda la carlingue. Lorsque la pendule afficha soixante secondes, les chiffres se mirent à clignoter.

—Je me sens tellement minable, avoua James en considérant la file des recrues. Certains d'entre eux viennent tout juste d'avoir dix ans.

—Concentre-toi, dit fermement Dana. Tu as suivi un cours théorique. Tu sais ce que tu as à faire. Maintenant, respire à fond et essaye de garder ton calme.

—Accrochez-vous ! leur lança Pike, posté à côté de la porte. Dix-huit secondes.

James sentit son estomac se serrer. Dana le prit par la main et le guida vers la file des élèves.

— Bonne chance à tous ! cria Kazakov. Souvenez-vous : comptez lentement jusqu'à trois. Si votre voile n'est pas correctement déployée, actionnez votre parachute de secours. Ensuite, gardez un œil sur la cime des arbres et tirez *doucement* sur les suspentes pour modifier votre trajectoire si vous estimez que vous êtes trop proche de l'un de vos camarades.

James et Dana attachèrent leur mousqueton au câble métallique. Une voix jaillit des haut-parleurs :

— Ici le copilote. Nous sommes sur le point d'atteindre la zone de largage. Vent de nord-est à neuf nœuds. Ça nous fait une fenêtre de saut de cinquante-huit secondes.

Trois zéros clignotèrent à la pendule. En dépit du garçon de onze ans qui le précédait et de la main de Dana posée sur son épaule, James se sentait seul au monde.

Il aurait voulu se débarrasser de son parachute et se ruer vers les toilettes, mais la perspective de regagner le campus prématurément et de subir les railleries de ses camarades l'en dissuada. S'il parvenait à conserver le contrôle de ses nerfs, il retrouverait le plancher des vaches en moins de deux minutes.

— Sautez ! annonça le copilote.

— *Go ! Go ! Go !* hurla Mr Pike.

Les recrues les plus confiantes avaient été positionnées en tête de file afin d'encourager leurs camarades hésitants. Dès que le premier d'entre eux eut quitté l'appareil, le suivant se posta au bord du fuselage, laissa s'écouler deux secondes puis se jeta à son tour dans le vide.

James espérait que l'un des élèves commettrait une erreur susceptible de ralentir le largage. Avec un peu de chance, l'appareil se trouverait hors de la fenêtre de saut quand viendrait son tour de s'élancer. Mais les gamins avaient sué sang et eau pendant quatre-vingt-seize jours pour obtenir l'accréditation d'agent opérationnel. Ils collectionnaient les plaies et les bosses. Ils étaient affamés. Ils avaient investi tant d'efforts dans le programme d'entraînement qu'ils se refusaient à laisser la peur prendre le dessus.

James atteignit la porte de l'avion vingt secondes avant la fin du compte à rebours. Un vent glacial fouettait son visage. Il s'accroupit, observa la plage de sept kilomètres de long où il était censé se réceptionner, cinq cents mètres plus bas, et sentit son estomac se retourner. Le parachute orange de la recrue qui l'avait précédé se déploya.

— Bouge-toi, Adams ! cria Pike. Dix-sept secondes ! Saute, bon sang !

Mais James était cloué sur place, agrippé à l'encadrement de la porte. Dana le poussa en avant de toutes ses forces.

— Quelle poule mouillée, gloussa-t-elle en se tournant vers Mr Pike.

James chuta tête la première vers la plage. La réalité dépassait tout ce qu'il avait pu imaginer. L'air s'engouffrait sous son casque et dans les jambes de sa combinaison. C'était une expérience merveilleuse et terrifiante, la plus intense qu'il ait jamais vécue.

Pris à l'improviste par l'intervention de Dana, il avait oublié de compter. La ligne qui le reliait à l'avion se tendit, puis il sentit une légère secousse.

— Vérifier que le parachute s'est correctement déployé, dit-il à haute voix.

Il jeta un œil à la voile de nylon orange et constata que tout se déroulait comme prévu.

— Garder ses distances, poursuivit-il.

Il fut heureux d'apercevoir la recrue qui l'avait précédé planant à plusieurs centaines de mètres de sa position.

Le vent ayant cessé de souffler, il n'eut pas à tirer sur les suspentes pour corriger sa course. C'était un immense soulagement, car de nombreux parachutistes débutants se blessaient en procédant à cette manœuvre délicate.

Il ne lui restait plus qu'à assurer sa réception, à estimer le point d'atterrissage et à s'orienter de façon à pouvoir effectuer un roulé-boulé.

Alors, il aperçut un crabe de la taille d'une assiette qui se dorait au soleil, à l'endroit précis où l'entraînait sa trajectoire.

2. Visite au Zoo

Durant l'été 2004, une opération d'infiltration menée par CHERUB a permis l'arrestation du trafiquant de drogue Keith Moore et de son organisation criminelle connue sous le nom de GKM. Pendant des années, ce gang avait régné sur un territoire s'étendant des faubourgs nord de Londres à la région d'Oxford.

Si GKM tirait l'essentiel de ses profits du trafic de cocaïne, il était parvenu à se diversifier dans un large éventail d'activités illégales, des raves clandestines aux braquages à main armée. Depuis l'arrestation des dirigeants de l'organisation, les bandes locales se livrent une guerre sans merci pour s'emparer de l'empire de Keith Moore.

Cinq gangs se disputent l'ancien territoire de GKM. Si aucun d'entre eux n'est parvenu à occuper une position dominante, les Slasher Boys, organisation connue pour ses méthodes extrêmement brutales, regroupe environ quatre-vingts membres originaires des Caraïbes, dont les nombreux contacts en Jamaïque permettent l'acheminement d'importantes quantités de cocaïne produite en Amérique du Sud.

Deux agents de CHERUB d'origine afro-caraïbe seront chargés d'infiltrer les Slasher Boys.
Cette opération est classée RISQUE ÉLEVÉ.

(Extrait de l'ordre de mission de Gabrielle O'Brien et Michael Hendry, janvier 2007.)

...

Le foyer de réinsertion du Bedfordshire était situé à proximité du centre de Luton. Tout le monde l'appelait le Zoo. Inauguré en 1980, l'immeuble avait été tagué et vandalisé par plusieurs générations de jeunes délinquants placés dans l'établissement après avoir purgé leur peine de prison.

Le Zoo jouissait d'une réputation exécrable. Il explosait toutes les statistiques en matière d'overdoses et de grossesses adolescentes. Plusieurs résidents avaient été poignardés dans les douches communes. Deux filles ivres mortes avaient tué un cycliste en lançant un parpaing depuis le toit de l'établissement.

Les nuisances engendrées par les occupants du foyer avaient fait baisser de moitié le prix des habitations environnantes. Seule la crainte de voir ses résidents s'éparpiller dans la ville tout entière avait dissuadé le conseil municipal de prononcer sa fermeture définitive.

Malgré les deux mois passés dans l'atmosphère cauchemardesque du Zoo, Gabrielle O'Brien trouvait la vie merveilleuse : elle avait fêté ses quinze ans à Noël et sortait avec Michael Hendry depuis six mois. Au début de leur relation, ils avaient imité les autres amoureux du campus de CHERUB : ils s'étaient contentés d'aller au bowling, au cinéma et au centre commercial, et d'échanger de longs câlins dans leur chambre.

En dépit de cette routine, leur relation était progressivement devenue plus intense et ils étaient désormais l'un des couples d'agents les plus solides. Leurs amis se sentaient délaissés, mais Gabrielle et Michael s'en moquaient éperdument. Le temps passé en mission loin du campus avait renforcé leur amour.

En ce jeudi matin, dix heures, les pensionnaires du Zoo étaient censés se trouver au lycée, mais la moitié des occupants du troisième étage étaient restés dans leur chambre, suspendus, exclus, ou tout simplement incapables de quitter leur lit.

Tisha, la camarade de chambre de Gabrielle, faisait partie des rares pensionnaires à s'être levés aux aurores pour se rendre au lycée. Dès son départ, Michael avait rejoint sa petite amie sous la couette, et ils avaient passé deux heures à se bécoter.

— Ne réponds pas, supplia-t-il lorsque le téléphone de Gabrielle se mit à sonner.

Mais la jeune fille saisit le portable posé sur le lino pour lire le nom affiché à l'écran.

— C'est Major Dee.

— Bizarre, fit observer Michael. D'habitude, il n'est jamais d'attaque avant midi.

—Major ? dit Gabrielle avec un accent jamaïcain extrêmement prononcé.

—Salut, ma chérie. De quelle couleur est ta culotte, ce matin ?

Major Dee était le leader des Slasher Boys, un colosse à la mâchoire garnie de dents en or. À ses yeux, les femmes n'étaient bonnes qu'à rester à la maison pour préparer les repas et pondre des enfants. Contrairement à Michael, Gabrielle avait dû travailler dur pour prouver sa valeur, mais Dee continuait à la traiter avec un manque total de respect. Si un garçon du campus s'était avisé de lui parler de la sorte, elle l'aurait aussitôt envoyé à l'infirmerie.

—La couleur de ma culotte, ça me regarde, gloussa-t-elle. Qu'est-ce qui te prend de m'appeler à cette heure ? J'espère que c'est important.

—Il y a cinquante livres à la clé, dit Major. Michael est près de toi ?

—Tout près, si tu veux tout savoir.

—Un client vient de me commander un kilo. Allez chercher la marchandise à la planque et livrez-la au *Green Pepper*.

Gabrielle fronça les sourcils. De notoriété publique, le *Green Pepper café*, rendez-vous des petits revendeurs, était placé sous surveillance policière. Les caïds comme Major Dee traitaient leurs affaires dans des lieux plus discrets. Ils ne fréquentaient l'établissement que pour rencontrer des amis et déguster la meilleure nourriture jamaïcaine de Luton.

—Tu veux vraiment qu'on livre un kilo de coke au *Green Pepper* ? Tu es défoncé ou quoi ?

Dee observa quelques secondes de silence puis laissa éclater sa colère.

—Fais ce que je te dis, espèce de merdeuse ! Non mais, tu te prends pour qui ? Si tu veux te faire du fric, obéis et arrête de me soûler avec tes questions.

—Très bien, on ira chercher le matos, dit Gabrielle. Mais je ne comprends pas pourquoi on prend de tels risques.

—Je sais. C'est pour ça que je veux qu'une fille s'occupe de la livraison. Les flics n'ont pas grand-chose au rayon neurones. Ils ne te soupçonneront pas.

—À quoi ressemble le client ?

—Quel client ?

Gabrielle poussa un soupir exaspéré. À l'évidence, Dee avait une fois de plus abusé des stupéfiants.

—Le type que je dois rencontrer. Tu préfères que je remette le paquet au premier venu ?

—Contente-toi de livrer le matos au *Green Pepper*. Quelqu'un t'y attendra.

Sur ces mots, il mit un terme à la conversation.

—On a du boulot ? demanda Michael.

—Il veut que je me pointe au *Green Pepper* avec un sac plein de cocaïne.

—C'est de la folie !

—Il pense que les flics ne s'intéresseront pas à moi, sous prétexte que je suis une fille. Je crois qu'il se trompe lourdement.

— Il est encore dans le cirage. Il a dû fumer des centaines de pétards. Je parie qu'il ne s'est pas encore couché.

— Si je suis arrêtée, ce sera la fin de la mission.

Gabrielle enfila un T-shirt.

— Voilà ce qu'on va faire, expliqua Michael. On va chercher la coke dans le parc, puis on passe un coup de téléphone à Major Dee pour l'informer qu'un véhicule de police tourne autour du *Green Pepper*. Il a beau être défoncé, il ne voudra pas prendre le risque de perdre un kilo de poudre.

— Ton plan m'a l'air carré, dit Gabrielle en déposant un baiser sur l'épaule de son petit ami. Mais il n'empêche que cette histoire sent le coup fourré à des kilomètres.

3. Un cœur trop tendre

Le crabe se cabra, écarta ses larges pinces puis battit en retraite vers l'océan. James posa une main sur le sable brûlant, comme pour se persuader qu'il était bel et bien sain et sauf malgré une réception en marche arrière fort peu académique. Il lui fallait à présent détacher son parachute avant que le vent ne s'y engouffre.

Il commença à rouler le tissu orange contre son torse. Dana frôla le sommet d'un palmier, effectua un roulé-boulé à trois mètres de sa position, ôta son casque et rassembla aussitôt sa toile. Sa combinaison de saut n'avait rien de très sexy, mais elle restait à ses yeux jolie comme un cœur, avec ses cheveux longs flottant au vent.

— Alors ? lança-t-elle. Ose dire que tu ne t'es pas éclaté !

James détacha les sangles du parachute.

Il ne savait trop comment réagir à cette provocation. Il était indemne, vaguement exalté d'avoir accompli le saut, mais sa petite amie l'avait poussé d'un avion en vol, et il pouvait difficilement passer l'éponge sans émettre une protestation de principe.

—Toi… gronda-t-il.

—Ben quoi ? Tu n'es pas blessé, que je sache, répliqua Dana en posant les mains sur ses hanches en signe de défi.

—J'ai failli être dévoré par un crabe géant… sourit James.

—Ta réception était… spectaculaire, gloussa la jeune fille. J'ai vraiment cru que tu t'étais fait mal.

Elle s'approcha de lui et déposa un baiser sur sa joue.

—Je me suis un peu raté à l'atterrissage, mais je crois que j'aimerais bien remettre ça, un de ces jours, concéda-t-il.

—Tu es mon héros, ronronna Dana.

—Dans cinquante ans, je raconterai à mes petits-enfants le jour où leur grand-mère m'a jeté d'un avion en plein vol.

L'émetteur-récepteur de James émit un signal sonore.

—J'écoute.

—J'ai observé la plage avec mes jumelles, expliqua Pike, hors d'haleine. Il y a une voile encore déployée, à une centaine de mètres au nord de votre position. Ça n'a pas l'air de bouger, là-dessous. Posez votre équipement et allez jeter un coup d'œil. Je vous rejoins là-bas.

James et Dana se précipitèrent vers l'objectif. Ils y trouvèrent une fillette de dix ans empêtrée dans les suspentes de son parachute.

— Jo, ma chérie, qu'est-ce qui s'est passé ? demanda Dana.

Jo McGowan était en état de choc. James constata que sa botte était tournée selon un angle insolite. Elle souffrait d'une fracture, sans l'ombre d'un doute.

— Qu'est-ce qui s'est passé ? haleta Mr Pike en s'immobilisant aux côtés de James.

Ce dernier donna un coup de pied dans un morceau de béton armé qui émergeait du sable.

— Je crois qu'elle s'est cassé la cheville en atterrissant là-dessus.

Mr Pike considéra la plage d'un air accablé.

— On avait pourtant tout vérifié, dit-il. Il y avait une chance sur un million...

Dana coupa le harnais du parachute de Jo et la fillette essaya vainement de s'asseoir.

— Ça fait mal, mais c'est peut-être une simple entorse, soupira-t-elle. Si ça se trouve, je peux encore marcher.

Alors, elle constata que sa botte pointait dans la mauvaise direction. Aussitôt, les traits de son visage s'affaissèrent. C'était une élève athlétique, brillante, dotée d'un sens inné du commandement, que rien ne pouvait empêcher d'obtenir l'accréditation d'agent opérationnel. Rien, sauf un morceau de béton exhumé par la dernière marée, au quatre-vingt-seizième jour du programme d'entraînement initial.

Dana la prit dans ses bras et la berça tendrement.

— Tu n'y es pour rien, dit-elle. Tu étais le meilleur élément de ce groupe. Ne t'inquiète pas. Tu es encore toute jeune. Dès que tu seras guérie, tu pourras recommencer le programme. Je suis certaine que tu réussiras.

Mais Jo voyait ses espoirs s'envoler en fumée. Elle était inconsolable.

Mr Pike fouilla le contenu du paquetage de la fillette et y trouva la trousse de premiers soins.

— Il faut retirer cette botte avant que la cheville ne se mette à gonfler, expliqua-t-il en brandissant une seringue, mais je vais d'abord lui administrer un anesthésiant local.

Il découpa la jambe de la combinaison de saut puis tamponna le mollet de Jo avec un coton imbibé d'alcool.

— Ne regarde pas, dit-il avant d'enfoncer l'aiguille. Ça fera effet dans une minute. Tu te sentiras beaucoup mieux, tu verras.

Mr Kazakov et les autres recrues se rassemblèrent autour de la petite fille. Ces derniers commencèrent à évoquer à voix haute l'aspect effrayant de la blessure. Mr Pike perdit patience.

— Vous allez rester plantés là longtemps ? cria-t-il. Vous avez tous reçu un ordre de mission. Vous devez atteindre votre objectif avant vingt et une heures. Si vous échouez, vous n'aurez rien à dîner, alors je vous conseille amicalement de préparer votre équipement et de vous mettre en route. Allez, mettez-vous en tenue et rassemblez le matériel de saut dans le Zodiac.

Les élèves ôtèrent leur combinaison, révélant des vêtements légers adaptés à la jungle. Seul Kevin Sumner resta figé, les yeux braqués sur la cheville de Jo McGovern.

— Qu'est-ce que tu attends pour te changer ? hurla Kazakov. Remue-toi avant que je ne te botte l'arrière-train.

James, qui n'appréciait pas les manières de l'instructeur, prit aussitôt sa défense.

— Jo est sa partenaire d'entraînement, expliqua-t-il. Leur ordre de mission est rédigé en deux langues. Pour lui, la moitié des instructions est illisible.

— Ça te dirait, une petite balade dans la jungle, James ? lança Pike.

Se frayer un chemin dans la forêt vierge n'était pas une partie de plaisir, mais il estima qu'un parcours conçu pour des recrues âgées de dix à douze ans chargées d'énormes sacs constituerait une balade de santé.

— Pourquoi pas ? répondit-il. Mais j'ai passé l'âge de me coller la migraine en déchiffrant un ordre de mission rédigé dans je ne sais quel charabia. Donnez-moi les coordonnées du bivouac. Je vais aller chercher mon GPS dans le Zodiac.

Mr Kazakov se raidit.

— Il n'y a aucune raison de favoriser Kevin Sumner, protesta-t-il. Ce serait injuste envers ses camarades.

— Depuis quand le programme d'entraînement est-il juste ? répliqua James. Vous savez quoi ? Je crois que je vais rester ici, finalement. Je ramasse le matériel de saut et vous vous farcissez vingt kilomètres de marche.

Kazakov afficha une moue dégoûtée.

— Ben quoi, ça ne vous branche pas ? gloussa le garçon.

Kevin avait profité de cet accrochage pour inspecter le contenu du sac de Jo. Il fit main basse sur ses rations de survie, diverses pièces d'équipement et une fourchette en aluminium destinée à remplacer celle que Kazakov avait confisquée. Il adressa à sa coéquipière un sourire gêné.

—J'ai l'impression d'être un vautour, dit-il.

—Tu dois continuer, Kevin, gémit la fillette. J'espère vraiment que tu y arriveras. Décroche ce T-shirt gris. Fais-le pour moi.

Bouleversé, Kevin saisit la main de Jo.

—Tu ne mérites pas ça. Je n'aurais jamais tenu jusque-là sans toi…

Mr Kazakov saisit Kevin par le col de la chemise et le redressa brutalement.

—Dépêche-toi, gronda-t-il. Je dois récupérer ta combinaison.

—Avec James à tes côtés, tu n'as rien à craindre, Kevin, ajouta Jo.

James adressa au petit garçon un clin d'œil complice.

—Je dois remplir ma gourde avant qu'on se mette en route et rassembler un peu d'équipement pour la marche, dit-il. On se retrouve en haut de cette dune dans cinq minutes.

Les trois binômes de recrues appliquèrent de la crème protectrice sur toutes les parties de leur corps exposées au soleil, puis ôtèrent de leur sac tout l'équipement qu'ils n'estimaient pas strictement indispensable à une marche de vingt kilomètres dans la forêt vierge.

Depuis quatre mois, James avait accepté de participer au programme d'entraînement initial afin de se soustraire au travail scolaire. En dépit de la relative impopularité qui frappait tous ceux qui acceptaient de collaborer avec les instructeurs, cet arrangement lui convenait. Toutefois, il était désormais convaincu d'avoir le cœur trop tendre pour mettre en œuvre les méthodes de dressage de CHERUB.

Il posa un pied dans le Zodiac et chercha son sac parmi les caisses de vivres et de matériel. En se tournant vers la plage, il aperçut Jo et Kevin étroitement enlacés.

Sentant les larmes lui monter aux yeux, il détourna le regard.

4. Prêts à tout

Owen Campbell-Moore était chargé d'entretenir les pelouses et les parterres de fleurs du parc municipal situé à moins d'un kilomètre du Zoo. C'était un rasta nonchalant aux énormes dreadlocks rassemblées dans un bonnet jaune, rouge et vert. Gabrielle et Michael le trouvèrent dans la remise, allongé sur une chaise longue, les pieds posés sur la selle d'un motoculteur.

— Comment ça va, les amoureux ? s'exclama-t-il en se redressant pour leur serrer la main.

— Super, répondit Michael.

— Et la vie au Zoo ?

Owen semblait éprouver une étrange nostalgie des douze années passées dans le foyer de réinsertion.

— C'est le chaos, comme d'habitude, expliqua Gabrielle. Une fille s'est tailladé les poignets dans la salle de bains, il y a deux jours, et ils n'ont toujours pas nettoyé le carrelage.

— Ah, il me manque tellement, ce bon vieux Zoo… dit le rasta en enfilant ses bottes en caoutchouc.

Il ouvrit une grosse boîte de café instantané, en tira un trousseau de clés, sortit de la remise et se dirigea vers le bâtiment qui abritait les vestiaires du terrain de sport voisin. Son jean était si large et si lâche qu'on apercevait l'élastique de son caleçon. Aux yeux de Gabrielle et Michael, cette dégaine d'adolescent ne convenait pas à un homme d'une trentaine d'années.

Les trois complices pénétrèrent dans le vestiaire des garçons. Le sol carrelé était maculé de taches de boue. Une odeur épouvantable émanait des toilettes.

— C'est encore bouché, soupira Owen.

— Je crois que je vais attendre dehors, gémit Gabrielle en réprimant un haut-le-cœur.

— On n'en a pas pour longtemps, dit Michael.

Owen grimpa sur un tabouret, déplaça un panneau du faux plafond et s'empara d'une brique de cocaïne.

Gabrielle sortit du vestiaire, enfonça les mains dans les poches ventrales de son hoodie et se tourna vers le parc. Un inconnu d'environ dix-sept ans au visage constellé de boutons était assis sur le dossier d'un banc de béton, à une trentaine de mètres. Il tenait un téléphone portable à l'oreille. Lorsqu'elle croisa son regard, il sursauta imperceptiblement puis tourna la tête. Il referma le clapet de son mobile, enfourcha son VTT puis pédala vers la sortie du parc.

— C'est bon, lança Michael en lui tendant un sac de sport Fila.

— Tu reconnais ce type, là-bas, sur le vélo ? demanda Gabrielle.

Mais le cycliste franchit les grilles du parc avant que son coéquipier n'ait pu apercevoir son visage.

Owen verrouilla la porte des vestiaires et se dirigea vers la remise.

— À bientôt, dit Michael. C'est toujours un plaisir de te rencontrer. On se verra sûrement au *Green Pepper*, un de ces quatre.

— Je ne sors pas beaucoup, en ce moment, répondit le rasta. Ma copine a repris ses études à l'université. Le soir, je dois m'occuper des enfants.

Les deux agents se dirigèrent vers le portail du parc municipal.

— Je crois qu'on est suivis, chuchota Gabrielle.

— Ah bon ? Tu sais, tu es un peu parano, des fois. Rappelle-toi le jour où tu as cru qu'un vieux nous suivait, à la sortie du bowling…

— Tu vas me resservir cette histoire jusqu'à la fin des temps ? gronda-t-elle. Ce garçon ne s'attendait pas à ce que je ressorte du vestiaire. Il a évité mon regard, il est monté sur sa bécane et il a tracé jusqu'à la sortie.

Michael jeta un regard circulaire au jardin public.

— On ne peut pas faire grand-chose, à part ouvrir l'œil et rester vigilants, comme d'habitude.

— Je ne suis pas tranquille, Michael.

— De quoi as-tu peur ?

Gabrielle haussa les épaules.

— Je ne sais pas. Sa dégaine, son attitude… Je crois que c'était un Runt.

Le gang des Runts rassemblait des adolescents

originaires d'une cité située à l'autre extrémité de la ville, des délinquants sans envergure qui revendaient de la drogue dans la rue, volaient des voitures et cambriolaient des maisons individuelles. Leurs leaders n'avaient pas plus de vingt-cinq ans.

— Tu penses que ce mec nous a suivis pour localiser le stock de Major Dee ? demanda Michael. Les Runts n'oseraient pas s'en prendre aux Slasher Boys. Ils n'ont pas la carrure.

— Ouais, tu as sans doute raison. N'empêche, ce type a complètement flippé quand il m'a vue sortir du vestiaire.

— C'était peut-être un flic.

— Il est trop jeune pour faire partie des stups. Ça pourrait être un informateur, à la rigueur.

— Ou quelqu'un d'un autre gang… Major Dee a des ennemis partout. Il a doublé à peu près tout le monde, de la mafia russe aux membres de sa propre famille. Tu crois qu'on devrait appeler Chloé ?

— Pour quoi faire ? demanda Gabrielle. Elle est contrôleuse de mission, elle ne peut pas faire de miracles. Elle va nous conseiller de continuer comme prévu et de nous mettre à l'abri si notre sécurité est menacée. Mais si on disparaît avec la cocaïne de Major Dee, on ne pourra jamais remettre les pieds à Luton.

Michael et Gabrielle remontaient une rue peu fréquentée en longeant un mur de parpaings. Le *Green Pepper café* se trouvait à moins de trois minutes de marche, mais ils avaient les nerfs à vif.

— Alors, on appelle Major Dee pour lui parler de cette ronde de police ? dit Michael en sortant son mobile de la poche de son jean.

À cet instant, trois cyclistes débouchèrent à l'angle d'une allée. Ils portaient des survêtements sombres et des écharpes sur le visage. Malgré cette précaution, Gabrielle reconnut instantanément le regard et la coupe de cheveux caractéristique de l'un d'eux, un délinquant aperçu sur les photos de surveillance étudiées avant de partir en mission : Aaron Reid, vingt-deux ans, membre du gang des Runts ; il avait purgé trois ans de détention pour avoir battu à mort un élève de son lycée.

Les VTT se rapprochaient à vive allure. Michael se mit à courir droit devant lui. Deux cyclistes se lancèrent à sa poursuite. Gabrielle se glissa entre deux véhicules stationnés le long du trottoir. Le troisième Runt, l'inconnu qu'elle avait remarqué dans le parc municipal, jeta son vélo au sol et sortit un couteau de cuisine de la poche intérieure de son blouson.

— File-moi le sac, gronda-t-il.

Gabrielle découvrit que la lame était maculée de sang frais. Malgré cette vision d'horreur, elle devait rester concentrée. En théorie, l'entraînement qu'elle avait reçu à CHERUB lui permettait de vaincre n'importe quel assaillant à un contre un, fût-il armé d'un couteau.

Elle laissa le garçon approcher.

— Si tu me files la coke, je jure que je ne te ferai aucun mal.

— Va te faire foutre, lança Gabrielle. Tu n'es qu'un lâche. Tu n'auras jamais le cran.

Le Runt brandit le couteau et effectua une fente maladroite. Gabrielle fit un pas de côté, saisit son poignet et le désarma en lui tordant le bras derrière le dos. Elle lui donna un formidable coup de pied à l'entrejambe, puis lui cogna le crâne contre le capot d'une Fiat Tipo. Le premier coup laissa le garçon groggy ; le second imprima l'empreinte de sa tête dans la carrosserie et le plongea dans l'inconscience.

Un client sortit de la boucherie hallal, sur le trottoir opposé. Il se figea, observa la scène d'un œil incrédule puis regagna la boutique.

Gabrielle jeta un regard circulaire dans la rue et constata qu'elle était provisoirement hors de danger. Mais une question la hantait : *à qui appartenait le sang aperçu sur le couteau ?*

Elle fit volte-face et courut vers le parc municipal. Lorsqu'elle franchit le portail, elle remarqua que la porte des vestiaires avait été arrachée de ses gonds. Elle pénétra dans la remise.

Owen gisait dans une mare de sang, face contre terre, la gorge tranchée.

Gabrielle resta saisie d'effroi. À sa connaissance, les Runts n'avaient jamais commis d'acte aussi violent. À l'évidence, ils étaient désormais prêts à tout, et Michael était en danger. Elle devait quitter les lieux du crime au plus vite afin de ne pas figurer au nombre des suspects, puis appeler Chloé pour l'informer de la gravité de la situation. Tremblant de tous ses membres, elle recula vers la porte. Alors, elle entendit des voix provenant de l'extérieur.

—Ça nous fait deux kilos. Sans compter ce qui se trouve dans le sac de la petite Black. J'espère que les autres ont réussi à lui piquer.

—Le collègue de Sasha a juré qu'il devait y avoir au moins dix kilos.

—Mais elle est où, cette dope ? On a regardé partout.

Épouvantée, Gabrielle marcha furtivement vers le fond de la remise. Elle estimait que cinq ou six Runts étaient rassemblés devant la porte. Dans son empressement à retrouver Owen, elle avait manqué de la plus élémentaire prudence. Les membres du gang avaient formé deux groupes : l'un avait été chargé de fouiller les vestiaires à la recherche du stock de Major Dee, l'autre de récupérer son sac.

—Je me casse avant que les flics débarquent, dit l'un des Runts.

—Attends un peu, lança l'un de ses complices. On n'a pas fouillé le vestiaire des filles.

—Si tu tiens vraiment à faire un séjour en taule, c'est ton problème. Moi, je vais aller me sniffer quelques lignes loin de tout ce bordel.

Des rires fusèrent. Les garçons échangeaient des blagues, comme si le meurtre et le braquage qu'ils venaient de commettre n'étaient que des détails sans importance.

—Et si on prenait une photo du macchabée avant de lever le camp ? gloussa l'un d'eux.

Un concert d'acclamations enthousiastes accueillit cette suggestion. Un Runt entonna une chanson de Bob Marley.

D'une seconde à l'autre, les tueurs pénétreraient dans la remise.

Gabrielle se tourna vers les outils alignés sur le mur du fond. Elle devait à tout prix y trouver de quoi se défendre.

5. Contre-la-montre

Michael eut beau courir à perdre haleine, les deux cyclistes gagnèrent rapidement du terrain. Il tourna à droite et s'engagea dans une large rue passante. Conscient qu'il n'avait plus la moindre chance d'échapper à une confrontation, il se glissa derrière une haute boîte aux lettres et assena au premier de ses poursuivants un coup de pied au niveau de la hanche.

Aaron Reid perdit le contrôle de son VTT, heurta un muret, bascula par-dessus le guidon et se cogna violemment le front contre un poteau de béton.

Le second Runt parvint à freiner, mais Michael le martela d'une bordée de coups de poing qui l'étendit pour le compte. Il le fouilla sommairement et s'empara d'une hachette trouvée dans la poche intérieure de son blouson. Lorsqu'il leva la tête, il aperçut cinq bicyclettes qui filaient dans sa direction.

Malgré l'entraînement reçu à CHERUB, l'issue d'un combat à cinq contre un était extrêmement incertaine. En outre, il supposait que les Runts, venus en découdre avec le gang de Major Dee, étaient lourdement armés. Le *Green Pepper café* était situé à moins d'une minute de sa position. Une foule de Slasher Boys fréquentaient l'établissement à toute heure de la journée.

Les cinq Runts se trouvaient désormais à une centaine de mètres. Accroupi derrière la boîte aux lettres, hachette en main, Michael fit défiler les numéros figurant dans la mémoire de son téléphone portable. Apercevant une brèche dans le flot ininterrompu de véhicules, il plaqua l'appareil contre son oreille et s'élança sur la chaussée.

— Green Pepper, répondit un homme à l'autre bout du fil.

— Clive, c'est Michael Conroy. Il faut absolument que tu…

Une voiture pila tout près de lui. Le conducteur lança un coup de klaxon rageur.

— Qui ça ? demanda son interlocuteur.

Michael atteignit le trottoir opposé et sprinta en direction du café.

— Je dois livrer un paquet de la part de Dee, mais les Runts sont après moi. Je suis à deux cents mètres, en descendant la rue. Il faut que vous me tiriez de ce merdier.

Sur ces mots, il se remit à courir. Trois des cinq cyclistes franchirent le caniveau et se lancèrent à ses trousses. Leurs complices éprouvaient des difficultés à se frayer un passage dans la file ininterrompue de véhicules qui occupait la chaussée.

—Bougez-vous ! lança Michael à l'adresse des passants.

Il fit un écart pour éviter une femme portant un bébé dans ses bras et se retrouva contraint d'enjamber *in extremis* un plot de béton. Son genou heurta le sommet de l'obstacle. Il perdit l'équilibre, lâcha son téléphone portable et heurta de plein fouet une voiture en stationnement. Il parvint à retrouver l'équilibre en s'agrippant à un rétroviseur extérieur, mais un Runt se porta à sa hauteur et lui lança un violent coup de poing entre les omoplates.

Ses trois adversaires mirent pied à terre. Michael recula en effectuant des moulinets avec sa hachette.

—Approchez, bande d'enfoirés ! hurla-t-il. Vous ne me faites pas peur.

À son grand soulagement, quatre hommes encagoulés jaillirent de la façade aveugle du *Green Pepper*, de l'autre côté de la rue. L'un d'eux brandit un fusil à pompe, le pointa à la verticale et enfonça la détente. Une détonation assourdissante retentit. Deux de ses complices portaient des machettes. Le quatrième exhibait un pistolet automatique et un sabre japonais.

Les hommes de Major Dee étaient des durs à cuire. Ils avaient pour la plupart grandi dans les quartiers les plus violents de Kingston, en Jamaïque, avaient liquidé des rivaux et purgé de longues peines de prison. Les Runts réalisèrent un peu tard qu'ils n'auraient pas dû s'aventurer aussi profondément en territoire ennemi.

Saisis de panique, deux des cyclistes enfourchèrent leur VTT. Le troisième souleva son sweat-shirt, révélant la crosse d'un pistolet automatique.

Michael se précipita sur lui et le frappa à l'épaule à l'aide de sa hachette. Sa victime s'écroula dans la haie qui bordait le trottoir. Il saisit la main qui s'était refermée sur l'arme à feu, la força à lâcher prise puis glissa le pistolet dans la ceinture de son pantalon.

Le leader du commando des Slasher Boys épaula son fusil et fit feu en direction des Runts qui battaient en retraite, sans parvenir à atteindre sa cible.

— Tu n'es pas blessé, Michael ? demanda-t-il.

Ce dernier reconnut aussitôt la voix de Major Dee.

— Tu ne devais pas te trouver ici, dit-il, le souffle court.

Dee secoua la tête.

— J'ai réfléchi. Ta copine avait raison. Ce deal sentait l'embrouille à plein nez.

— Tirons-nous, dit Michael.

Mais Major Dee se tourna vers le Runt à l'épaule blessée effondré contre la haie. Il posa le canon du fusil sur son front puis ôta sa cagoule.

— Tu as de la chance, dit-il, tout sourire. Je vais te laisser en vie. Mais tu diras à tes amis qu'on va s'occuper sérieusement de leur cas.

Il lâcha un rire dément, baissa son arme et fit sauter l'une des rotules du garçon. Le sang gicla sur les baskets blanches de Michael. Le Runt poussa un hurlement d'agonie. Deux berlines s'immobilisèrent devant le *Green Pepper*.

— On se casse ! lâcha Dee.

Michael, Major Dee et un troisième membre du gang embarquèrent à bord de l'un des véhicules. Le chauffeur enfonça la pédale d'accélérateur.

Michael glissa une main dans sa poche et réalisa qu'il avait égaré son téléphone.

— L'un de vous peut-il me prêter son portable ? supplia-t-il. Je ne sais pas où est passée Gabrielle.

•••

Stuart, un garçon de quatorze ans emmitouflé dans un anorak, tenait son mobile braqué sur le corps sans vie d'Owen lorsqu'une pelle le frappa en plein visage. Il perdit aussitôt connaissance, bascula en arrière et heurta lourdement le sol de ciment.

Gabrielle lâcha son arme improvisée, saisit le manche de la petite fourche glissée sous son bras et la planta à trois reprises dans le ventre de l'un de ses ennemis.

Deux de moins. Avant que leurs cinq camarades ne réalisent ce qui venait de se produire, elle franchit la porte de la remise et s'élança sur l'allée pavée menant au portail du parc municipal.

Lorsqu'elle eut parcouru trente mètres, elle sentit une main frôler son épaule. Elle interrompit brusquement sa course et fléchit les genoux. Emporté par son élan, son poursuivant roula sur son dos. Elle saisit son bras, le précipita au sol de toutes ses forces et se remit à courir.

Seuls deux des quatre Runts qui n'avaient pas encore été mis hors d'état de nuire parvenaient à suivre le rythme imposé par Gabrielle. Lorsqu'elle atteignit la sortie, elle découvrit les VTT de ses adversaires posés contre la grille. Elle enfourcha un *mountain bike* Muddy Fox et pédala avec l'énergie du désespoir. Les deux garçons sautèrent sur leur bicyclette et se lancèrent à sa poursuite.

Une foule de curieux était rassemblée au centre de la chaussée, autour du couteau sanglant et de l'adolescent boutonneux étendu devant le pare-chocs de la Fiat Tipo.

Gabrielle prit de la vitesse puis souleva le guidon d'un coup sec pour enjamber le caniveau. Sa roue arrière se déroba. Elle percuta les étals de fruits et de légumes alignés devant la vitrine d'un épicier avant de poursuivre sa course.

Des centaines d'oranges et de citrons rebondirent sur la chaussée. Le commerçant déboula sur le trottoir en hurlant des injures, bloquant la trajectoire des Runts. Ces derniers ralentirent l'allure, le chassèrent à coups de pied, puis se mirent en danseuse pour tâcher de refaire leur retard.

Gabrielle s'engagea dans la large rue menant au *Green Pepper*. Elle aperçut Aaron Reid étendu sur le bas-côté, le front ensanglanté. Soudain, elle entendit la détonation caractéristique d'un fusil à pompe.

On échangeait des coups de feu devant le café. Il était désormais hors de question d'y trouver refuge. Mieux valait tenter de semer ses poursuivants. Dès qu'elle serait en sécurité, elle trouverait un moyen de contacter Chloé.

Elle remonta une rue peu fréquentée, baissa la tête et pédala droit devant elle, avec puissance et régularité, comme une spécialiste du contre-la-montre. Elle espérait que la pente viendrait à bout des ultimes forces de ses adversaires.

Aux abords d'un feu rouge, elle jeta un coup d'œil par-dessus son épaule.

L'un des Runts, au bord de l'asphyxie, avait jeté l'éponge.

Deux voitures de police, sirènes hurlantes, tournèrent à l'angle d'une rue. Gabrielle effectua un virage à droite et déboucha dans une artère escarpée menant sur les hauteurs de Luton.

Elle se mit en danseuse et se lança dans l'ascension de la côte. Son ennemi, un garçon de type indien aux phalanges ornées d'énormes bagues dorées, éprouvait des difficultés à suivre la cadence.

Le mobile de Gabrielle se mit à sonner. Elle lâcha une poignée et glissa une main dans son jean pour s'emparer de l'appareil. Alors, une voiture jaillit d'une voie de garage privée et lui coupa la route.

Elle enfonça les freins et braqua à gauche pour contourner l'obstacle, mais cette manœuvre brutale bloqua la roue avant. Elle bascula tête la première par-dessus le guidon et son crâne heurta violemment l'aile du véhicule. La conductrice détacha sa ceinture et se précipita à son chevet.

Gabrielle était étendue au milieu de la route. Sa bouche était remplie de sang et elle ne sentait plus son bras droit.

— Oh mon Dieu, gémit la femme. Je suis désolée… Je ne t'ai pas vue arriver.

Le Runt mit pied à terre et se dirigea vers la conductrice. Sans dire un mot, il la saisit par le col de la veste et la frappa en plein visage. Puis il souleva son sweatshirt et sortit un long couteau de l'étui glissé contre sa cuisse.

Gabrielle était étourdie, épuisée, incapable de faire un geste. Comme dans un cauchemar, elle sentit la lame pénétrer dans son abdomen. En proie à une douleur indescriptible, elle se roula en position fœtale. La femme poussa un hurlement.

Le Runt se tourna vers cette dernière.

— File-moi les clés de la bagnole ! rugit-il.

Secouée de sanglots, la conductrice les lui tendit d'une main tremblante.

— Prenez ma voiture, mais laissez-la tranquille, bégaya-t-elle.

Gabrielle sentait ses forces l'abandonner. Une mare de sang noir grandissait sur la chaussée. Elle sentit le Runt lui arracher le sac de sport contenant la marchandise de Major Dee.

Le garçon jeta son vélo dans le coffre du véhicule et prit place derrière le volant.

La femme saisit Gabrielle par les épaules et la tira en arrière pour éviter que le Runt ne lui roule dessus.

Lorsque la voiture eut disparu au coin de la rue, elle jeta un regard hébété aux alentours et réalisa que son agresseur avait emporté le sac à main contenant son portable. Elle craignait pour la vie de l'adolescente qui haletait entre ses bras, mais elle n'avait aucun moyen de contacter les secours.

Elle essuya son visage ensanglanté d'un revers de manche et prit la décision d'aller chercher de l'aide chez le voisin le plus proche. Alors, elle entendit la sonnerie électronique provenant du portable de Gabrielle.

Elle ramassa l'appareil dans le caniveau et le porta à son oreille.

— Gabrielle, lança Michael. Où es-tu ? Je suis avec Major Dee et…

— Raccrochez, hoqueta la femme. Il faut que j'appelle une ambulance.

— Gabrielle ? répéta le garçon. Gabrielle, est-ce que tout va bien ?

N'obtenant pas de réponse, il consulta l'écran du mobile.

Son interlocutrice avait mis fin à la conversation.

6. Rien d'autre qu'un soldat

Le bivouac avait été établi dans une clairière taillée à la machette au beau milieu de la forêt vierge. Les recrues avaient disposé leurs tentes en arc de cercle autour du feu de camp. Les instructeurs et leurs assistants disposaient d'abris plus vastes où il leur était possible de se tenir debout. Ils avaient été dressés par des guides locaux qui vivaient dans un village de pêcheurs des environs. Leur équipement avait été acheminé par un Land Cruiser.

Il faisait nuit noire. James, qui supportait mal la chaleur étouffante, venait de se rafraîchir à une source voisine. Il était assis en caleçon et rangers sur une caisse de matériel, dans la tente qu'il partageait avec Kazakov. Sur la vieille radio à piles, une station malaise diffusait un tube de Michael Jackson noyé dans un flot de parasites. Attirées par la lueur de la lampe électrique, des escadrilles d'insectes gigantesques se jetaient par vagues successives sur la toile extérieure de la tente.

Étendu sur un lit pliant, Kazakov appliquait de la colle forte sur les semelles de ses bottes de l'armée russe.

—Vous devriez les remplacer, dit James en exhibant ses rangers ultralégères, imperméables et équipées de coussins d'air. Vous n'avez qu'à demander au fourrier du campus. Elles sont super confortables.

— Pas question de mollir, répliqua l'instructeur. Le confort ne fait pas de bons soldats. Regardez ce que vous êtes devenus, vous autres, les Occidentaux, avec tout votre équipement sophistiqué.

James bivouaquait en compagnie de Kazakov depuis cinq nuits. Il ne connaissait toujours pas son prénom, mais il savait qu'il avait obtenu la nationalité britannique et travaillé pour diverses agences gouvernementales pendant quinze années. Pourtant, il semblait toujours considérer les Anglais comme des étrangers.

James esquissa un sourire et se dirigea vers son lit de camp.

— Comme vous voudrez, lâcha-t-il. Si vous préférez avoir des ampoules…

Kazakov se raidit.

— Pendant la Seconde Guerre mondiale, les soldats allemands disposaient du meilleur équipement, mais quand l'hiver est venu, leurs véhicules sont tombés en panne et leurs lignes de ravitaillement ont été coupées. Les soldats russes n'avaient même pas de parkas fourrées. C'étaient des paysans, habitués à avaler n'importe quoi pour lutter contre la famine. Pendant que les boches crevaient de faim, ils ont abattu des arbres et des buissons dont ils ont fait bouillir les racines. S'ils n'avaient pas été aussi malins et endurants, l'Allemagne aurait gagné la guerre, et même les Anglais marcheraient au pas de l'oie, à l'heure qu'il est.

James secoua la tête.

—Vous ne pensez pas que les Américains y sont aussi un peu pour quelque chose ?

Kazakov s'esclaffa.

—Tu parles d'une armée ! Le Vietnam, l'Irak, que des succès ! Je porte ces bottes depuis l'Afghanistan, elles me conviennent très bien. Et je garde ce couteau qui m'a sauvé la vie un nombre incalculable de fois. J'ai travaillé avec les SAS, et j'ai constaté que leurs fusils SA80 et leurs pistolets automatiques ont une fâcheuse tendance à s'enrayer. Moi, je préfère la Kalashnikov. Avec cette pétoire, je peux traverser un marais ou une tempête de sable et être certain qu'une balle sortira du canon au moment où j'appuierai sur la détente.

Kazakov ne s'animait que lorsqu'il parlait de guerre ou d'armement.

—Vous adorez cette vie, pas vrai ? demanda James.

—De quoi tu parles ?

—Crapahuter dans la jungle, laver vos vêtements à la main, réparer votre équipement.

—Je n'ai pas de famille. Je ne suis rien d'autre qu'un soldat, et je dois pouvoir compter sur mon matériel.

James s'étendit sur le dos. Il se considérait comme

un dur à cuire, mais il n'était qu'une mauviette en comparaison de Kazakov.

Ce dernier consulta sa montre.

— C'est l'heure. Va chercher les serpents. Je vais préparer les flingues et les munitions.

James sortit de l'abri et se dirigea vers la tente de commandement. Dana avait quitté le camp à bord du Land Cruiser en compagnie d'un guide local pour mettre en place l'équipement destiné à l'épreuve de rafting du lendemain matin. Mr Pike avait accompagné Jo McGowan à l'hôpital.

Pendant des années, James avait cru dur comme fer que les instructeurs étaient autorisés par la direction de CHERUB à commettre des actes de cruauté gratuite. En réalité, le programme d'entraînement était méticuleusement planifié. Chaque exercice faisait l'objet de nombreux tests de sécurité et tenait compte des capacités physiques et psychologiques de recrues âgées de dix à douze ans.

Cependant, en vertu des principes d'apprentissage de l'organisation, les élèves devaient éprouver en permanence un sentiment d'inconfort et d'insécurité. On leur apprenait à s'attendre au pire, à supporter la faim et la privation de sommeil. Cette nuit ne ferait pas exception.

James contourna la tente de commandement et trouva l'empilement de caisses et de containers en plastique. Il balaya les étiquettes plastifiées du faisceau de sa lampe de poche et trouva celle qu'il recherchait.

JOUR 96 EXERCICE 7B (CHARGEMENT VIVANT)

Il posa la boîte en plastique bleu sur le sol, ôta la bande adhésive qui maintenait le couvercle fermé puis la souleva pour jeter un coup d'œil au contenu. Comme prévu, la lampe halogène couplée à un minuteur était allumée. Ce dispositif était destiné à maintenir en éveil les soixante-douze créatures à sang froid qui claquaient furieusement des mâchoires au fond du container.

En dépit de leur jeune âge, ces crotales de Malaisie possédaient suffisamment de venin pour envoyer un adulte dans l'autre monde. En prévision de l'exercice, ils avaient subi l'ablation de leurs glandes toxiques. Leur morsure, bien que douloureuse, était parfaitement inoffensive. Mais les recrues endormies ignoraient ce petit détail.

James retrouva Kazakov près du feu de camp et posa la boîte à ses pieds. L'instructeur tenait un fusil d'assaut M4 sur chaque épaule. Il lui tendit l'une des armes.

— Il est chargé ?

— À munitions simulées, précisa Kazakov. Les recrues ne disposent d'aucune protection, alors vise le dos ou les jambes.

James glissa les chargeurs dans les poches de son short et passa le M4 en bandoulière. Il remarqua que son complice portait d'épais gants de cuir.

— Vous avez prévu une paire pour moi ? demanda James.

— Je ne suis pas ta mère, gronda Kazakov.

—Laissez-moi une minute, je vais aller chercher les miens dans la tente.

—Reste ici. Ça ira très bien comme ça. Ce ne sont que des bébés.

Craignant de passer pour un dégonflé devant l'instructeur, James souleva le couvercle d'une main tremblante, révélant soixante-douze crotales chauffés à blanc.

—À toi de jouer, ordonna Kazakov en dégoupillant l'une des quatre grenades fumigènes suspendues à sa ceinture.

James ouvrit la fermeture Éclair des quatre petites tentes. L'instructeur y jeta les engins. Assommées par les efforts accomplis au cours de la journée, les recrues continuèrent à dormir à poings fermés.

Kazakov plongea une main gantée dans la boîte et laissa tomber une poignée de reptiles devant la première tente.

—Aide-moi, ordonna-t-il.

Craignant de se faire mordre, James souleva la boîte puis la retourna pour en faire tomber les serpents. Hélas, l'un des reptiles rampait sur les flancs du container. Il se dressa, tourna la tête et enfonça ses crochets dans le téton nu de James.

—BOOON DIEU ! hurla-t-il, au moment précis où la première des grenades fumigènes entrait en action.

Une épaisse fumée noire jaillit des quatre tentes. De violentes quintes de toux se firent entendre immédiatement. En moins de dix secondes, les sept élèves se précipitèrent hors de leur tente. Aussitôt, les recrues sentirent les serpents grouiller sous leurs pieds nus, s'efforçant de mordre leurs chevilles.

Mr Kazakov se positionna derrière le feu de camp, épaula son fusil d'assaut et fit feu dans leur direction. Les munitions simulées n'étaient pas mortelles, mais ces billes de paint-ball améliorées cinglaient la peau nue comme des coups de fouet.

Les recrues coururent se mettre à couvert sous l'orée de la clairière.

— Sortez votre équipement de vos tentes ! ordonna l'instructeur. Le matériel endommagé par la fumée ne sera pas remplacé. Je répète : le matériel endommagé par la fumée ne sera pas remplacé.

Outre l'odeur acre qu'il exhalait, le nuage chimique lâché par les grenades avait la propriété de tacher le tissu et le papier. Craignant qu'ils ne rendent illisibles les ordres de mission du lendemain, les recrues durent se résoudre à braver la fumée, la pluie de balles et les serpents.

James ne put se joindre à Kazakov pour canarder les élèves. La douleur causée par le bébé crotale fermement accroché à son téton était insoutenable. Il serra son corps de toutes ses forces, mais l'animal refusait obstinément de desserrer les mâchoires. Il tira, mais les crochets s'enfoncèrent plus profondément dans sa chair. En désespoir de cause, il le saisit à deux mains et lui imprima de violentes torsions dans des directions opposées.

Après quelques secondes de ce traitement de choc, la colonne vertébrale du reptile se brisa. James en arracha la partie inférieure et la jeta sur le sol, mais il constata avec horreur que la tête restait solidement verrouillée à son téton.

Il jeta un regard impuissant aux recrues. Ces dernières avaient reflué vers le feu de camp et s'étaient emparées de brandons enflammés dont elles balayaient la terre devant leurs tentes. Or, si les serpents semblaient se moquer éperdument d'être coupés en deux, ils battaient en retraite devant ces torches improvisées.

Kevin Sumner fut le premier à pénétrer dans sa tente. Aveuglé par la fumée, il s'efforçait de rassembler son équipement lorsqu'une balle l'atteignit à la fesse gauche. Un jet de peinture jaune moucheta son dos. Fou de rage et de douleur, il se saisit du cylindre métallique de la grenade fumigène et le jeta de toutes ses forces hors de l'abri, en direction de son tourmenteur.

— Vous ne pouvez pas arrêter de vous en prendre à moi deux minutes, espèce de malade ? hurla-t-il.

James s'empara d'une branche rougie par le feu. Dès qu'il approcha la braise de la tête du crotale, la gueule s'entrouvrit et tomba sur le sol. D'un coup de pied, il envoya la dépouille de son ennemi rôtir dans le brasier.

Soudain, il réalisa que la fusillade avait cessé. Les recrues étaient rassemblées autour de Kazakov. L'instructeur gisait sur le dos, une large coupure au beau milieu du front.

— Qu'est-ce qui s'est passé ? s'étrangla James.

— Je crois qu'il a reçu une grenade fumigène à la tête, expliqua Ellie, une élève de douze ans.

— C'était purement accidentel, précisa Kevin. Je n'y voyais rien, avec toute cette fumée…

James réalisa qu'il était désormais seul responsable de la petite troupe.

— Très bien, dit-il avec fermeté. Deux d'entre vous vont m'aider à porter Kazakov jusqu'à la tente de commandement. Pendant ce temps-là, aérez vos tentes et sortez votre équipement.

— Où sont Pike et Dana ? demanda Kevin. Ils ne peuvent pas se charger de le brancarder ?

— Pike est toujours sur le continent. Dana est en reconnaissance avec le guide. Elle prépare l'épreuve de demain.

— En résumé, tu es le seul instructeur à des kilomètres à la ronde, fit observer un petit garçon au visage éclairé d'un sourire diabolique. On est sept, et tu es tout seul.

— Attrapez-le ! ordonna Kevin.

Deux recrues bloquèrent les bras de James avant qu'il ne puisse se saisir de son arme. Un troisième le força à s'allonger d'un coup pied derrière les genoux.

— Attachez-le, gloussa Ellie. Il est troisième dan de karaté. On ne peut pas se permettre de le laisser libre de ses mouvements.

Les sept élèves étaient sensiblement plus petits que James, mais ils avaient tous suivi un entraînement au combat à mains nues. Trois d'entre eux le maintinrent solidement plaqué au sol pendant que deux autres se ruaient vers la tente de commandement.

—Il y a des tonnes de bouffe, ici ! cria Kevin Sumner.

Quelques secondes plus tard, il ressortit en brandissant une corde en nylon.

—Vous serez tous punis pour ça, gronda James. Et vous pouvez dire adieu à votre T-shirt gris.

—On fait preuve d'initiative, gloussa Ronan en pressant son genou entre ses omoplates. C'est ce que vous attendez de nous, non ?

Sur ces mots, il lui attacha solidement les mains dans le dos.

—De toute façon, CHERUB est toujours à court d'agents, dit Kevin. Ils ne peuvent pas nous virer tous les sept.

—C'est ce qu'on verra, dit James, en dépit de la justesse de cette observation.

Dans la situation où il se trouvait, il se prit à regretter le bon vieux temps où Mr Large dirigeait le programme d'entraînement. À cette époque, un tel acte de rébellion aurait été sanctionné avec la plus extrême fermeté.

Les deux garçons qui n'avaient pas participé à la mutinerie observaient la scène d'un œil inquiet.

—Aidez-moi, supplia James. Je témoignerai en votre faveur.

Les gamins firent la moue. À deux contre cinq, ils ne faisaient pas le poids. Un cri s'éleva à l'intérieur de la tente de commandement :

—Il y a une glacière pleine de Snickers et de canettes de Coca !

Les recrues avaient dîné d'un bol de soupe fétide où

flottaient des têtes de poisson. Cette découverte fit basculer les indécis du côté des mutins. James gisait sur le ventre. La terre se mêlait au sang qui avait coulé de son téton blessé. Il se tortilla tant qu'il put, mais les recrues lui avaient savamment lié bras et jambes. Il n'avait aucune chance de s'évader.

— Je n'arrive pas à croire que vous me faites ça ! hurla-t-il tandis que des éclats de rire enfantins parvenaient à ses oreilles. J'ai toujours été sympa avec vous. À partir de maintenant, je jure que je vais vous en faire baver !

Quelques secondes plus tard, Ronan s'accroupit devant lui et approcha un demi Snickers de son visage.

— T'en veux un bout ? demanda-t-il.

— Toi, tu ne perds rien pour attendre, gronda James.

— Oh là là, ce que tu peux être grincheux. Bon, je te laisse, je ne voudrais pas manquer la boum.

Sur ces mots, il avala le reste de son Snickers, chiffonna le papier d'emballage et le lui jeta au visage.

7. Chambre stérile

Aucun agent de CHERUB n'avait perdu la vie en opération depuis vingt-cinq ans. Après seulement dix mois de carrière à la tête de CHERUB, Zara Asker devait faire face à l'une des crises les plus graves jamais traversées par l'organisation.

Lorsqu'elle reçut le coup de téléphone l'informant de l'agression dont Gabrielle O'Brien avait été victime, elle se trouvait au chevet de son fils Joshua, dans une chambre de l'hôpital le plus proche du campus. La veille, le petit garçon s'était cassé le bras en sautant du toboggan de la maternelle. La fracture ayant été jugée complexe, les chirurgiens l'avaient opéré sous anesthésie générale pour lui poser une broche, puis avaient exigé qu'il passe la nuit en observation. Depuis, il ne cessait de pleurer, et rien ne semblait pouvoir l'apaiser. En dépit de ses supplications, Zara, la mort dans l'âme, dut se résoudre à l'abandonner. À en croire les informations qu'elle avait reçues, Gabrielle se trouvait dans un état critique.

Au mépris des radars automatiques alignés le long de l'autoroute, elle roula à tombeau ouvert vers le centre hospitalier de Luton. Un motard la força à se ranger sur la bande d'arrêt d'urgence. Dès qu'il eut jeté un œil à son badge haute accréditation, il remonta sur son véhicule et l'escorta sirène hurlante jusqu'à l'hôpital.

Outre l'anxiété que lui causait l'état de Gabrielle, Zara craignait les répercussions politiques du drame qui venait de se produire. Seuls le Premier Ministre et le ministre des Services secrets connaissaient l'existence de CHERUB. Ils avaient toujours reçu l'assurance que le travail de supervision des contrôleurs de mission mettait les agents à l'abri de tout péril physique. Lorsqu'ils découvriraient que l'un d'eux avait été gravement blessé par arme blanche lors d'une bataille rangée entre gangs rivaux de trafiquants de drogue, elle serait inévitablement mise sur le gril en tant que directrice de l'organisation.

Elle salua les deux policiers postés par précaution devant l'unité de soins intensifs et pénétra dans la salle d'attente. La contrôleuse de mission Chloé Blake et son assistante Maureen Evans la prirent tour à tour dans leurs bras.

Chloé avait été nommée contrôleuse depuis moins d'un an. Maureen était un ancien agent originaire de Trinidad qui avait rejoint CHERUB au mois d'octobre, à sa sortie de l'université.

Zara respectait ses deux subordonnées, mais elle craignait d'avoir commis une erreur en confiant une mission à haut risque à une équipe aussi inexpérimentée.

Michael, les yeux rougis par les larmes, était posté devant une fenêtre donnant sur le jardin. Zara l'embrassa sur la joue et lui frotta affectueusement le dos. Elle se souvenait de l'avoir promené en poussette dans les parcs du campus, lorsqu'il avait été accueilli à CHERUB, à l'âge de trois ans, afin de ne pas être séparé de ses grandes sœurs.

— Comment va Gabrielle ? demanda Zara.

— Elle est en chambre stérile pour prévenir les infections, expliqua Chloé. Elle a été placée sous sédatif et sous assistance respiratoire. Elle a aussi reçu des agents coagulants pour combattre l'hémorragie.

— Qu'est-ce que disent les médecins ?

— Son état est critique, mais stable. Ils vérifient ses constantes toutes les demi-heures. Ils ont réduit la plupart des hémorragies externes, mais ils préfèrent attendre pour retirer la lame. Ils ne pourront se prononcer qu'à l'issue de l'opération. En attendant, les cinq Runts qui ont été blessés défilent au bloc.

— La police craint que des hommes de Major Dee ne débarquent ici pour terminer le travail.

— Ils n'en sont pas à leur coup d'essai, expliqua Maureen. En 2005, un témoin qui avait accepté de témoigner contre Dee dans une affaire de tentative de meurtre a été abattu sur son lit d'hôpital.

Zara secoua la tête avec incrédulité.

— J'ignorais que la situation était aussi tendue. Le comité d'éthique n'aurait jamais dû donner son feu vert.

— C'est moi qui ai rédigé la note de synthèse concernant les risques, bredouilla Chloé. Si tu le souhaites, je suis prête à te remettre ma démission.

— Tu es une excellente contrôleuse de mission. Je suis certaine qu'il ne sera pas nécessaire d'en arriver là.

— Les Runts ont déclaré la guerre aux Slasher Boys, dit Michael. Personne ne pouvait le prévoir. Chloé n'y est pour rien.

Michael n'avait que quinze ans, mais il était plus grand que les trois femmes et il s'exprimait avec autorité.

— Tu ne vas pas interrompre la mission ? ajouta-t-il.

Zara répondit d'une voix hésitante :

— Compte tenu des circonstances, je ne vois pas comment je…

— Tu ne *peux* pas faire ça, interrompit Michael. On a travaillé dur pendant deux mois pour gagner la confiance de Major Dee. Après ce qui s'est passé aujourd'hui, il est hors de question que je retourne au campus avant d'avoir démantelé ces gangs.

— Parle moins fort, Michael, chuchota Chloé en jetant un œil inquiet aux policiers postés à l'entrée.

— Pardon, chuchota Michael. Je ne sais plus très bien où j'en suis.

— C'est parfaitement normal, dit Zara. Tu as passé une journée épouvantable. Mais je ne veux pas te mener en bateau. Gabrielle est très gravement blessée. Nous ne savons pas si elle survivra. Je vais devoir m'entretenir avec le comité d'éthique et le ministre des Services

secrets. Je ne pense pas qu'ils approuveront la poursuite de la mission.

— Mais on est des agents, gronda Michael. On est
surentraînés. Quand on part en mission, on a parfaitement conscience des risques. Et on les accepte.

Zara poussa un profond soupir. Tous les agents estimaient que le danger faisait partie de leur existence,
mais les adultes refusaient que des enfants puissent
mettre leur vie en péril, quelle que fût la justesse de
leur cause. Si Gabrielle perdait la vie, le gouvernement
pourrait remettre en question l'existence même de
CHERUB…

8. Un dangereux précédent

Après avoir installé canoës et gilets de sauvetage sur les berges de la rivière, Dana déposa le guide à l'entrée du village puis prit la direction du bivouac. En chemin, elle reçut un appel de Mr Pike. Il venait de regagner l'île à bord du Zodiac et souhaitait qu'elle le raccompagne au campement.

La piste taillée en pleine forêt était extrêmement étroite. Çà et là, les orages tropicaux avaient lessivé le sol, dénudant la roche volcanique et creusant de profondes ornières.

Les épaules meurtries par les réactions brutales du volant, Dana roula jusqu'au rivage. À la lumière des phares, elle aperçut Pike qui patientait, assis sur un boudin de l'embarcation.

—Comment va Jo ? demanda-t-elle en l'aidant à hisser le canot sur la galerie du Land Cruiser.

—Elle est effondrée, forcément.

—Où est-elle ?

—À l'hôpital. Enfin, c'est un bien grand mot... Une

espèce d'infirmerie sale et humide. Jo a même vu un lézard courir sur le mur. Elle était dans tous ses états. Mais le médecin parle parfaitement anglais et les infirmières qui ont posé son plâtre sont très gentilles. J'ai préféré la laisser dormir là-bas. Elle était trop fatiguée pour remonter sur le bateau.

— Elle est en sécurité ?

— Elle a été admise dans le service réservé aux mères accompagnées de leurs enfants.

Ils achevèrent d'arrimer l'embarcation.

— Ça vous dérange si je conduis ? demanda Dana.

— Bien sûr que non, hocha Pike. Tu connais l'île mieux que moi, à présent.

Elle s'assit au volant et fit gronder le moteur diesel.

— Qu'est-ce que je suis claqué, bâilla l'instructeur.

— Contrairement à ce que j'avais toujours imaginé, le programme d'entraînement est aussi éprouvant pour nous que pour les recrues. James doit être mort de fatigue, après la marche d'aujourd'hui.

— Je le renvoie au campus dès demain matin en compagnie de Jo.

— Vous ne pouvez pas charger un employé de l'ambassade de la raccompagner ?

— Il est inutile de mobiliser quatre instructeurs et deux guides pour sept élèves. Pour être franc, j'ai envisagé de te rapatrier avec eux, mais tu es notre meilleure nageuse, et j'ai besoin de toi dans le Zodiac, demain, au cas où l'un des canoës se retournerait dans les rapides.

— Je comprends.

En vérité, Dana étouffait de jalousie. Elle aurait donné n'importe quoi pour rentrer en Angleterre quatre jours avant la fin du programme et échapper aux rigueurs de la vie de bivouac.

—Avec un peu de chance, c'est la dernière fois qu'on fera appel à des agents seniors, dit Pike. Kazakov ne fait pas dans la finesse, mais je sais que je peux lui faire confiance. Miss Smoke sera bientôt de retour de son congé de maternité et un nouvel instructeur nous rejoindra dans deux semaines.

—Et Large ? J'ai entendu dire qu'il s'était remis de son accident cardiaque.

—C'est ce qu'on dit, en effet, dit Pike, visiblement embarrassé.

—Vous n'avez pas l'air pressé de le revoir...

—Je n'ai rien à lui reprocher à titre personnel, mais j'ai travaillé sous ses ordres pendant des années. C'est en partie à cause de mon témoignage qu'il a été rétrogradé au poste de simple instructeur. Depuis que je suis devenu son supérieur hiérarchique, nos relations sont plutôt embarrassantes.

—Oui, j'imagine que ça ne doit pas être évident...

—Il va passer devant le conseil de discipline pour état d'ivresse dans l'exercice de ses fonctions. Il est possible qu'il ne soit jamais réintégré.

Dana gara le Land Cruiser devant le feu de camp mourant. Un calme absolu régnait dans le bivouac. En pénétrant dans la tente de commandement, ils trouvèrent Kazakov et James étendus sur le sol. Le premier était allongé sur le dos, un oreiller glissé sous la nuque ; le second gisait face contre terre, une chaussette dans la bouche, chevilles et poignets entravés par une corde.

Dana s'accroupit à son chevet et ôta son bâillon.

— Qu'est-ce qui s'est passé ? Vous avez été attaqués par des trafiquants ? Où sont les élèves ?

— Ce sont ces petits salauds qui ont fait le coup, gronda James, tandis que Dana défaisait ses liens.

Pike réveilla Kazakov en lui pinçant la joue puis lui tendit une bouteille d'eau minérale. Ce dernier s'assit péniblement et frotta son front douloureux. James décrivit en détail la mutinerie dont ils avaient été victimes.

— Voyons le bon côté des choses, gloussa Dana. Nous avons passé quatre-vingt-seize jours à leur apprendre à travailler en équipe. Il faut croire que nos efforts ont porté leurs fruits.

— Ça ne me fait pas rire, bafouilla James. Ils n'ont aucun respect pour l'autorité. Ils méritent une punition exemplaire.

— Il faut les éliminer tous du programme, précisa Kazakov.

Pike bâilla à s'en décrocher la mâchoire.

— Ne dis pas n'importe quoi, lança-t-il. Je ne me vois pas annoncer à Zara que j'ai disqualifié tout un contingent.

— Et on ne peut pas leur reprocher d'avoir manqué d'initiative, ajouta Dana.

— Arrête de prendre leur défense, gronda James. Tu

ne serais pas aussi indulgente si tu avais passé une heure et demie sur lc ventre avec des blattes géantes qui essayent de rentrer dans ton nez et tes oreilles.

— Je ne suis pas assez stupide pour me laisser capturer par une bande de morveux.

James serra les mâchoires.

— Kazakov a reçu une grenade en plein front par accident, et j'ai été pris par surprise.

— Taisez-vous, par pitié, gémit Mr Pike, impatient de retrouver son lit de camp. On ne peut pas laisser des recrues attaquer les instructeurs et les ligoter en toute impunité. Ça serait un dangereux précédent.

— Si j'en crois le témoignage de James, ça n'avait rien de prémédité, plaida Dana.

— Peu importe. Il faut faire un exemple. Qui étaient les meneurs ?

— Kevin Sumner et Ronan Walsh, répondit James.

— Balance, lâcha Dana.

Pike lui jeta un regard noir puis se tourna vers les deux victimes de la mutinerie.

— Si vous tenez à conserver un semblant de crédibilité, je vous conseille de les tirer de leur tente immédiatement. Vous pouvez les punir, mais je veux qu'ils soient en état de participer à l'épreuve de demain matin.

— Avec plaisir, chef, lança Kazakov. James, prends les fusils et suis-moi.

— Et pas de hurlements, par pitié, précisa Pike. Je veux pouvoir dormir en paix.

— Qu'est-ce qu'on va en faire ? demanda James en se

dirigeant vers le feu de camp en compagnie de l'instructeur.

— Sors Ronan et son équipement de sa tente,
ordonna Kazakov. Moi, je m'occupe de Kevin.

James fit glisser la fermeture Éclair et secoua violemment le garçon de onze ans.

— Salut, mon petit pote, lança-t-il sur un ton provocant. Devine qui vient juste d'être libéré ?

— Sumner, suis-moi avec ton matériel ! hurla
Kazakov depuis la tente voisine.

Les deux recrues mirent près de deux minutes à
chausser leurs bottes et à sortir leur paquetage.

— Garde à vous ! ordonna l'instructeur en considérant les enfants d'un œil menaçant.

Kevin et Ronan claquèrent des talons, rentrèrent le
ventre et serrèrent leurs bras le long du corps.

— Je regrette de vous avoir blessé, monsieur, gémit
Kevin. C'était un accident.

— Ah vraiment ? demanda Kazakov. Et comment
expliques-tu que mon ami James ait fini ligoté ?

— Vous n'êtes que des crétins, ajouta James. Pourquoi
risquer d'être punis ou disqualifiés alors que vous étiez
si proches d'obtenir le T-shirt gris ?

— Pour le fun, lança Ronan sur un ton provocateur.

Kevin, lui, paraissait moins confiant.

— On s'est laissé emporter… Je ne sais pas trop comment c'est arrivé. Je suis désolé, James, surtout après le
coup de main que tu m'as filé aujourd'hui, pendant la
marche.

Si cela n'avait tenu qu'à lui, James aurait accepté ces excuses et aurait envoyé les garçons au lit avec un avertissement ferme et un bon coup de pied aux fesses. Mais Kazakov nourrissait d'autres projets.

— Sac au dos, ordonna-t-il. James, distribue les fusils.

James remit un M4 à chaque recrue.

— À présent, tenez votre arme au-dessus de la tête et courez sur place, en levant les genoux très haut, comme ceci.

L'instructeur effectua une démonstration. En apparence, l'exercice ne présentait pas de grande difficulté, mais les gamins étaient épuisés, les sacs pesants et la chaleur étouffante.

En moins d'une minute, ils ruisselèrent de sueur. Kazakov se plaça dans leur dos puis déséquilibra Kevin d'un coup de pied derrière les genoux. Ce dernier tomba en avant, plaqué au sol par le poids de son paquetage.

— Je t'ai donné la permission de te reposer ? grinça Kazakov. Allez, relève-toi, et que ça saute !

D'un signe de tête, l'instructeur ordonna à James d'infliger à Ronan un traitement semblable.

En dépit de l'attitude du petit garçon à son égard lors de la mutinerie et de sa fâcheuse tendance à laisser tomber ses camarades dès qu'un exercice tournait mal, James n'avait pas le cœur à jouer les tyrans.

Kazakov l'écarta sans ménagement et frappa Ronan à la hanche, l'envoyant rouler dans la poussière.

— Levez-vous, gronda-t-il. Levez vos armes au-dessus de la tête et restez immobiles.

Les garçons s'exécutèrent sans discussion. L'instructeur consulta sa montre.

— Il est minuit quarante-quatre. Vous resterez dans cette position jusqu'au lever du soleil, à six heures et demie. J'effectuerai des contrôles à l'improviste, bien entendu. Si vous abandonnez votre poste ou baissez votre fusil, je vous ferai courir jusqu'à ce que vous en creviez. Est-ce que je me fais bien comprendre ?

— Je peux aller aux toilettes ? supplia Kevin.

Kazakov secoua la tête.

— Il fallait y penser avant de te gaver de Coca, Sumner.

Sur ces mots, l'instructeur tourna les talons.

— Pour devenir *endurant*, un soldat doit beaucoup *endurer*, glissa-t-il à l'oreille de James, tandis qu'ils se dirigeaient vers leur tente.

— Vous y allez un peu fort… Ils se sont mal conduits, c'est vrai, mais c'est la première fois que ça se produit. Je suis certain qu'ils retiendront la leçon. Vous ne pourriez pas passer l'éponge ?

— J'ai vu beaucoup d'hommes mourir, James. Certains étaient à peine plus vieux que toi. Ils seraient peut-être toujours de ce monde s'ils avaient reçu une instruction à *ma* manière.

Sur ces mots, l'homme pénétra dans l'abri et s'assit sur son lit de camp pour délacer ses bottes. James aperçut Dana qui se brossait les dents devant la tente de commandement. La tête basse, il se traîna jusqu'à elle.

— Alors, le collabo, lança-t-elle, tu es fier de toi ?

— Tu ne verrais pas les choses de la même façon si tu avais assisté à la mutinerie. Kevin prenait ça comme un jeu, c'est évident, mais Ronan est un criminel en puissance.

— Et tu crois que cette punition va le rendre meilleur ?

— Je déteste ce boulot d'instructeur adjoint. Je sais pourquoi CHERUB applique ces méthodes, mais je trouve ça carrément déprimant. Je crois que je vais aller voir Meryl. Tout compte fait, je préfère retourner en cours.

— Tu as de la chance de rentrer à la maison demain.

— Pardon ?

— Oh, tu n'es pas au courant ? Pike t'a désigné pour raccompagner Jo en Angleterre.

— Excellent, lança James. Je donnerais n'importe quoi pour une douche et une soirée au lit devant la télé.

— Il faut qu'on aille se coucher. Je te rappelle qu'on est censés se lever dans cinq heures.

— Je n'ai pas droit à un petit bisou pour la nuit ?

Dana déposa un baiser sur sa joue.

— Tu ne le mérites pas, après ce que tu as fait au pauvre petit Kevin.

— Oh, ne t'inquiète pas pour lui. Il oubliera tout ça dans quatre jours, dès qu'il pourra frimer en T-shirt gris devant ses copains du bloc junior…

9. Juste une petite faveur

Boulette, beagle de onze mois, était né dans un éle-
vage dont la principale activité consistait à fournir des
cobayes aux laboratoires d'expérimentation animale du
Royaume-Uni. Il avait été libéré par Lauren Adams au
cours de l'été, lors d'une opération clandestine menée
par un groupe de défense des droits des animaux.

Les agents de CHERUB n'étant pas autorisés à posséder un animal domestique, Boulette avait été adopté
par la famille Asker à l'issue de la mission. Il vivait
désormais dans leur villa située à cinq cents mètres du
campus.

À l'exception des petites misères que lui faisaient
subir les enfants de Zara et Ewart, il coulait des jours
heureux. Il disposait d'un panier près du canapé et d'un
jardin où il pouvait courir à sa guise. Tous les midis, des
agents se relayaient pour le promener dans la campagne
environnante.

Ce jeudi-là, quand la nuit fut tombée, Boulette, ne
voyant pas ses maîtres regagner la maison, comprit que

quelque chose ne tournait pas rond. Il faisait noir et sa gamelle était vide. Il se roula en boule sous le guéridon du vestibule où il avait l'habitude de se réfugier chaque fois qu'il se faisait gronder.

Lorsqu'il entendit une clé tourner dans la serrure, il se dressa d'un bond et colla la truffe à la fente de la boîte aux lettres. Il sut que Lauren se trouvait sur le seuil de la maison avant même qu'elle n'ait poussé la porte.

— Le pauvre petit chien ! s'exclama-t-elle en lui frottant vigoureusement le dos, tout le monde l'avait abandonné…

Elle se dirigea vers la cuisine, Boulette sur les talons. Il avait atteint sa taille adulte, mais son comportement restait celui d'un chiot. Pourtant, pour la première fois, Lauren le considérait avec une relative froideur. Comme toute la population du campus, seul le sort incertain de Gabrielle la préoccupait.

Elle inspecta le contenu du placard situé au-dessus de la cuisinière et dénicha un sac de croquettes aux légumes. Lorsqu'elle avait confié Boulette aux Asker, elle leur avait fait promettre de ne pas lui servir de viande. Elle était végétarienne et souhaitait que son petit protégé adopte un régime alimentaire compatible avec ses convictions.

Elle regardait le chien engloutir le contenu de sa gamelle lorsqu'elle sentit son téléphone portable vibrer dans la poche de son jean.

Elle consulta l'écran de l'appareil. C'était un appel de

Rat. Ils étaient sortis ensemble pendant deux mois, mais leur jeune âge et leur inexpérience avaient eu raison de leur relation. Passée l'émotion suscitée par leurs premiers baisers, ils s'étaient peu à peu enfoncés dans la monotonie et avaient décidé de redevenir de simples camarades.

— Salut, dit-elle. Tu as du nouveau ?

— J'allais te poser la même question. Ewart ne t'a rien dit quand il t'a demandé de sortir Boulette ?

— Pas un mot concernant Gabrielle. Comment ça se passe, au campus ?

— Ils ont allumé le chauffage dans la chapelle. Le prêtre du village devrait arriver d'une minute à l'autre.

— Tu assisteras à la veillée ?

Rat, qui avait passé les onze premières années de sa vie dans une secte, éprouvait une vive méfiance envers toute manifestation de ferveur religieuse.

— Je crois… Tout le monde sera réuni.

Lauren sentit sa gorge se serrer.

— Je dois sortir Boulette, mais je serai de retour dans une heure. Tu veux qu'on y aille ensemble ?

— C'est d'accord. Je t'attends dans ma chambre.

Lauren coupa la communication puis regarda Boulette nettoyer consciencieusement sa gamelle. Elle aurait voulu être à sa place, n'avoir aucun souci, ne penser qu'à jouer, à dormir et à se remplir la panse.

— Espèce de goinfre, dit-elle. Comment un petit chien comme toi peut-il avaler toutes ces croquettes en moins d'une minute ?

Dès qu'il eut achevé son repas, Boulette alla se poster devant la porte et laissa docilement Lauren fixer le mousqueton de la laisse à son collier.

Ils s'engagèrent sur la courte allée menant à la route. Lauren remarqua aussitôt la silhouette démesurée de Norman Large, le légendaire instructeur de CHERUB, qui se déplaçait dans la pénombre, derrière le muret qui séparait sa maison de celle des Asker.

— Oh, c'est *toi*, dit-il.

Victime d'un accident cardiaque sept mois plus tôt, Large avait perdu beaucoup de poids. Il vivait avec son compagnon et leur fille adoptive dans la villa qui jouxtait celle de Zara. Il venait de passer une heure à soulever des haltères dans le garage. Son sweat-shirt était taché de sueur.

— Bonjour, monsieur, répondit Lauren, extrêmement mal à l'aise.

Elle entretenait avec l'instructeur des relations détestables depuis qu'elle l'avait assommé à coups de pelle, sur un coup de sang, au cours d'un exercice d'entraînement.

— Où est-ce que tu vas comme ça ? demanda Large. Approche. Justement, je voulais te parler.

Malgré la méfiance et le ressentiment qu'elle éprouvait à son égard, Lauren fit trois pas dans sa direction.

— Je dois promener Boulette et rentrer au campus pour faire mes devoirs, dit-elle, impatiente de reprendre sa route.

— Ça ne prendra qu'une minute, sourit Large. Comme

tu le sais, je dois passer devant le conseil disciplinaire pour m'expliquer sur ce qui s'est passé, le soir où j'ai eu mon infarctus. Je ne suis pas sûr d'être réintégré.

— Oh, vous voulez parler de cette virée au pub pendant que vous étiez censé veiller sur un groupe d'agents ?

Large lui adressa un sourire embarrassé.

— Je me suis absenté un moment, c'est vrai, mais rien ne te permet de…

— J'étais cachée dans la forêt. Je vous ai vu.

— OK, je l'admets, j'avais bu pendant mon service. Je vais être franc avec toi : ton témoignage sera décisif. Mon avenir professionnel est entre tes mains.

Lauren prenait un vif plaisir à voir l'homme qui l'avait si souvent malmenée la supplier de mentir pour lui sauver la mise.

— Je ne vous enfoncerai pas, dit-elle. Je me contenterai de dire la vérité, rien que la vérité : vous aviez bu des litres de bière et vous étiez ivre mort.

Mr Large baissa les yeux vers Boulette.

— Quel adorable beagle, lâcha-t-il. Tu l'aimes beaucoup, n'est-ce pas ?

— Il est génial. J'aimerais vraiment qu'on m'autorise à le garder avec moi, au campus.

— Ça doit être fragile, une si petite bête, ajouta l'instructeur. Si tu témoignes contre moi devant la commission, il se pourrait que je ne retrouve pas mon poste d'instructeur. Je serai alors condamné à traîner chez moi, sans rien à faire de mes dix doigts, avec ce chien qui court dans le jardin d'à côté… Un accident est si vite arrivé.

— Qu'est-ce que vous racontez ? s'étrangla Lauren.

— Je pourrais marcher par inadvertance sur sa colonne vertébrale. Il pourrait se jeter sous ma tondeuse. Mes rottweilers Saddam et Thatcher pourraient s'échapper de leur enclos et n'en faire qu'une bouchée…

Lauren était sous le choc.

— Vous essayez de me faire chanter ?

— Disons que si je retrouve mon job, Boulette restera en parfaite santé.

— Espèce d'*ordure* ! Il n'y a que vous pour imaginer un plan aussi minable !

Large lui adressa un sourire diabolique.

— On se calme, jeune fille, on se calme.

— Si vous vous en prenez à Boulette, Zara aura votre peau. Vous oubliez qu'elle travaille avec les hommes les plus puissants du Royaume-Uni.

Large haussa les épaules.

— Je dirai que c'était un accident et personne ne pourra prouver le contraire.

— Je n'arrive pas à le croire. Vous êtes encore pire que je l'imaginais. Au fond, vous n'avez rien d'humain.

— Je te demande juste une petite faveur. C'est l'occasion de tirer un trait sur nos différends et de garantir la sécurité de Boulette. Refuser ma proposition serait tout simplement irresponsable.

10. Aux morts

La chapelle était l'une des rares constructions posté-
rieures à la fondation de CHERUB. Bâtie dans les
années 1780, elle avait fait office de paroisse rurale
jusqu'à ce que le terrain passe sous contrôle de l'armée
britannique, au cours de la Seconde Guerre mondiale.

Seules quatre-vingts personnes pouvaient s'entasser
sur ses austères bancs de bois battus par les courants d'air.
Si les membres de la chorale et des groupes de prière pré-
féraient désormais se réunir dans l'une des salles de réunion du bâtiment principal, elle restait le cœur spirituel
du campus. Malgré ses murs nus et sa charpente envahie
par les toiles d'araignée, la vieille chapelle était plus chère
au cœur des agents que la cathédrale de Canterbury.

Postés à l'entrée, Kyle Blueman et Kerry Chang distri-
buaient des cierges aux agents, professeurs ou instructeurs qui se pressaient vers la nef. À tour de rôle, chacun
venait se recueillir devant la photographie de Gabrielle
exposée sur l'autel et déposer sa bougie.

Devant la chapelle, Kyle contempla la plaque commémorative dédiée aux agents de CHERUB morts en service. Quatre noms y étaient gravés :

JOHAN URMINSKI 1940-1954
JASON LENNOX 1944-1954
KATHERINE FIELD 1951-1968
THOMAS WEBB 1967-1982

Il considéra les espaces vierges sur la partie inférieure de la plaque de marbre : il redoutait qu'un employé des services techniques ne soit prochainement chargé d'y faire figurer le nom de Gabrielle O'Brien.

— On n'a presque plus de cierges, chuchota Kerry.

— Il y en a d'autres dans la sacristie. Je vais aller les chercher.

Soudain, son téléphone mobile se mit à sonner. Des centaines de regards lourds de reproches se tournèrent dans sa direction.

— Éteins ce truc immédiatement, chuchota Dennis King, le doyen des contrôleurs de mission.

— Je suis navré, grimaça Kyle avant de se précipiter hors de la chapelle.

— Allô ?

— C'est moi, Michael. Je suis de retour au Zoo. Je n'ai personne à qui parler.

Kyle venait de fêter des dix-sept ans. En dépit d'une regrettable tendance à arrondir ses fins de mois en fourguant des faux articles de grande marque rapportés de mission et des DVD pirates, il était apprécié de tous. De nombreux agents venaient requérir son avis dans les moments difficiles.

— Tu sais que tu peux tout me dire, dit-il.

Il pénétra dans l'antique cimetière qui jouxtait la chapelle et s'accroupit derrière une pierre tombale pour se protéger des rafales de vent.

— Il paraît que la mission va être annulée, expliqua Michael. Je me bagarre pour les faire changer d'avis.

— Tu es sûr que ça en vaut la peine ?

— On a passé deux mois sur cette mission. Je refuse d'avoir pris tous ces risques pour rien. Si c'est moi qui avais été blessé, je suis convaincu que Gabrielle aurait exigé de poursuivre l'opération.

— Tu ferais mieux de rentrer au campus. Tu n'as plus seulement affaire à deux gangs, mais à trois, et ils ont franchi un palier dans la violence. En plus, de nombreux témoins ont dû t'apercevoir. Si les flics te mettent la main dessus, tu risques de passer un sale quart d'heure.

— Vu que j'ai laissé tomber mon portable sur les lieux de la fusillade, je serai interrogé tôt ou tard, mais le chef de la brigade antigang est dans la combine. En plus, les gangs lavent leur linge sale en famille, et je n'ai rien à craindre de ce côté-là.

— La loi du silence, dit Kyle.

— Exactement.

— Tu as pu rendre visite à Gabrielle ?

— On m'a accordé deux minutes. Elle était en chambre stérile. Ensuite, ils l'ont descendue au bloc. Le médecin m'a expliqué qu'elle resterait peut-être toute la nuit sur le billard. Tout dépendra de la trajectoire de la lame dans son abdomen. Un centimètre à gauche ou à droite peut faire toute la différence.

—Vous avez identifié son agresseur ?

—Les flics étudient la vidéo de surveillance de l'immeuble situé à l'angle de la rue. Avec un peu de chance, Gabrielle pourra mettre un nom sur son visage, quand elle sera remise. Si elle se remet…

—On croise les doigts.

—Comment ça se passe au campus ? Tout le monde est au courant ?

—Oui, dit Kyle. C'est la déprime générale. Il y a une veillée dans la chapelle.

—Oh, ça me touche beaucoup, mais je ne peux pas dire que ça me rassure. Bon, il faut que je te laisse. Je vais traîner en ville pour voir si je peux apprendre quelque chose. Surtout, n'en parle pas à la direction. Zara m'a ordonné de rester au Zoo jusqu'à sa réunion avec le comité d'éthique.

—Sois prudent, je t'en prie.

—Je ne peux pas rester au Zoo à ruminer mes idées noires. Je vais devenir dingue.

—Dans ce cas, bonne chance. Je laisse mon portable allumé. Tu peux m'appeler à toute heure du jour et de la nuit.

—Je te remercie, dit Michael avant de mettre un terme à la conversation.

Kyle jeta un regard circulaire au cimetière et se sentit gagné par une profonde mélancolie. Sa carrière à CHERUB touchait à sa fin, et chaque centimètre carré du campus évoquait des souvenirs heureux.

À l'époque où il était T-shirt rouge, il avait passé des soirées d'été à errer entre les tombes, armé d'une lampe électrique et d'un pistolet à eau, à la recherche de fantômes contre lesquels des agents plus âgés l'avaient mis en garde.

Lauren surgit à ses côtés, échevelée et à bout de souffle.

— Salut, Kyle, dit-elle. Je suis désolée de te déranger. Kerry m'a dit que tu étais ici et... je sais que tu es occupé, mais James n'est pas là et je ne sais pas à qui parler.

— Tu as des soucis ?

Lauren lui décrivit sa rencontre avec Large et répéta les menaces qu'il avait proférées à l'égard de Boulette.

— Alors, qu'est-ce que tu en penses ? demanda-t-elle. Logiquement, je devrais en parler à Meryl. C'est son rôle de régler ce genre de problèmes, en tant que responsable de formation, mais j'ai peur qu'elle ne me croie pas. Tu sais comment les rumeurs circulent sur le campus. Si Large découvre que je l'ai balancé, il va massacrer Boulette...

Kyle s'accorda quelques secondes de réflexion.

— Par expérience, je sais que tu peux faire confiance à Meryl. L'ennui, c'est que toute l'équipe d'encadrement est en réunion, en ce moment même, pour discuter de Gabrielle et de l'avenir de la mission. Si tu les interromps pour leur parler de ton histoire de chien, tu risques d'être mal reçue.

Lauren hocha la tête.

— Je suis consciente que ce problème est secondaire, vu les circonstances, mais je ne peux pas laisser passer la tentative de chantage de Large.

Kyle posa une main rassurante sur son épaule.

— Au pire, on ira chercher Boulette pour le mettre à l'abri. Mais je suis certain qu'on n'en arrivera pas là. On discutera avec Meryl dès demain et on trouvera bien une solution, je te le garantis. Il se fait tard. Tu devrais aller te coucher et tâcher d'oublier cette histoire pour le moment.

— Merci, Kyle, sourit Lauren. Je vais d'abord faire un tour à la chapelle. De toute façon, ce soir, je crois qu'on aura tous du mal à s'endormir…

11. La stricte vérité

James quitta l'île peu avant cinq heures à bord de l'embarcation d'un pêcheur local. Au dispensaire, il aida Jo à rassembler ses affaires et lâcha quelques billets pour lui procurer une paire de béquilles.

En théorie, le trajet jusqu'à l'aéroport n'aurait pas dû durer plus d'une heure, mais l'autoroute était si embouteillée que le taxi les déposa devant le terminal moins de quarante minutes avant le décollage. Après de longues palabres, l'employée accepta de leur remettre des cartes d'embarquement et de les conduire à bord d'un véhicule électrique jusqu'au salon d'attente des passagers de première classe.

James, qui comptait se changer avant de monter à bord de l'avion, fit son entrée dans la cabine en T-shirt sale et pantalon de treillis raidi par la poussière. Épuisé, il ignora le regard désapprobateur des hommes d'affaires installés à ses côtés et ôta ses rangers en dépit des protestations de Jo.

Dès que l'appareil atteignit son altitude de croisière,

il inclina son dossier à l'horizontale, posa une serviette chaude sur son visage et s'accorda douze heures de sommeil ininterrompu.

Ils se posèrent sur l'aéroport de Londres Heathrow à quatorze heures GMT. James manifesta son intention de prendre une douche et de profiter du déjeuner offert aux passagers de première classe, mais Jo insista pour regagner le campus sans plus attendre.

La fillette semblait ne plus faire grand cas de son échec au quatre-vingt-seizième jour du programme d'entraînement. Comme la plupart des résidents du bloc junior, elle avait une très haute opinion d'elle-même. Elle ne serait pas rétablie avant le début de la prochaine session, mais elle avait la conviction que seul un nouvel accident pourrait l'empêcher d'obtenir le T-shirt gris.

James l'installa sur un chariot à bagages, les béquilles posées sur ses cuisses, puis la poussa jusqu'à l'aire d'arrivée des voyageurs. Il constata avec amertume qu'aucun membre de CHERUB ne les y attendait.

— Appelle le campus, dit Jo. Ils ont dû nous oublier.

— La batterie de mon portable est à plat, et je n'ai que de la monnaie indonésienne. Tu n'auras pas vingt *pence* ?

Jo secoua la tête.

— Formidable, soupira James.

Ils se présentèrent au comptoir des renseignements et persuadèrent l'hôtesse de les laisser utiliser son téléphone fixe. Il composa le numéro de la cellule d'urgence du campus. Le contrôleur de permanence bascula son appel sur le poste de Meryl Spencer.

— Tu ne te débarrasseras pas de moi aussi facilement, ironisa James.

— Je suis navrée. Je n'ai pas dormi de la nuit, à cause de ce qui est arrivé à Gabrielle…

— Quoi ? Qu'est-ce qui s'est passé ?

— Oh, James, ne me dis pas que tu n'es pas au courant ?

•••

À trente-neuf ans, Meryl Spencer, ancienne star de l'athlétisme mondial, n'était plus en âge de passer des nuits blanches. Elle souffrait d'une migraine carabinée, son esprit était confus et ses mains agitées de tremblements.

En tant que responsable de formation, elle faisait office de parent de substitution. Toute la nuit, elle avait dû faire bonne figure devant les camarades de Gabrielle. Au petit matin, à bout de nerfs, elle s'était isolée dans les toilettes pour pleurer en silence. Lorsque Kyle et Lauren l'avaient contactée pour obtenir un rendez-vous de toute urgence, elle était parvenue à garder sa contenance. Elle avait pris le temps de se maquiller discrètement avant de rejoindre son bureau.

— Alors, tu as de nouvelles ? demanda le garçon.

On lui avait posé cette question un nombre incalculable de fois au cours de la nuit. Elle était excédée.

— Si c'est pour ça que vous me dérangez, je vous répète que je ne sais rien d'autre que ce qui est affiché sur le panneau d'information depuis huit heures du matin. Gabrielle a passé onze heures au bloc opératoire. Elle est en salle de réveil. Elle a souffert de graves hémorragies internes, mais ses organes n'ont pas subi de dommages irrémédiables…

— Oui, j'ai lu l'affiche, dit Kyle. En fait, on n'est pas venus pour te parler de ça. Lauren a une chose importante à te dire.

Meryl sourit.

— Tiens, pendant que j'y suis, Lauren… J'ai reçu un appel de ton frère. Il est de retour avec quatre jours d'avance. Il a été chargé de raccompagner une élève blessée. Il s'est posé à Heathrow, il y a une heure et j'ai oublié d'envoyer quelqu'un pour les chercher.

— Tu ne te débarrasseras pas de lui aussi facilement, sourit la jeune fille.

— C'est drôle, c'est exactement ce qu'il a dit. Ça doit être de la télépathie. Alors, c'est quoi, ton problème ?

Lauren raconta en détail les événements qui s'étaient déroulés la veille devant la maison des Asker.

— Je sais que ça peut sembler énorme, mais c'est la stricte vérité, ajouta-t-elle.

— Je te crois. Large est l'un des types les plus détestables que j'aie jamais rencontrés. Zara en a plus qu'assez de ses débordements. Elle a l'intention de tout mettre en œuvre pour qu'il soit viré de CHERUB.

— Vraiment ?

Meryl réalisa qu'elle en avait trop dit.

—Quand Mac était directeur, il lui accordait systématiquement le bénéfice du doute. Zara a trente ans de moins, et notre génération ne voit pas les choses de la même manière. De notre point de vue, les agents devraient être traités avec respect. En ce qui me concerne, j'ai toujours considéré que les méthodes d'entraînement musclées de Large pouvaient être assimilées à des mauvais traitements. Ceci étant dit, je préférerais que mon opinion reste entre nous. Ça ne doit pas sortir de cette pièce.

—C'est promis, dit Kyle.

—Pour en revenir à votre affaire, il suffirait que Zara place Boulette au bâtiment junior jusqu'à ce que le conseil de discipline ait rendu sa décision.

—Pas question, répliqua Lauren. Certains T-shirts rouges sont de vrais sadiques.

—Je suis d'accord, approuva Kyle. Rappelez-vous la fois où il a fallu installer un circuit de surveillance vidéo pour démasquer le garçon qui rasait les cochons d'Inde…

—Ce qui est étrange, fit observer Meryl, c'est que tout le monde sait que Large adore les chiens. Il essayait sans doute de t'impressionner, rien de plus.

—Peut-être, dit Lauren, mais je ne veux prendre aucun risque.

—Tu pourrais lui tendre un piège, porter un micro dissimulé et le pousser à renouveler ses menaces. Avec une telle preuve, il serait foutu à la porte, sans l'ombre d'un doute.

—Ça ne marchera pas, dit Kyle. Large connaît la musique. Il ne tombera pas dans le panneau.

Meryl se frotta les yeux.

—Tu sais, Lauren, je suis extrêmement fière de toi, car tu n'as pas envisagé une seule seconde de céder au chantage.

—Plutôt mourir ! lança la jeune fille.

—Seulement, nous n'avons pas beaucoup de possibilités… Vous n'avez pas d'existence légale, il est donc impossible de porter plainte auprès de la police. Tu pourrais avertir officiellement les membres du comité d'éthique, mais ton témoignage serait versé au dossier, et Large en prendrait connaissance. Je suggère que Boulette soit provisoirement transféré au bloc junior. Aucun T-shirt rouge n'osera s'en prendre au chien de la directrice.

—Mais Joshua va être dans tous ses états…

—Il n'a que trois ans, tempéra Meryl. Il s'en remettra, tout comme Boulette. Je préfère le savoir à l'abri, même s'il se fait un peu chahuter par des sales mômes, que le retrouver empaillé sur la cheminée de Norman Large.

12. Cent dix points de suture

Le docteur Shah sortit de la chambre de Gabrielle, ôta son masque chirurgical puis marcha droit vers Chloé, Zara et Michael.

—Comment va-t-elle ? demanda ce dernier. On peut la voir ?

Le médecin hocha la tête.

—Par chance, elle est jeune et en excellente condition physique. Ses constantes sont bonnes. Nous avons réduit sa dose de sédatif. Elle est encore un peu confuse, mais elle recouvre progressivement connaissance.

—Elle est tirée d'affaire ? interrogea Chloé.

—On ne peut encore rien écarter. On lui a fait quatre-vingts points de suture à l'abdomen et trente dans le dos. Ses blessures sont très profondes. Si elles s'infectent, elle pourrait être victime de graves complications. Mais sa pression sanguine est stable, ce qui signifie que les saignements internes ont été jugulés.

Le docteur Shah conduisit les trois visiteurs vers un sas où une infirmière leur lava les mains avec du gel alcoolisé puis leur fit passer des blouses et des masques jetables.

— Elle vient de reprendre conscience, dit-elle. Tâchez de lui épargner les émotions fortes.

Sur ces recommandations, elle composa le code d'accès de la chambre stérile.

Lorsqu'il découvrit sa petite amie, Michael eut un mouvement de recul. Elle reposait sur le côté. Ses pansements étaient saturés de sang, sa peau parsemée d'électrodes. Son visage, encadré par des oreillers, était extrêmement gonflé. Un tube dépassait de son nez.

Gabrielle parvint à esquisser un sourire. Elle tendit la main pour prendre celle de Michael.

— Le médecin a interdit tout contact, dit-il d'une voix chevrotante. Mais il dit que tu vas beaucoup mieux.

— Je ne me sens pas très bien, gémit-elle. Quelle heure est-il ?

— Un peu plus de trois heures.

— J'ai besoin de ton témoignage, dit Chloé. Tu crois que tu en auras la force ?

— Je vais essayer. Tu enregistres ?

— Si ça ne te dérange pas.

— Les garçons qui ont tué Owen…

Gabrielle s'interrompit. Sa bouche était sèche, sa gorge serrée.

— Prends ton temps, dit Zara.

— La police a recueilli quelques témoignages, dit Michael. Elle a déjà identifié et interpellé plusieurs Runts impliqués dans le meurtre d'Owen Campbell-Moore.

— Écoutez-moi, c'est important, dit Gabrielle dans un souffle. Je me trouvais dans l'abri avec eux. Ils ne savaient pas que j'étais là.

À bout de forces, elle se tut de nouveau. Michael brûlait de la prendre dans ses bras.

— L'un d'eux a dit : *le collègue de Sasha a juré qu'il devait y avoir au moins dix kilos.*

— Qu'est-ce que ça signifie ? s'étonna Zara.

Chloé leva la main pour lui intimer le silence puis se pencha vers Gabrielle.

— Tu es sûre de l'avoir entendu prononcer ces mots ?

— Je suis formelle, confirma la jeune fille.

— La femme qui t'a sauvé la vie a aidé les policiers à dresser un portrait-robot de ton agresseur. De plus, ils ont saisi une vidéo de surveillance du parking où il a abandonné la voiture. Tu l'avais déjà rencontré ?

— Je ne sais pas… C'est un Runt parmi les autres.

À cet instant précis, l'unité de monitoring émit un signal sonore. Moins de dix secondes plus tard, le docteur Shah pénétra dans la pièce.

— Son taux d'oxygène chute, expliqua-t-il. Ses poumons fonctionnent correctement, mais elle a mal quand elle respire et elle n'inhale pas assez profondément. Je vais augmenter son traitement antidouleur. Ça va l'assommer pendant quelques heures.

— En ce cas, nous allons nous retirer, dit Chloé.

— Je t'aime, Gabrielle, murmura Michael. Tout le monde pense à toi, au campus.

Le docteur Shah déchira l'emballage d'une seringue.

—Je t'aime, répondit Gabrielle d'une voix à peine audible.

Zara glissa un bras dans le dos de Michael et l'entraîna vers le sas.

—Qui est ce Sasha dont elle a parlé ? demanda-t-elle en ôtant son masque et sa combinaison.

Chloé laissa tomber ses gants en latex dans une poubelle.

—Sasha Thompson est le leader des Mad Dogs, les principaux rivaux des Slasher Boys. Cette organisation regroupe des braqueurs et des dealers endurcis, des anciens de GKM, pour la plupart. Selon nos informations, ils ont l'habitude de laisser les autres gangs prendre tous les risques puis de les dépouiller de leur argent et de leur marchandise.

Zara hocha la tête.

—Alors c'est Sasha qui a indiqué aux Runts l'emplacement de la planque de Major Dee.

—Probable.

—Pourquoi n'est-il pas allé chercher la marchandise lui-même ? demanda Zara.

—Il fait tout son possible pour ne pas attirer l'attention de la police. Il a sans doute estimé qu'il était plus simple de laisser un gang de seconde catégorie faire le sale boulot à sa place.

—Exact, confirma Michael. Les Runts sont des amateurs. Je pense que Sasha a prévu de racheter la marchandise de Major Dee pour une bouchée de pain, et de laisser ses deux rivaux s'affaiblir dans une interminable guerre de représailles.

— Nous n'avons pas vu venir ce coup-là, expliqua Chloé. Depuis le début de la mission, nous avons souffert du manque de personnel. Le seul moyen de comprendre quoi que ce soit à ces rivalités et à ces rapports de force, ce serait d'infiltrer un second gang.

Zara lui adressa un sourire embarrassé.

— Tu en demandes beaucoup. On va me réclamer des comptes, mettre en cause notre jugement quant aux risques liés à cette opération, et tu exiges des moyens supplémentaires…

— C'est une excellente suggestion, lança Michael. À quel gang tu penses, Chloé ? Les Runts acceptent n'importe qui, pourvu qu'il sache se battre. Les infiltrer serait un jeu d'enfant.

— Mais ce ne sont que des délinquants sans envergure, dit la contrôleuse de mission. Il nous faudrait quelqu'un chez les Mad Dogs. Ce sont eux qui tirent les ficelles.

— Je comprends votre point de vue, dit Zara. Mais il me semble que nous avions envisagé de les infiltrer, pendant la préparation de la mission, et abouti à la conclusion que c'était trop risqué.

— C'est vrai, mais nous avons réuni une masse d'informations au cours des deux derniers mois. Aujourd'hui, nous avons toutes les cartes en main.

— Dites-moi que c'est une blague… s'esclaffa Zara. Vous voulez vraiment que je me pointe devant le comité d'éthique pour lui demander de nous accorder un autre agent alors que nous ne savons même pas si Gabrielle s'en sortira ?

— Deux agents, rectifia Chloé. Maintenant que Michael opère seul, il est peu probable que la mission connaisse des avancées significatives. Soit on augmente sensiblement les effectifs pour infiltrer les Mad Dogs, soit on retourne au campus.

— OK, lâcha Zara. Je vais étudier ta proposition. Rédige une demande écrite et envoie-la-moi par e-mail le plus tôt possible.

— J'y ai déjà travaillé. Tu recevras ça dans deux ou trois heures.

— Parfait, dit Zara. Je retourne au bureau. Dès que j'aurai reçu ta demande, je réunirai le comité d'éthique en urgence.

— Une dernière chose, ajouta Chloé. L'un de nos agents a noué des liens avec des membres de GKM au cours d'une précédente mission. Il nous le faut.

— De qui parles-tu ? demanda Zara.

— De James Adams.

13. La cible idéale

Une berline Toyota déposa James et Jo à l'entrée principale du campus à la tombée de la nuit. Une nuée de T-shirts rouges accueillit la fillette à la réception. James, déçu de ne pas y trouver ses amis, emprunta l'ascenseur jusqu'au sixième étage.

— Tu es là ? cria-t-il en tambourinant à la porte de Bruce.

— Attends une seconde, bredouilla ce dernier. Je m'habille.

James poussa la porte sans tenir compte de cet avertissement et tomba nez à nez avec Kerry. Son T-shirt était mal ajusté. À l'évidence, elle venait de l'enfiler à la hâte.

— Oh, je suis désolé, lança James en détournant le regard. Je ne savais pas que tu étais là.

— On était juste en train de… enfin, je ne te fais pas un dessin, bafouilla Bruce.

— Pires que des bêtes, gloussa James.

— De toute façon, ça ne te regarde pas, lâcha Kerry d'une voix glaciale.

La jeune fille ne lui avait toujours pas pardonné de l'avoir quittée pour Dana, quatre mois plus tôt.

— Alors, c'était sympa, la Malaisie ? demanda Bruce.

— Chaud et humide. Un paradis pour les insectes. Des nouvelles de Gabrielle ?

— Rien depuis ce matin, dit Kerry.

James lui adressa un sourire compatissant.

— Tu tiens le coup ?

— Comme tout le monde. Gabrielle est ma meilleure amie, mais tous les agents l'aiment bien et se font du souci pour elle.

— Ta sœur est dans la chambre de Kyle, dit Bruce. Ils veulent nous parler d'un problème concernant Mr Large. On leur a dit qu'on passerait un peu plus tard...

Kerry leva un sourcil :

— Autant y aller tout de suite, vu que James nous a dérangés.

James était sorti avec plusieurs filles à l'extérieur du campus, mais il n'avait jamais été contraint de les fréquenter après leur séparation. Kerry, elle, faisait partie du décor. Au fil des mois, il avait constaté qu'il ne servait à rien de jouer l'indifférent. Quoi qu'il fasse, sa présence le mettait toujours aussi mal à l'aise.

Ils trouvèrent la porte de la chambre de Kyle ouverte. Le garçon était affalé dans un pouf en cuir. À plat ventre sur le lit, Lauren feuilletait un exemplaire de *Closer*.

— Salut, c'est moi ! lança James.

— Moins fort, dit Lauren en étouffant un bâillement.

— Eh bien, quel accueil...

— Tu n'es parti que dix jours, fit observer Kyle. Tu t'attendais à une parade triomphale ?

— Et puis on n'a pas vraiment le moral, en ce moment, ajouta Lauren.

— Alors de quoi vous vouliez nous parler ? demanda Kerry en glissant un bras dans le dos de Bruce.

Kyle répéta les menaces proférées par Large à l'encontre de Boulette et expliqua que le chiot allait être hébergé au bloc junior à titre provisoire.

— Eh bien, le problème est réglé ! dit James. Qu'est-ce qui vous tracasse ?

— Rod Nilsson, lâcha Kyle.

— Qui ça ?

— Son meilleur ami, celui qui n'a jamais réussi à obtenir le T-shirt gris, expliqua Lauren.

— Ah oui, je me souviens.

— Rod et moi, on a passé le programme d'entraînement ensemble. Au quatre-vingt-troisième jour, alors qu'on venait de dresser le bivouac en plein désert, la tempête s'est mise à souffler. Il y avait tellement de sable en suspension dans l'atmosphère que notre feu de camp s'est éteint avant qu'on n'ait pu préparer le dîner. On s'est réfugiés dans nos tentes et on a prié pour qu'elles ne soient pas emportées. Au bout d'une heure, le vent s'est calmé, mais l'air était toujours irrespirable. Rod souffrait d'asthme, tout le monde le savait. Malgré tout, sans raison valable, Large l'a viré de sa tente et l'a forcé à faire des pompes. Comme on pouvait s'en douter, il a été victime d'une crise aiguë. Par chance, on se trouvait aux États-Unis, et un hélicoptère a pu l'évacuer en moins d'un quart d'heure. Rod est resté à l'hôpital pendant trois jours. Il s'est mis à faire des cauchemars et à développer une phobie de l'étouffement. Il est rentré au campus pour se refaire une santé, mais un mois plus tard, à la veille de la nouvelle session de programme d'entraînement, il a préféré quitter CHERUB plutôt que d'être de nouveau confronté à Large.

James hocha la tête.

— Ouais, tu m'as déjà raconté cette histoire. Vous êtes toujours en contact ?

— On s'envoie régulièrement des mails et on se voit tous les ans, pour les fêtes de Noël. On a prévu de partir en voyage, quand il aura passé son bac.

— C'était peut-être mieux comme ça, finalement. Son asthme était un sévère handicap…

— Non, pas vraiment, dit Kerry. Rod avait toujours un inhalateur à portée de main. Mais Large lui a interdit de s'en servir.

— Il n'a pas été sanctionné par la direction ?

Kyle secoua la tête.

— Tu parles. Il a rédigé un rapport truffé des mensonges que ses subordonnés se sont empressés de confirmer.

— Et vous l'avez laissé s'en tirer sans rien dire ?

— Je n'avais que dix ans. À cette époque-là, Large avait tous les instructeurs dans sa poche. Ç'aurait été notre parole contre la leur.

— Bon, Large est une ordure, résuma James. Ce n'est

pas une découverte. Qu'est-ce que cette vieille histoire a à voir avec Lauren et Boulette ?

— Sept années se sont écoulées depuis la démission de Rod, et Large continue ses coups tordus. Cette affaire de chantage, c'est la goutte d'eau qui fait déborder le vase. Je quitte CHERUB dans deux mois. J'ai décidé de lui faire payer toutes les saloperies qu'il a commises pendant sa carrière.

— Cool, lança James. J'en suis. Quel est votre plan ?

— C'est là que ça se complique, dit Lauren. On n'en a pas.

— On ferait mieux de laisser la procédure disciplinaire suivre son cours, fit observer Kerry. Large a toutes les chances d'être viré.

James et Kyle secouèrent lentement la tête, l'air accablé.

— Tu es toujours si raisonnable, Kerry... soupira Lauren.

— Je serai à la retraite dans deux mois, dit Kyle. Je prendrai tout sur moi. Ils ne pourront plus me punir.

— On enfile des cagoules, on débarque chez lui au milieu de la nuit et on lui apprend la vie à coups de batte de cricket, suggéra Bruce.

— Trop subtil, ironisa James.

— On ne peut pas s'en prendre à lui physiquement, dit Lauren. Son cœur est fragile, je vous le rappelle.

— Je crois qu'il vaut mieux procéder à sa façon, estima Kyle. Il a menacé de s'en prendre à Boulette, pas à Lauren. Trouvons un moyen de nous venger en nous attaquant à ce qui lui est cher. Ses rottweilers Saddam et Thatcher, peut-être.

— Pas question, dit la jeune fille. Je refuse que nous fassions du mal à des animaux sans défense.

James lui adressa un sourire oblique.

— Sans défense, sans défense… J'ai eu affaire à eux, lors d'un exercice de simulation, et ce n'est pas exactement le qualificatif qui me vient à l'esprit.

Kerry s'éclaircit la gorge.

— Large a une fille de quatorze ans, dit-elle. Elle s'appelle Hayley. Il paraît qu'il en est complètement gaga.

— Bien sûr ! s'exclama Kyle. C'est la cible idéale.

— Comment vous comptez procéder ? interrogea James.

— Il faudra mettre Large hors de lui sans faire du mal à sa fille, avertit Kerry.

— J'ai croisé Hayley Large au bowling plusieurs fois, dit Kyle. Je pense qu'elle n'a pas de petit ami.

James leva les yeux au ciel.

— Ce n'est pas étonnant. C'est un vrai boudin.

Kerry lui adressa une claque sur le bras.

— Je ne veux plus entendre ces propos sexistes.

— Eh ! protesta James. Je te rappelle qu'on n'est plus ensemble. Rien ne m'empêche de riposter.

Kerry éclata de rire.

— Mon pauvre chéri, quand est-ce que tu comprendras que tu n'as aucune chance contre moi ?

— Et c'est reparti… soupira Lauren. Je crois que je préférais l'époque où vous ne vous parliez plus. Revenons à nos moutons, par pitié.

— Hayley est célibataire, dit Kyle. Il faut lui trouver un petit copain. Un mec mignon, à l'aise avec les filles, que Large ne peut pas voir en peinture.

James réalisa que quatre paires d'yeux étaient braquées sur lui.

— Oh non, gémit-il. Pas moi…

— Tu es l'homme de la situation, gloussa Lauren. Tu n'arrêtes pas de répéter que tu es beau gosse et que les nanas te trouvent irrésistible. Nous t'offrons une chance de le prouver, tombeur.

14. Tel père, tel fils

Victime du décalage horaire, James vit ses camarades aller se coucher les uns après les autres sans ressentir la moindre fatigue. Il regarda la télévision jusqu'à cinq heures, puis se rendit au gymnase à petites foulées.

En ce samedi matin, la salle était déserte. Il pratiqua quelques étirements, effectua des exercices de musculation pendant près de cinquante minutes et se détendit dans la piscine à remous.

Il fut le premier à se présenter au réfectoire. Il commanda un petit déjeuner complet et prit place à sa table habituelle pour consulter la rubrique football du journal du jour.

Quelques minutes plus tard, Zara vint à sa rencontre.

— Tu es tombé du lit, dit-elle.

— Je suis complètement décalé. Comme je ne pouvais pas dormir, je suis allé soulever un peu de fonte.

— Tu devrais te calmer sur la gonflette. Tu commences à ressembler à un culturiste. Si ça continue, ton aspect physique va paraître suspect, et ça risque de limiter les missions que l'on peut te confier.

James se frappa l'abdomen.

— Ça ne risque pas d'arriver. Je mange comme douze.

— Je dois avouer que ça me fait envie, dit Zara en considérant son assiette. J'ai besoin d'un vrai repas. J'ai passé ces derniers jours à faire des allers-retours entre le campus et Luton. Je n'ai avalé que des sandwiches à la cafétéria de l'hôpital.

James remarqua trois T-shirts rouges rassemblés près d'une affichette apposée à la porte du réfectoire.

— Ça concerne Gabrielle ?

Zara hocha la tête.

— Elle a eu *beaucoup* de chance. Le couteau s'est enfoncé de vingt centimètres. Selon le chirurgien, c'est un miracle qu'elle s'en soit sortie.

— Elle est définitivement tirée d'affaire ?

— Elle n'est pas à l'abri d'une complication, mais son état s'améliore rapidement. Elle est parfaitement lucide, et elle a quitté le service des soins intensifs. Elle pourrait sortir de l'hôpital dans cinq jours, mais les médecins n'écartent pas la possibilité d'une seconde intervention.

— Je n'avais pas imaginé qu'elle puisse être de retour aussi rapidement.

— De nombreuses bactéries résistantes aux antibiotiques traînent dans les hôpitaux, expliqua Zara. Il vaut mieux qu'elle passe sa convalescence au campus. Je lui ai préparé une chambre à l'infirmerie.

— C'est génial. Tout le monde pourra lui rendre visite.

Zara bâilla à s'en décrocher la mâchoire.

— Ma réunion avec le comité d'éthique s'est terminée à une heure et demie du matin. Quand je suis rentrée à la maison, Joshua ne dormait pas. Il a insisté pour venir dans notre lit. Il est infernal, depuis qu'il s'est cassé le bras. Cet accident l'a complètement déstabilisé.

— Le pauvre. Je lui rendrai visite, un de ces jours. Ma participation au programme d'entraînement me donne droit à une semaine de congé.

— Oh oui, s'il te plaît, viens le voir. Tu sais que tu es toujours son héros.

— Qu'est-ce qu'il est ressorti de la réunion ?

— On a discuté de la mission de Luton. Les membres du comité d'éthique étaient partagés : trois votes en faveur de la poursuite de l'opération, trois en faveur de son abandon. On a dû se résoudre à organiser une conférence téléphonique avec le ministre des Services secrets. Contre toute attente, il m'a soutenue, et j'ai finalement obtenu cinq voix en faveur de ma proposition au second vote. Et c'est là que tu interviens.

— Eh ! je viens de rentrer de Malaisie.

— Ne t'inquiète pas pour ta semaine de congé. Je prendrai mon temps pour organiser cette nouvelle phase de la mission. Tu devras infiltrer le gang des Mad Dogs, et tu es le seul à pouvoir y parvenir.

— Qu'est-ce qui te fait dire ça ? dit James, en pleine confusion.

Zara posa une chemise cartonnée sur le bureau et en sortit la photo anthropométrique d'un garçon d'environ quinze ans au menton orné d'un bouc duveteux. James mit quelques secondes à l'identifier.

—Nom d'un chien, c'est Junior Moore ! s'étrangla-t-il.

Zara hocha la tête.

—Le fils de Keith Moore, l'ancien baron de la drogue. Vous faisiez la paire, pendant ta mission à Luton, il y a deux ans.

—Tu m'étonnes, dit James. Il m'a invité dans sa maison en Floride, et on s'est éclatés comme des malades. Enfin, jusqu'à ce que les dealers péruviens commencent à nous tirer dessus…

—Junior a passé deux années difficiles. Sa mère l'a placé dans un pensionnat, mais il a collectionné les fugues et a fini par se faire expulser pour avoir consommé du cannabis. Il est retourné vivre avec sa mère à Luton, et il a sombré dans la délinquance. En octobre dernier, il a été appréhendé en état d'ivresse au volant d'une voiture volée, avec deux kilos de cocaïne sous le siège passager. Il a échappé à une condamnation pour trafic de drogue parce que les enquêteurs n'ont pas pu prouver que la marchandise lui appartenait, mais il a quand même écopé de six mois dans un centre de détention pour mineurs. Il a été condamné peu avant Noël et relâché pour bonne conduite il y a deux semaines.

—On dirait qu'il cherche à imiter son père.

—Sans y parvenir, ajouta Zara. Keith Moore était un homme d'affaires qui dirigeait GKM comme une entreprise. Junior Moore est alcoolique et toxicomane. Tôt ou tard, il recevra une peine de longue durée. J'en suis persuadée.

— Mais il me semble que son père avait assuré ses arrières. Un compte en banque garni de plusieurs millions de livres, si mes souvenirs sont bons. Pourquoi prend-il le risque de revendre de la cocaïne ?

— Junior n'aura pas accès à cet argent avant l'âge de vingt et un ans. Et puis, comme bon nombre d'adolescents, il flirte avec les limites. Il essaye de se faire un prénom en s'associant aux Mad Dogs.

— Si je comprends bien, je vais devoir renouer avec Junior Moore afin d'infiltrer le gang.

— Si tu acceptes la mission, bien entendu. Tu dois être conscient que les organisations criminelles de Luton se livrent une guerre ouverte, et qu'il ne s'agit pas d'une opération de routine. Michael fait partie des Slasher Boys, un gang rival, alors vous devrez garder vos distances. Tu feras équipe avec un agent chargé d'assurer ta sécurité.

— Si je devais choisir un garde du corps, j'opterais pour Bruce Norris.

— Bruce est un peu immature. Je dois t'avouer qu'on se méfie un peu de lui.

— Sauf ton respect, insista James, je crois que tu devrais réviser ton jugement. C'est vrai qu'il avait un côté puéril, mais il a beaucoup changé depuis un an. Il est fiable et discipliné. En plus, il sort avec Kerry, et ce n'est pas le genre de fille à te laisser franchir la ligne jaune.

— Ça n'a pas causé de friction entre vous, cette histoire ?

— On était fous l'un de l'autre, Kerry et moi, mais ça n'a jamais vraiment marché entre nous. Elle est toujours en colère contre moi, mais elle a l'air tellement plus heureuse, maintenant. Moi aussi, j'ai l'impression de revivre, avec Dana.

— Tu as raison, au fond. Bruce est sans doute victime de sa réputation. Finalement, il a obtenu le T-shirt bleu marine, et il n'a jamais connu la moindre défaillance lors d'une opération.

James afficha un sourire radieux.

— Alors, je peux lui annoncer qu'on part en mission ensemble ?

— Pas tout de suite. Je dois encore obtenir l'accord de Chloé et de Maureen, mais je ferai tout mon possible pour soutenir ta proposition.

15. Dossier personnel

Lauren se glissa silencieusement dans la chambre de Rat, s'accroupit près de la table de chevet, puis plaça les lèvres à quelques centimètres de son oreille.

—DEBOUT LES MORTS ! hurla-t-elle à pleins poumons.

Saisi d'effroi, Rat se dressa d'un bond, se frotta les yeux et lui adressa un regard halluciné.

—Tu ne pouvais pas faire ça en douceur ?

—Tu aurais vu ta tête, gloussa Lauren. J'aurais dû filmer la scène sur mon portable.

—Il est quelle heure ?

—Presque sept heures. Allez, lève-toi. J'ai un cours à huit heures et demie, et je ne veux pas sauter le petit déjeuner.

Rat enfila un pantalon et un T-shirt gris, puis glissa ses pieds dans ses rangers.

—Je suis prêt, annonça-t-il.

—Tu ne te brosses même pas les dents ?

—J'ai la flemme, lança le garçon en attachant sa montre à son poignet. Allons-y.

— Dis-moi, c'est comme ça tous les matins ? l'interrogea Lauren en s'engageant dans le couloir.

— Des fois, je prends une douche, mais aujourd'hui, j'ai karaté à neuf heures et demie. Je vais finir en sueur, alors à quoi bon ?

— Mon Dieu, tu es *vraiment* un mec.

— Si ça te dérange, je peux retourner sous la couette.

— Tu étais plus enthousiaste à l'idée de te venger de Large, hier soir.

Ils prirent place à bord de l'ascenseur.

— Je suis toujours partant, bâilla Rat. Mais je déteste me lever tôt, alors il vaut mieux ne pas trop me chercher.

Lauren enfonça le bouton du premier sous-sol. Le bâtiment principal du campus avait été construit trente ans plus tôt. Les bureaux et les chambres avaient été régulièrement rénovés, mais l'aménagement des archives n'avait pas changé depuis les années 1970. Les portes de l'ascenseur s'ouvrirent sur un vestibule meublé de placards vert olive. La moquette grise était usée jusqu'à la corde.

Rat s'approcha d'une porte vitrée et contempla les hautes armoires métalliques où tournaient les bandes de sauvegarde du système informatique.

— On se croirait dans un vieux film de science-fiction. Tu crois que ces trucs fonctionnent encore ?

— J'en doute, répondit Lauren en sortant un pass magnétique de son pantalon. Arrête de baver devant ces antiquités, espèce de *geek*. J'ai besoin de toi pour surveiller nos arrières.

Elle passa la carte dans le lecteur, puis poussa la porte.

— Je me demande comment Kyle a réussi à se la procurer, s'interrogea Rat.

Lauren haussa les épaules.

— Je suppose qu'il l'a échangée contre une pile de DVD pirates.

La salle empestait le dépoussiérant pour meubles. Comme prévu, l'employée n'avait pas encore pris son poste au bureau d'accueil.

Lauren s'assit devant le vieux PC IBM à affichage monochrome. Elle chercha vainement une souris, puis utilisa les touches directionnelles pour sélectionner la case RECHERCHER de l'application.

Dès qu'elle eut tapé NORMAN LARGE, une longue liste apparut à l'écran. Elle fit glisser le curseur jusqu'à la ligne *Dossier personnel 1996-2007*, nota la référence sur un Post-It, puis enfonça à plusieurs reprises le bouton *esc* pour éliminer toute trace de sa recherche.

Rat considéra les cinquante mètres de rayonnages métalliques et d'armoires de classement.

— Qu'est-ce qu'il y a là-dedans ?

— Les dossiers de toutes les missions antérieures à 1992, avant la mise en place du système de numérisation. La paperasse concernant les demandes d'accréditation, des vétérans de CHERUB au technicien venu ici une seule fois, il y a vingt-cinq ans, pour remplacer le filtre de la piscine. Des contrats, des plans, des livres de comptes…

— Je suppose que nos dossiers personnels s'y trouvent aussi ?

—Non, les dossiers des agents en activité sont rassemblés au centre de contrôle. Ils sont scannés et numérisés au bout de cinq ans.

—C'est bête. J'y aurais bien jeté un œil, histoire de rigoler un coup.

—FGS-271C, dit Lauren. Ce doit être par là…

Elle s'engagea dans une allée, déplaça l'escabeau devant un rayonnage, se hissa jusqu'au troisième niveau et s'empara d'une boîte en carton.

Elle la posa sur la moquette, souleva le couvercle et commença à en étudier le contenu. Elle contempla avec amusement une photo de Norman Large à l'âge de vingt ans. Il portait le cheveu court sur le dessus, long dans la nuque, et tenait une pancarte où figurait l'inscription : *l'Union des étudiants de la London School of Economics appelle au boycott des produits sud-africains.*

Elle poursuivit son inspection et découvrit une chemise beige portant la mention *Filiation*.

—C'est flippant de penser qu'ils conservent toutes ces informations, dit Rat.

—Je suppose que c'est un moyen de s'assurer que personne ne révélera l'existence de CHERUB. J'ai entendu dire qu'il existait une unité constituée d'ex-agents chargés de régler les problèmes de fuite.

—Cool. Tu crois qu'ils liquident les témoins gênants ? Imagine un peu que quelqu'un menace de publier un livre sur l'organisation et qu'il n'y ait pas d'autre moyen de l'en empêcher…

Lauren haussa les épaules.

— Je ne sais pas, Rat. C'est juste une rumeur.

Elle ouvrit le dossier et déchiffra la première page :

Norman Large
Descendants – 1
Nom – Hayley June Large-Brooks
Date de naissance – 16 mai 1991
Parents – inconnus

NOTE – Hayley est la fille adoptive de Norman Large et de son partenaire Gareth Brooks.

— Tout est là, dit Lauren en consultant les fiches rassemblées dans la chemise. Photos de classe, dossier dentaire, profil ADN, parcours scolaire. Il y a même des détails sur ses activités en dehors du lycée et sur ses camarades de classe les plus proches.

Les deux agents se dirigèrent vers le photocopieur. Rat posa la pile de documents dans le bac de chargement automatique et appuya sur le bouton *copie*.

Soudain, ils entendirent s'ouvrir les portes de l'ascenseur. Aussitôt, Lauren plongea sous le bureau. Rat se glissa entre le mur et le copieur. Craignant que le bruit caractéristique produit par l'appareil n'attire l'attention sur sa cachette, il débrancha la prise d'un coup sec.

Lauren jeta un coup d'œil au vestibule et reconnut aussitôt le costume marron et la tête chauve du contrôleur de mission John Jones. Elle avait travaillé sous ses ordres au cours de deux opérations et ils s'étaient entendus à merveille. Cependant, elle doutait qu'il serait disposé à passer l'éponge s'il la trouvait en train de fouiller dans les archives sans autorisation.

John marcha droit vers le bureau, se planta devant l'ordinateur et pianota sur le clavier. Lauren se recroquevilla tant qu'elle put, mais l'espace dont elle disposait était extrêmement réduit.

Excédé par la lenteur du vieil IBM, le contrôleur de mission poussa un juron, frappa du poing sur le clavier et se laissa tomber sur la chaise, les genoux à quelques centimètres du visage de la jeune fille.

Après quinze interminables secondes, John se leva, décrocha le vieux téléphone à cadran rotatif et composa le numéro de poste de son assistant.

— Chris, c'est moi. Je suis aux archives. J'ai dû laisser une note de synthèse sur mon bureau… Voilà, c'est ça. Est-ce que tu pourrais m'indiquer la date du…

Il observa une pause puis s'exclama.

— Ah bon ? Tu es venu chercher le dossier hier soir ? Je ne sais pas ce que je ferais sans toi. Je te remercie. On se voit au briefing de cet après-midi.

John raccrocha et regagna le vestibule. Lorsqu'elle entendit son pas résonner dans l'escalier de secours, Lauren bondit de sa cachette et rejoignit Rat près du photocopieur.

— Il était moins une, soupira-t-elle.

Son camarade rebrancha la machine.

— On n'est pas sortis des ronces, maugréa-t-il en

désignant le panneau de contrôle où clignotaient une multitude de voyants d'alerte.

—Tu crois que tu peux la réparer ? demanda Lauren.

Rat s'accroupit pour soulever le capot de plastique.

—Ce n'est qu'un bourrage papier, dit-il. Au moins, les années passées à travailler dans les bureaux de l'Arche des Survivants m'auront servi à quelque chose.

Il abaissa un levier, fit tourner une roue crantée, puis extirpa du chariot deux feuilles froissées.

Il referma la trappe. Lauren constata avec soulagement que le panneau de contrôle affichait l'inscription *Prêt à la copie.*

—Va surveiller le vestibule, dit Rat. Il ne reste que six pages. Dès que ce sera terminé, je remettrai le dossier à sa place et on ira éplucher toutes ces informations dans la chambre de Kyle…

16. Une fille un peu ronde

Lauren passa le dimanche après-midi à se confectionner un uniforme semblable à celui que portaient les élèves du collège St Aloysius, l'établissement fréquenté par Hayley Large-Brooks. Seul manquait à sa tenue l'écusson brodé censé orner son blazer vert bouteille.

— Ne t'inquiète pas pour ça, dit Kyle, le lundi matin, tandis qu'ils descendaient les marches menant au parking. Tu n'auras qu'à garder ton manteau fermé.

Comme tous les agents, il avait reçu des leçons de conduite dès son plus jeune âge. Le jour de ses dix-sept ans, Zara lui avait remis un permis officiel et l'avait autorisé à utiliser les véhicules du campus, pourvu qu'il conduise de façon responsable et accepte de servir de chauffeur à ses camarades chaque fois qu'on le lui demanderait.

Kyle passa la tête par l'entrebâillement de la porte coupe-feu pour s'assurer que le parking était désert, puis fit signe à Lauren de le suivre. Elle était censée assister à une leçon de karaté à huit heures, mais elle avait envoyé un SMS à Miss Takada pour l'informer qu'elle s'était tordu la cheville. La professeur d'arts martiaux était connue pour sa sévérité. Si elle découvrait qu'elle avait séché son cours, elle serait condamnée à briquer les boiseries du dojo pendant deux semaines, à nettoyer les vestiaires et à laver des montagnes de kimonos imprégnés de sueur.

Kyle brandit un biper vers une Mazda anonyme et prit place derrière le volant. Lauren monta à l'arrière et s'allongea sur la moquette parsemée de miettes de biscuit afin qu'on ne la voie pas quitter le campus.

Kyle franchit les ralentisseurs puis s'immobilisa devant le portail pour introduire sa carte magnétique dans le lecteur qui commandait l'ouverture. Dès que le véhicule eut franchi le périmètre du campus, Lauren se hissa sur la banquette, épousseta son manteau et tira son mobile de sa poche. Elle composa le numéro de James.

—Comment ça se présente ? demanda-t-elle.

—Je crois que Boulette a flairé mon odeur. Il court dans le jardin des Asker en aboyant comme un cinglé.

James était posté dans un arbre, à l'arrière du pavillon de Norman Large, une paire de jumelles suspendue autour du cou.

—Hayley est habillée, dit-il. Gareth Brooks est parti au boulot il y a environ une heure. Je suppose que c'est Large qui va la conduire au collège.

Lauren consulta sa montre.

—Ils sont en retard, gronda-t-elle. Je dois absolument être de retour au campus pour le premier cours de la journée.

— Ne t'inquiète pas. Cette opération est soigneusement minutée. Seule Takada peut te causer des ennuis. Oh, ça y est, Large et Hayley sortent de la maison. Ils se dirigent vers la Mégane.

Lauren donna un coup de poing dans l'appuie-tête de Kyle.

— Ralentis, ils sont sur le point de partir. On va se retrouver devant eux.

— Je ne peux pas. On risque d'éveiller leurs soupçons.

En passant devant la maison de Large, ils virent Hayley prendre place sur le siège passager de la Renault.

— Cette fille est énorme, sourit Kyle. Pire que sur les photos.

Lauren gloussa.

— Je sais. James est hors de lui.

Peu de véhicules empruntaient la petite route de campagne. Kyle s'engagea sur un chemin agricole, attendit que Large les dépasse, puis fit marche arrière pour se lancer dans son sillage.

Dix minutes plus tard, ils se retrouvèrent bloqués dans le flot des véhicules qui convergeaient vers le collège St Aloysius, un bâtiment ancien coincé entre un terrain de hockey sur gazon et une piste d'athlétisme. La Mégane était immobilisée à cinquante mètres de leur position. Kyle vit Hayley en descendre et épauler son sac à dos.

— Elle va finir le trajet à pied, dit-il. Avec un peu de chance, Large ne regardera pas dans ta direction, mais remonte ton col et laisse tomber tes cheveux sur ton visage.

— Ça marche, répondit Lauren en ouvrant la portière. Ne te gare pas trop loin.

Elle marcha d'un pas vif pour rattraper sa cible.

— Excuse-moi ! lança-t-elle en posant une main sur son épaule. Je te peux te parler une minute ?

Hayley avait trois ans de plus que Lauren. Elle fit volte-face et lui lança un regard supérieur.

Lauren se sentit soudain écrasée par le poids de la mission qui lui avait été confiée. Elle était censée arranger un rendez-vous amoureux entre son frère et la jeune fille. Outre le caractère embarrassant de cette requête, le plan établi par ses camarades lui semblait singulièrement bancal. De nombreux facteurs pouvaient le faire capoter. Et si Hayley avait un petit ami ? Et si son père l'avait privée de sortie ? Et si elle ne trouvait pas James à son goût ?

— Je m'appelle Susan, bredouilla-t-elle.

— Et alors ? répliqua Hayley.

— Ça va sans doute te paraître bizarre... Tu ne me connais pas, mais je t'ai vue avec tes copines, au bowling. Et mon grand frère... il te trouve super mignonne.

Hayley jeta un regard suspicieux aux alentours.

— C'est une blague, n'est-ce pas ?

— Non, écoute-moi, s'il te plaît. C'est tout à fait sérieux, je te jure. Je suis certaine que tu as déjà remarqué mon frère. Il s'appelle James. Il est blond, baraqué, plutôt mignon, mais vachement timide avec les filles…

— Oui, je crois que je vois de qui tu parles. Il te ressemble un peu… mais il a l'air plutôt grande gueule.

— Il fait le malin, mais c'est juste une façade. Ça fait longtemps qu'il a envie de sortir avec toi, mais il n'a jamais eu le courage de venir te parler.

— Et depuis quand tu es à St Aloysius, toi ? demanda Hayley.

— Depuis la semaine dernière. Avant, j'étais à Edgeton, de l'autre côté du cam… du terrain militaire.

— C'est sûr, ton frère est canon. Mais il doit pouvoir trouver mieux qu'une grosse dans mon genre. Il t'a dit pourquoi je lui plaisais ?

— Il a toujours adoré les filles un peu rondes… Écoute, on sera au bowling ce soir, avec toute une bande. Tu pourrais venir accompagnée de quelques amies, si tu trouves ça embarrassant… En plus, c'est demi-tarif, le lundi.

— Pourquoi pas ? Mais je dois d'abord en parler à mes parents.

Lauren haussa les épaules.

— On peut remettre ça à mardi ou mercredi, si tu préfères.

— Relève ta manche, ordonna Hayley en faisant glisser la fermeture Éclair de son sac à dos.

Elle en sortit un marqueur noir, saisit le poignet de Lauren et inscrivit un numéro de portable sur son avant-bras.

— Je serai de retour chez moi à quatre heures et demie, dit-elle. Dis à ton frère que je le trouve canon, mais que je veux lui parler avant qu'on se voie.

— C'est compris, sourit Lauren. Je peux te dire qu'il va être fou de joie.

17. Formule à volonté

James rabattit le clapet de son portable, s'engouffra dans le couloir puis retrouva ses complices rassemblés dans la chambre de Kyle.

—Alors ? demanda Lauren.

—J'ai parlé Hayley. Elle sera au bowling en compagnie de deux copines vers dix-neuf heures. J'ai proposé de lui offrir un hot-dog et de discuter tranquillement de notre petite affaire.

Bruce se frappa les cuisses.

—Excellent !

—Souviens-toi qu'on a besoin de photos... parlantes, précisa Lauren. Même s'il ne se passe rien entre vous, arrange-toi pour poser une main sur sa cuisse, un truc dans le genre.

—J'ai dragué plein de nanas, dit James. Je sais comment m'y prendre.

Kerry secoua la tête.

—Plein de nanas... répéta-t-elle. Pendant qu'on était ensemble, je suppose.

James était las de la façon dont son ex-petite amie ne cessait de l'aiguillonner depuis leur rupture. Jusqu'alors, il s'était efforcé de l'ignorer, mais ses provocations continuelles commençaient à lui peser.

— C'est bien possible, lança-t-il. J'avais sans doute besoin de me marrer un peu entre deux leçons de morale.

Rat et les jumeaux émirent un murmure, puis un silence tendu s'installa dans la chambre.

— C'est fini, toi et moi, ajouta James. Désormais, je préférerais que tu t'occupes de tes oignons, si ça ne te fait rien.

Kerry se dressa d'un bond.

— Je *sais* que c'est fini, James, gronda-t-elle. Je voudrais juste que tout le monde sache à quel point tu es faux-cul.

— Ding ding! s'exclama Kyle. Fin du douzième round!

— Puisque c'est comme ça, je me tire, conclut Kerry. Je ne veux plus être impliquée dans votre plan foireux.

Sur ces mots, elle claqua la porte et regagna sa chambre.

Lauren planta un doigt entre les omoplates de Bruce.

— Qu'est-ce que tu attends pour la rejoindre? lança-t-elle.

Le garçon se leva à contrecœur.

— Qu'est-ce que je vais lui dire? Je ne sais pas comment m'y prendre avec les nanas qui piquent leur crise.

— Lauren a raison, insista Kyle. Va lui faire un câlin, c'est tout ce dont elle a besoin.

— C'est quoi son problème ? demanda James lorsque Bruce eut quitté la pièce.

Lauren posa un doigt sur ses lèvres.

— Oooh, attends, laisse-moi réfléchir... ironisa-t-elle. Tu es sorti avec elle pendant deux ans en pointillés et tu n'as pas arrêté de la tromper. Tu as fini par la plaquer et tu lui as brisé le cœur. Tu ne crois pas que ça pourrait être pour ça, gros malin ?

James, visiblement contrarié, observa quelques secondes de silence.

— J'ai changé, dit-il. Je vais brancher Hayley, comme convenu. On échangera peut-être un smack, le temps d'une photo, mais je n'irai pas plus loin. Dana est ma copine, et j'ai l'intention de lui rester fidèle.

— Sir James Adams est un gentleman et un expert ès séductions, dit Connor sur un ton exagérément snob.

— C'est notre maître à tous, ajouta Callum. Mais pourrait-il résister à une tentatrice plus désirable que Hayley Large-Brooks ?

— Je me moque de ce que vous pensez, répliqua James.

— Regarde les choses en face, dit Rat. Tout le monde sait que tu craquerais pour une fille canon, si tu étais certain que ça ne se sache pas.

— Eh bien, vous avez tous une belle image de moi... soupira-t-il. En gros, vous me considérez comme une sorte d'animal.

Lauren éclata de rire.

— Si tu as l'intention de changer ton image, tu ne vas plus pouvoir te contenter de grandes déclarations...

∴

La rumeur se propagea dans les couloirs du campus comme une traînée de poudre. En quelques heures, elle prit des proportions démesurées. La plupart des agents le tenaient de source sûre : James Adams avait parié qu'il coucherait avec la fille de Norman Large, un monstre de foire dont le poids culminait à plus de deux cents kilos.

Les éducateurs du bloc junior étaient habitués aux éphémères engouements des T-shirts rouges pour les scoubidous, les Furbys ou les cartes Pokémon, mais aucun d'eux n'avait prévu que les résidents se prendraient d'une soudaine passion pour le bowling.

D'ordinaire, chaque lundi soir, une douzaine d'agents se rendaient en minibus au club de bowling de la ville voisine. Ce jour-là, près d'un quart de la population du campus s'était rassemblée devant le bâtiment principal dans l'espoir de monter à bord du véhicule et d'assister aux exploits de James Adams.

Kyle était furieux que son plan ait été dévoilé. Il craignait que la rumeur ne fasse son chemin jusqu'à la direction — ce qui l'exposerait à une sanction implacable —, ou que l'un des instructeurs restés fidèles à Large n'ait eu vent de ses projets.

Lauren, postée près de la fontaine, considéra la file d'agents d'un œil sombre.

— C'est une catastrophe, gémit-elle.

— Quel est le crétin qui a ouvert sa grande gueule ? grogna James.

Ses complices observèrent un silence gêné. Lauren, pressée de questions par son amie Tiffany, avait été incapable de tenir sa langue ; Rat et Andy avaient mis deux camarades dans la confidence ; Callum et Connor *craignaient* d'avoir laissé échapper quelques indices ; Kerry s'était lancée dans une diatribe contre James en plein réfectoire et avait imprudemment évoqué le complot.

— C'est râpé pour le bowling, dit James. Je ne peux pas draguer Hayley avec vingt abrutis qui me matent en ricanant.

— On pourrait se rabattre sur Alien World, suggéra Kyle.

Alien World était un labyrinthe de panneaux de contreplaqué peinturlurés de vaisseaux spatiaux et d'extraterrestres multicolores. Des adolescents vêtus de dossards en matière plastique s'y livraient bataille à coups de pistolet laser. Les agents de CHERUB, habitués aux exercices à balles réelles et aux séances de paint-ball, boycottaient ce divertissement insipide.

— Excellent choix, dit James.

— Je peux emprunter un break pour vous conduire là-bas. Mais il faut prévenir Hayley. Qu'est-ce qu'on va bien pouvoir lui raconter ?

Rat avait un don exceptionnel pour improviser toutes sortes d'explications parfaitement crédibles.

— Dis-leur que tu as appelé le bowling et que toutes

les pistes ont été réservées par un comité d'entreprise, dit-il.

James lui adressa un hochement de tête admiratif, puis composa le numéro de Hayley sur son téléphone portable.

— Salut, c'est encore moi. Tu es déjà partie ?… Super. Écoute, le bowling a été réservé pour la fête annuelle des vendeurs d'une boîte d'informatique. Je me demandais si ça te brancherait d'aller à Alien World.

Hayley éclata de rire.

— Je n'ai plus neuf ans, James. Je n'ai aucune envie de passer la soirée à cavaler dans un labyrinthe.

James adressa à ses complices un regard consterné.

— Qu'est-ce que tu proposes ?

— Tes copains vont à Alien World ? demanda Hayley.

— Ouais, je crois.

— Il y a une cafétéria juste en face, à côté du *KFC*. Le lundi, le buffet à volonté est à £ 6.99. Mais il faudra que tu m'invites, parce que je suis à sec.

— C'est parfait. Comme ça, on sera seuls, toi et moi.

— En fait, je viendrai sans doute avec ma copine Rosie et son copain Dean, mais rien ne nous empêche de les laisser tomber si la température monte entre nous.

Frappé par l'audace de la jeune fille, James lâcha un gloussement idiot.

— Ouais, ouais, j'espère que ça marchera entre nous, bégaya-t-il.

Sur ces mots, il referma le clapet du téléphone et se tourna vers ses amis.

— Ça va se passer dans un restau en face d'Alien World. Elle sera avec une copine et son petit ami, mais vu la façon dont elle vient de me parler, je pense qu'elle va nous permettre de réaliser quelques belles photos…

— Mais qui tiendra l'appareil ? demanda Kyle.

— Il faudrait qu'un couple m'accompagne.

— Rat et moi, on pourrait s'en charger, suggéra Lauren.

James secoua la tête.

— Ne le prends pas mal, mais si je me pointe à un rendez-vous avec ma petite sœur et sa demi-portion de copain, je ne donne pas cher de mes chances.

Rat lui lança un regard assassin.

— Kerry est toujours en train de bouder dans sa chambre, dit Bruce. Je pourrais *essayer* de la persuader de nous filer un coup de main.

— L'idée de draguer une fille devant elle me met hyper mal à l'aise, confessa James. Quelqu'un aurait-il une autre idée ?

Kyle consulta sa montre puis secoua la tête.

— On n'a plus le temps. Bruce, va la chercher, et tâche de te montrer persuasif.

•••

Le commando anti-Large patientait devant la cafétéria. En consultant le menu affiché dans la vitrine, James eut la mauvaise surprise de découvrir que la formule à volonté à £ 6.99 n'incluait pas les boissons. Il doutait que Kyle et Lauren, les principaux organisateurs du complot, acceptent de lui rembourser les vingt livres qu'allait lui coûter cette soirée.

Bruce portait un pantalon de toile et une élégante chemise noire. Kerry avait choisi une minijupe en jean et un petit haut provocant. En dépit de l'inconfort que lui causait sa présence, James ne pouvait s'empêcher de la trouver irrésistible. La complicité qui unissait ses deux camarades lui inspirait un désagréable sentiment de jalousie.

Hayley, Dean et Rosie se présentèrent à l'heure au rendez-vous. Cette dernière était à croquer, avec ses dents blanches parfaitement alignées et ses longs cheveux roux. Son petit ami, un échalas d'environ dix-sept ans, portait un sac contenant un uniforme *McDonald's*.

À sa grande surprise, James constata que Hayley était plutôt agréable à regarder. Ce n'était pas à proprement parler un prix de beauté, mais sa robe verte à fleurs convenait parfaitement à son visage rond, et ses talons hauts affinaient sa silhouette. Elle restait trop enveloppée aux yeux de James, mais il estimait que quelques heures de gym par semaine auraient suffi à la rendre attirante.

Les filles échangèrent des amabilités concernant leurs tenues respectives, puis les convives se dirigèrent vers le buffet. Bruce sortit discrètement de la poche de son pantalon un minuscule appareil photo à intensificateur de lumière et effectua quelques clichés de James et Hayley en grande conversation dans la file d'attente.

Lorsqu'ils se furent servis, ils s'installèrent à la table pour six désignée par l'employée chargée de placer les clients. James considéra avec stupéfaction l'assiette de Hayley. Elle y avait empilé une dizaine de tranches de rôti, puis modelé un haut volcan de purée dont elle avait rempli le cratère de légumes en sauce.

— Tu ne manges rien, fit-elle observer avant de gober un énorme oignon confit.

— Tout s'est décidé au dernier moment. En fait, j'ai déjà dîné.

— Moi aussi, et alors ?

À l'exception de James, tous les convives éclatèrent de rire.

Il saisit la main de Hayley et se pencha en avant pour murmurer à son oreille.

— Je suis tellement content d'être avec toi. Tu es si belle.

— Oh, c'est trop gentil, sourit la jeune fille. Les gens pensent que je suis complexée à cause de mes kilos en trop, mais je n'ai jamais eu de problème pour sortir avec des garçons.

James songea à sa mère, à l'état de déprime chronique dans lequel l'avaient plongée ses problèmes de poids et les régimes inefficaces qu'elle s'était imposés. Rosie mordit dans une tranche de pain à l'ail.

— Finalement, tu es sortie avec plus de garçons que moi, affirma-t-elle.

Hayley secoua sa fourchette devant le visage de son amie.

—Boucle-la, Rosie. Tu vas me faire passer pour une fille facile.

—Je suis vraiment contente que vous vous soyez rencontrés, James et toi, dit Kerry. Il ne sait pas s'y prendre avec les filles. C'est un vrai désastre.

Hayley hocha la tête.

—Tu sais, James, te servir de ta petite sœur comme messager n'était pas une très bonne idée. J'ai d'abord cru à une blague. J'étais à deux doigts de lui en coller une.

James sentit le pied de la jeune fille glisser le long de son mollet. Il lui adressa un sourire complice.

—Je ne suis sorti qu'avec une fille, lança-t-il. On est restés longtemps ensemble, mais elle était tellement rasoir et coincée que j'ai fini par la plaquer.

Touchée au vif, Kerry afficha un sourire figé. James était ravi du coup sournois qu'il venait de lui porter.

—Je vais aux toilettes, annonça Hayley, son assiette achevée, en sauçant les dernières traces de mayonnaise à l'aide d'un morceau de pain.

Elle adressa à James un discret hochement de tête pour lui signifier qu'elle souhaitait qu'il l'accompagne.

L'opération devait initialement se dérouler au club de bowling, un lieu public où les amoureux avaient l'habitude de s'embrasser aux yeux de tous. Il ignorait ce que sa petite amie d'un soir avait en tête, et il craignait que Bruce ne puisse pas les prendre en photo.

Hayley le prit par la main, traversa la salle bondée, puis l'entraîna dans le couloir menant aux toilettes.

— Où est-ce qu'on va ? bredouilla James.

Il jeta un coup d'œil furtif par-dessus son épaule et fut soulagé de voir Bruce les suivre à distance respectable, l'air parfaitement innocent.

— Tu verras bien, dit la jeune fille en poussant la porte coupe-feu à l'extrémité du couloir.

Ils débouchèrent dans l'obscure cour intérieure du restaurant.

— J'ai envie de toi, James, murmura-t-elle avant de le plaquer contre le mur.

Lorsqu'elle se jeta sur lui, il eut l'impression qu'il allait étouffer. Son odeur était déplaisante. Son haleine empestait la mayonnaise.

— Tu es vraiment bien foutu, dit Hayley en glissant une main sous son T-shirt. Une vraie boule de muscles.

Elle l'embrassa à pleine bouche. Il ferma les yeux et pria pour que Bruce s'acquitte de sa mission dans les plus brefs délais.

— Toi aussi, tu es super, mentit-il en pressant son ventre contre celui de Hayley.

Elle posa un long baiser humide dans son cou.

— Personne ne vient jamais ici, miaula-t-elle. Tu peux me faire ce que tu veux.

James était à l'agonie. Au dégoût que lui inspirait Hayley se mêlait un vif sentiment de culpabilité. Elle semblait sincèrement passionnée, et la perspective de devoir lui briser le cœur lui faisait horreur.

— On ferait mieux de rentrer, gémit-il. Les autres vont se demander ce qu'on fabrique.

— Et alors, qu'est-ce que ça peut faire ? murmura Hayley en glissant ses mains dans les poches arrière de son jean.

Alors, James distingua la silhouette de Bruce qui progressait furtivement dans la pénombre. Il se posta entre deux bennes à ordures, mitrailla le couple pendant une vingtaine de secondes, leva un pouce en l'air, puis franchit la porte du couloir laissée entrouverte.

Dès que son camarade eut disparu de son champ de vision, James repoussa doucement Hayley.

— Arrête… dit-il d'une voix suppliante.

— Qu'est-ce qui te prend ?

— Je ne sais pas… je crois que c'est cet endroit. Je ne suis pas *dedans*.

Hayley recula d'un pas, posa les mains sur ses hanches et secoua la tête.

— Eh ! ce n'est pas moi qui suis venue te chercher, James. J'ai pris la peine de me faire belle et d'inviter Dean et Rosie, et maintenant, tu me dis que tu n'es pas *dedans* ?

— Je ne comprends pas ce qui m'arrive… bredouilla James. Je suis désolé, mais c'est plus fort que moi. Écoute, je t'ai vue lorgner sur la carte des desserts, tout à l'heure, et tu m'as dit que tu adorais les gaufres. Je peux t'en offrir une, si ça te fait plaisir.

— Une gaufre, répéta Hayley, incrédule. Qu'est-ce que tu t'imagines ? Que tu peux te débarrasser de moi en me payant un dessert, sous prétexte que je suis un peu enveloppée ?

— Je n'ai jamais parlé de ton poids, gronda James en se dirigeant vers la porte coupe-feu. Tu es la seule à avoir abordé ce sujet.

— J'ai bâclé un devoir de maths pour ça, tempêta Hayley, et j'ai dû supplier Rosie de m'accompagner. La prochaine fois que tu m'appelles pour me fixer un rendez-vous, je te conseille d'être *dedans*.

James trouvait l'évocation d'une nouvelle rencontre extrêmement déroutante.

— Je suis vraiment navré, dit-il.

— Ah, c'est la première fois que je rencontre un garçon qui n'est pas *dedans*, maugréa Hayley en réajustant sa robe. C'est la meilleure de l'année.

— Tu t'en vas ? demanda James.

— Oui, ne t'inquiète pas. Dès que j'aurai fini ma gaufre, je te laisserai tranquille.

18. Nanotubes de carbone

Le lundi après-midi, Michael avait été interpellé par les policiers chargés d'enquêter sur le meurtre d'Owen Campbell-Moore. Persuadés qu'un garçon de quinze ans serait plus facile à faire parler que les criminels chevronnés du gang de Major Dee, ils l'avaient placé en garde à vue et l'avaient interrogé jusqu'à l'aube. Mais comme tous les suspects appréhendés dans le cadre de leurs investigations, il était resté muet comme une tombe.

Gabrielle supportant encore difficilement la station assise, Maureen Evans la raccompagna au campus à bord de sa Mercedes à cinq heures trente du matin afin d'échapper aux embouteillages.

Elle se gara devant le bâtiment principal, installa sa passagère dans une chaise roulante, puis la conduisit jusqu'au réfectoire, où une réception avait été organisée en son honneur. Kerry, sa meilleure amie, fut la première à la serrer dans ses bras. Une longue file d'agents se forma derrière elle.

Touchée par ces marques d'affection, Gabrielle fondit en sanglots. Elle était bouleversée de voir défiler devant elle certains garçons et filles qu'elle connaissait à peine. Tous les agents avaient théoriquement conscience des risques liés aux missions de terrain. Elle était à leurs yeux une preuve vivante qu'ils pouvaient braver la mort et vaincre l'adversité.

Les T-shirts rouges furent les premiers à quitter le réfectoire. Maureen sortit immédiatement une compresse stérile de son sac à main et recommanda à Gabrielle de s'essuyer le visage et les mains. Selon les médecins, la moindre bactérie pouvait compromettre son rétablissement.

...

Dès qu'il eut quitté le poste de police, Michael embarqua à bord du premier train à destination de la ville la plus proche du campus, puis emprunta un taxi qui le déposa devant le portail. Il avait passé huit heures dans une cellule exiguë, contraint de se soulager dans des toilettes d'une saleté repoussante et de s'étendre sur un matelas imprégné d'une odeur suspecte.

Il courut jusqu'au bâtiment principal, s'enferma dans sa chambre, entassa ses vêtements dans la poubelle et se rua dans la cabine de douche.

Il débloula dans la salle de réunion avec une dizaine de minutes de retard. Zara était assise à l'extrémité de la table de conférence, encadrée par Maureen et Chloé. James, Bruce et un ingénieur prénommé Terry se tenaient dos tourné à la porte. Il marcha droit vers Gabrielle et l'embrassa passionnément.

— Tu as l'air en pleine forme, sourit-il avant de se tourner vers Zara. Désolé de ne pas être à l'heure, mais j'ai passé une nuit blanche, et CHERUB me doit un survêtement Nike et une paire de baskets.

— Pardon ?

— J'ai été obligé de les jeter.

— Tu ne pouvais pas les laver ?

— Les flics m'ont bousculé, m'ont balancé toutes les insultes racistes de leur répertoire et m'ont jeté dans un placard qui ressemblait plus à une pissotière qu'à une cellule de garde à vue.

James et Bruce échangèrent un clin d'œil complice puis émirent des gloussements imbéciles.

— Qu'est-ce qu'on se marre… soupira Michael avant de se radoucir en croisant le regard amusé de sa petite amie.

— Très bien, dit Zara, gagnée par l'impatience. Chloé, compte tenu des circonstances, je suis certaine que tu pourras tirer un peu sur le budget pour remplacer les vêtements de notre héros. Michael, as-tu lu l'avenant à l'ordre de mission ?

— Je viens d'arriver, répondit le jeune homme.

Maureen fit glisser un document sur la table.

** CONFIDENTIEL **

AVENANT À L'ORDRE DE MISSION DE JAMES ADAMS, MICHAEL HENDRY, BRUCE NORRIS ET GABRIELLE O'BRIEN

CE DOCUMENT EST ÉQUIPÉ D'UN SYSTÈME ANTIVOL INVISIBLE. TOUTE TENTATIVE DE SORTIE HORS DU CENTRE DE CONTRÔLE ALERTERA IMMÉDIATEMENT L'ÉQUIPE DE SÉCURITÉ.

NE PAS PHOTOCOPIER – NE PAS PRENDRE DE NOTES

Première phase de la mission

En janvier 2007, les agents Gabrielle O'Brien et Michael Hendry ont été placés au foyer de réinsertion du Bedford-shire, connu localement sous le nom de Zoo.

Ils avaient reçu les objectifs suivants :

(1) Infiltrer le gang des Slasher Boys et rassembler des informations sur leurs activités criminelles, en particulier sur la façon dont ils introduisent des stupéfiants sur le territoire du Royaume-Uni.

(2) Rassembler des informations sur les gangs rivaux afin

d'établir avec précision les rapports de force et la nature de leurs rivalités.

Malgré des débuts hésitants, Michael et Gabrielle sont parvenus à infiltrer les Slasher Boys et à gagner la confiance de leur leader DeShawn Andrews, alias Major Dee.

Le 15 mars dernier, les agents se sont retrouvés impliqués dans le violent règlement de comptes qui a suivi le meurtre d'Owen Campbell-Moore. Gabrielle O'Brien a reçu une grave blessure par arme blanche.

L'enquête de la police a démontré que l'incident a éclaté lorsque le gang des Runts a tenté de faire main basse sur le stock de cocaïne des Slasher Boys, une opération commanditée par le gang des Mad Dogs. À ce jour, il semble que Major Dee et les membres de son organisation ignorent tout de cette association.

Deuxième phase de la mission

Suite au rétablissement de Gabrielle O'Brien, le comité d'éthique a décidé de poursuivre la mission en y assignant deux unités chargées d'opérer de façon indépendante.

L'unité numéro un sera composée de Michael Hendry, qui travaillera sous le contrôle de Maureen Evans. Il poursuivra ses manœuvres d'infiltration au sein des Slasher Boys. Gabrielle O'Brien a manifesté sa volonté de le rejoindre dès que possible. Il est peu probable qu'elle soit entièrement guérie avant la fin de la mission, mais un scénario de couverture a été établi afin de permettre son retour éventuel.

L'équipe numéro deux réunira James Adams et Bruce

Norris. James travaillera sous le nom d'emprunt de Beckett, adopté précédemment lors de la mission antidrogue de 2004. Bruce se fera passer pour son cousin. Leurs activités seront supervisées par Chloé Blake.

Ils seront chargés d'infiltrer le gang des Mad Dogs. James devra rétablir les liens noués il y a trois ans avec Junior Moore. Ils vivront au foyer de réinsertion mais agiront en toutes circonstances comme s'ils ne connaissaient pas Michael. En raison des risques importants liés à cette opération, les agents seront placés sous le contrôle direct de Zara Asker. Chloé Blake sera chargée de la logistique et des activités de terrain.

Précautions particulières

Le comité d'éthique a imposé les conditions suivantes :

(1) Avant d'être déployé, chaque agent recevra un gilet pare-balles, une arme blanche facile à dissimuler, un Taser miniaturisé et une arme de poing compacte à n'utiliser qu'en toute dernière extrémité.

(2) Le comité d'éthique a placé l'opération sous surveillance hebdomadaire ; chaque semaine, trois membres du comité étudieront les progrès de la mission. S'ils estiment que la situation met en péril la sécurité des agents, ils exigeront le retrait immédiat de tous les membres de l'équipe.

(3) Il est rappelé aux agents qu'ils disposent du droit de refuser de prendre part à l'opération et de se retirer à tout moment de son déroulement.

•••

— Il y a un truc que je ne comprends pas, dit James. Comment voulez-vous qu'on se balade avec des armes et des gilets pare-balles ?

— La situation est tellement tendue que la plupart des membres de gang portent des équipements de protection, dit Michael. Mais il est vrai qu'on est un peu jeunes pour posséder un matériel aussi coûteux...

Terry Campbell s'éclaircit la gorge. Ce quinquagénaire à la barbe en bataille était un pilier du service technique. Ce bricoleur de génie était capable de modifier les téléphones portables afin qu'ils puissent capter tous les réseaux disponibles à la surface du globe ou de fabriquer des dispositifs d'écoute ressemblant à s'y méprendre aux objets personnels d'un suspect. Tout l'équipement des agents passait entre ses mains avant qu'ils ne partent en mission.

— Je vous procurerai des pistolets ultra-compacts que vous pourrez cacher sous vos vêtements, dit Terry. Ils seront tous d'un modèle différent, et j'appliquerai un procédé d'usure artificielle afin qu'ils passent pour des armes acquises *via* une filière clandestine. Vu que les termes de la mission stipulent que vous ne pourrez les utiliser que pour dissuader un éventuel agresseur, je suggère que vous chargiez une balle à blanc dans la culasse.

— Ces armes ne sont pas très précises, ajouta Chloé. Vous recevrez une formation au stand de tir avant de partir pour Luton.

— Et pour l'équipement de protection ? demanda Zara.

—Chaque agent recevra un gilet pare-balles standard, répondit Terry, mais il est trop épais pour être porté en toute occasion. Pour la vie de tous les jours, j'ai opté pour une solution plus expérimentale.

Il sortit de la poche de sa veste un petit carré de tissu argenté.

—Qu'est-ce que c'est ? s'amusa James. Un mouchoir magique ?

Terry lui adressa un regard réprobateur.

—Ce tissu est constitué de nanotubes de carbone. Pour faire simple, ce sont des fibres de diamant, le matériau le plus résistant connu à ce jour. Il est aussi léger que le polyester, mais il vous protégera des attaques par arme blanche. Si on vous tire dessus, la balle ne pénétrera pas dans votre peau, mais vous encaisserez toute l'énergie cinétique, et il est probable que vous souffrirez d'hémorragies internes et de fractures.

—Si nous avions reçu cet équipement plus tôt, je ne serais pas assise dans une chaise roulante, gronda Gabrielle.

—Problème de budget, malheureusement. Un mètre carré de nanotubes coûte environ six mille livres. Je suggère que James, Bruce et Michael choisissent deux de leurs vêtements préférés, hoodie ou blouson léger. La couturière renforcera la doublure avec le tissu blindé. Chaque effet exige un mètre et demi de tissu. Ça nous fait neuf mille livres la veste, cinquante-quatre mille les six, et dix-huit mille de plus si Gabrielle reprend la mission.

— Ça fait *beaucoup* d'argent, dit Bruce.

Zara hocha la tête.

— On fait tout ce qu'on peut pour assurer votre protection, mais nos ressources ne sont pas illimitées. On va devoir piocher dans le budget recherche et développement.

— Le prix de la fibre de nanotubes chutera dès qu'elle sera produite en grande quantité, fit observer Terry. Dans cinq ou six ans, ces vêtements feront sans doute partie de l'équipement standard des agents, comme les pistolets à aiguille ou les outils multi-usages.

Maureen se tourna vers les agents.

— Vous avez compris, les garçons ? Pas question de prêter vos fringues ou de les oublier sur une pelouse après une partie de foot…

19. Un véritable fléau

Kyle et Lauren se retrouvèrent devant le portail du campus en début d'après-midi, puis ils marchèrent d'un pas vif vers la villa de Norman Large.

— Tu es nerveuse ? demanda le garçon.

— Un peu, répondit Lauren, mais j'ai connu pire. J'ai eu le FBI aux fesses et j'ai échappé à un gang de pédophiles. Je crois que je survivrai à une nouvelle rencontre avec Large.

L'ex-instructeur se présenta à la porte dès le premier coup de sonnette. Il portait un pantalon de jogging et un maillot de l'équipe d'Angleterre de rugby. Il se frotta la moustache avec circonspection.

— Qu'est-ce que vous me voulez ?

— Nous aimerions discuter quelques minutes, en toute amitié. C'est à propos du petit accrochage que nous avons eu l'autre soir.

— Nous savons que vous êtes un homme très occupé, ironisa Kyle.

Large se pencha à l'extérieur, jeta un coup d'œil à

gauche et à droite, puis invita les deux agents à le suivre dans le vestibule.

— Oh, mais c'est charmant, ici ! s'exclama Lauren en ôtant ses gants.

L'homme les conduisit jusqu'au salon. Sur la table basse, Kyle remarqua un exemplaire du *Times* dont la grille de mots croisés était à demi remplie, un bol contenant encore quelques gouttes de lait et un emballage de Mars. À l'évidence, Large avait passé la matinée devant la télé.

— Ça vous dérange si on s'assied ? demanda Lauren.

L'instructeur fit un geste vague en direction du canapé. Kyle prit place dans un fauteuil.

— Alors, qu'est-ce que vous avez à me dire ? demanda Large.

— Mon vieil ami Rod Nilsson vous adresse ses amitiés, dit le garçon. Vous vous souvenez de lui, j'imagine ?

Large s'accorda quelques secondes de réflexion.

— Ah oui, un petit rouquin, murmura-t-il. C'était un brave garçon, mais il n'a pas eu le courage d'affronter une deuxième session de programme d'entraînement.

— Toutes les nuits, il continue à rêver que ses poumons se remplissent de sable.

— J'étais chargé de former des agents, et je n'ai pas à rougir de ce que j'ai fait. Mes méthodes ont toujours porté leurs fruits.

Lauren souleva un sourcil.

— C'est une façon de voir les choses…

— Tu vas dire la vérité et me soutenir lors de l'audience de vendredi, *n'est-ce pas* ?

La jeune fille sourit.

— Oui, je m'en tiendrai à la vérité, en effet. Vous pouvez me faire confiance.

— J'espère que personne n'aura à souffrir de ton témoignage…

— Lauren m'a informé que vous aviez essayé de la faire chanter, dit Kyle.

— Qu'est-ce que c'est que cette histoire ? gronda Large en considérant Lauren d'un œil noir. Je ne t'ai pas adressé la parole depuis des mois. On se fait juste un signe, quand tu viens t'occuper de Boulette.

— Rassurez-vous, cette conversation n'est pas enregistrée, dit-elle. Je ne m'attendais pas à ce que vous réitériez vos menaces. Vous êtes trop malin pour commettre une telle imprudence. J'ai longuement réfléchi, vous savez, et j'étais à deux doigts de me soumettre à votre volonté. Et puis, je me suis dit que je n'étais pas la seule à avoir un talon d'Achille.

Kyle tira une petite pile de photos de la poche de sa veste. Il exhiba la première, un cliché de Hayley plutôt flatteur.

— C'est une jolie fille, dit-il sur un ton neutre avant de glisser le cliché en bas de la pile, révélant une photo de la jeune fille en train d'embrasser James à pleine bouche.

— Mon frère et votre chère Hayley s'entendent à merveille, gloussa Lauren.

Large manqua de s'étrangler.

Kyle fit défiler les photographies.

— Et ce n'était que leur premier rendez-vous, ajouta

Lauren. Imaginez un peu jusqu'où ça pourrait aller, la prochaine fois.

— En Angleterre, chaque année, des milliers d'adolescentes se retrouvent enceintes par imprudence, fit remarquer Kyle. C'est un véritable fléau.

— James est tellement immature… soupira Lauren. Il va la larguer et lui briser le cœur.

— Elle s'en remettra, ajouta Kyle. Vous avez entraîné des centaines de garçons du campus. Ils vous adorent, et ils sont tous en pleine forme. Dès que James l'aura laissée tomber, ils feront la queue pour profiter des charmes de votre fille…

Mr Large était plongé dans un profond mutisme.

— Ah ça, elle ne va pas s'ennuyer, dit Lauren.

Lauren et Kyle n'étaient pas particulièrement fiers de leurs manœuvres, et ils n'avaient pas l'intention de pousser plus loin. Ils espéraient que Large mordrait à l'hameçon, parce que c'était exactement le genre de plan vicieux qu'il aurait pu ourdir.

— Mais bien sûr, nous avons les moyens d'empêcher James de nuire à Hayley, expliqua Lauren. Nous sommes disposés à intervenir, pourvu que vous garantissiez la sécurité de Boulette.

Le visage de Large était écarlate.

— Pourquoi impliquer ma fille dans notre conflit? cria-t-il. Elle est innocente!

— Innocente? répliqua Lauren. Et Boulette alors? C'est un tueur en série? Il s'introduit dans le campus pour vendre du crack aux T-shirts rouges?

— Nous tenons d'une source bien informée que Zara ne vous apprécie pas, Norman, dit Kyle. Mac vous a souvent sauvé la mise, mais cette époque est révolue. Dès que Lauren aura témoigné devant le comité, vous perdrez votre place.

— Et je n'aurai pas besoin de forcer le trait, ajouta Lauren.

Large jeta le bol et les télécommandes contre le mur puis donna un coup de pied dans la table basse.

En dépit de la crainte que lui inspirait l'instructeur, Lauren esquissa un sourire et lança :

— Oh ! Norman, très cher, vous avez renversé du lait sur la moquette…

— Et pour nous assurer que vous ne serez pas rétabli dans vos fonctions, nous allons faire circuler une pétition sur le campus, ajouta Kyle. Les signataires s'engageront à refuser de partir en mission si le comité d'éthique ne prononce pas votre renvoi définitif.

En vérité, cette idée avait germé dans son esprit deux secondes plus tôt.

— Nous avons informé Meryl Spencer des pressions que vous avez exercées contre moi, dit Lauren. Zara n'est pas au courant, mais si j'étais vous, je n'espérerais pas trop recevoir une carte de vœux des Asker, cette année.

Le visage de Large avait pris une teinte si sombre que les deux agents commencèrent à redouter que son cœur ne flanche de nouveau.

— CHERUB est toute ma vie, gronda Large. Je suis instructeur, c'est tout ce que je sais faire.

—Vous n'êtes qu'un frustré qui passe ses nerfs sur des enfants.

Large se dressa d'un bond. Lauren resta parfaitement immobile.

—Tu as ruiné ma vie ! cria l'instructeur. Je ne me suis jamais remis du coup de pelle que tu m'as donné. Mon dos me fait mal vingt-quatre heures sur vingt-quatre. J'ai commencé à boire pour combattre la douleur. C'est pour ça que j'ai pris du poids et que j'ai été victime d'un infarctus.

—Vous êtes seul responsable, répliqua Lauren. Si je vous ai frappé, c'est parce que vous torturiez Bethany. Vous la forciez à creuser sa propre tombe. De mon point de vue, vous avez amplement mérité ce qui vous arrive.

—Viens Lauren, dit Kyle en se levant. Il n'y a rien à ajouter. Laissons-le décider s'il préfère démissionner immédiatement ou voir Hayley souffrir par sa faute.

Lorsque Lauren se pencha en avant, Large posa une main sur son épaule, la repoussa brutalement en arrière et se laissa tomber sur elle de tout son poids.

Elle fléchit les jambes, plaça la semelle de ses baskets sur l'abdomen de son agresseur et poussa tant qu'elle put sans parvenir à l'écarter. Pris de folie, il saisit ses joues et les tordit violemment.

Kyle passa les bras autour de la taille de Large et essaya vainement de lui faire lâcher prise. Son adversaire lui lança un puissant coup de pied rétro qui l'envoya valser contre le minibar. Il s'effondra au pied du mur, le souffle coupé, une main crispée sur l'estomac.

—Vous vous prenez pour qui ? ricana Large. Vous n'avez aucune chance contre moi. Je suis votre instructeur, vous vous rappelez ?

—Cette fois, vous êtes allé trop loin, gémit Lauren. Zara ne vous le pardonnera jamais.

—Tu as raison. Je crois que je vais devoir remettre ma démission. Je déménagerai loin d'ici, et ton pervers de frère ne pourra pas remettre ses sales pattes sur Hayley. Maintenant que je n'ai plus rien à perdre, je veux être certain que tu ne m'oublieras jamais : je vais aller tordre le cou de cette saloperie de clebs.

Sur ces mots, Large lâcha sa victime, débaoula hors de la pièce, franchit la porte de la maison et la claqua derrière lui.

—Il faut faire quelque chose ! hurla Lauren. Il va tuer Boulette !

Les deux agents titubèrent jusqu'au vestibule puis s'élancèrent sur la pelouse.

Large avait franchi le muret séparant son jardin de celui de ses voisins. En deux coups d'épaule, il défonça la porte de la maison des Asker.

Une sirène stridente retentit. Aussitôt, Boulette se mit à aboyer comme un possédé.

—Mords-le ! cria Lauren en se précipitant à la suite de Kyle. Ne le laisse pas t'attraper !

En tant que directrice de CHERUB, Zara Asker était l'une des figures les plus importantes des services de renseignement britanniques. Ce statut faisait d'elle la cible potentielle des terroristes et des preneurs d'otages, une menace qui l'avait conduite à faire installer un coûteux système de sécurité.

Boulette connaissait bien Norman Large. Il s'était occupé de lui à de nombreuses reprises, lorsque les Asker étaient en vacances. Il trottina joyeusement vers celui qui avait si souvent rempli sa gamelle, mais, flairant l'odeur de Lauren, il fila entre ses jambes au moment où l'homme allait refermer ses doigts autour de son cou.

Kyle, qui précédait sa complice, vit le chien courir dans sa direction. Il le saisit à la volée et le serra contre son torse. Large sortit de la maison en hurlant comme un possédé.

Kyle s'élança vers la route menant au campus. Large, bien que quadragénaire, possédait une bonne pointe de vitesse. Porté par son élan, il refit rapidement son retard, saisit son adversaire par la taille et lui administra un plaquage digne d'un rugbyman professionnel.

Le garçon roula dans l'herbe. Boulette lui échappa des mains et se précipita vers Lauren en jappant frénétiquement.

Kyle roula sur le dos, mais Large se laissa tomber sur lui de tout son poids puis appuya un avant-bras contre sa gorge.

— Vous allez le tuer ! hurla Lauren en jetant un regard circulaire au jardin, désespérée de trouver un moyen de sortir son camarade de ce mauvais pas.

Alors, elle remarqua la pelle posée contre le mur de la maison.

Lorsque Kyle la vit approcher, instrument en main, il cessa de se débattre. Au contraire, il serra bras et jambes autour de son ennemi afin de l'immobiliser et de faciliter la tâche de sa complice.

Lauren serra sa prise autour du manche puis frappa de toutes ses forces. La pelle atteignit Large à l'arrière du crâne. Il perdit connaissance sans émettre une plainte.

— Rien de cassé ? demanda-t-elle à Kyle.

Ce dernier était écarlate. Son visage ruisselait de sueur.

— Il était moins une, hoqueta-t-il avant de se redresser péniblement.

Une BMW blanche s'immobilisa sur la route dans un crissement de pneus. Deux individus en jaillirent, pistolet au poing, puis coururent dans leur direction. Lauren reconnut les officiers chargés de contrôler les allées et venues à l'entrée du campus. Elle comprit que le système d'alarme des Asker était relié au poste de sécurité.

— Qu'est-ce qui se passe ici ? cria l'un des hommes en considérant avec stupéfaction le corps inanimé de Norman Large et la porte aux gonds arrachés.

20. Avec sursis

Zara Asker avait toujours méprisé Norman Large. Lorsqu'elle apprit que Lauren Adams l'avait malmené à coups de pelle pour la seconde fois, elle eut toutes les peines du monde à ne pas éclater de rire.

Large avait repris conscience quelques dizaines de minutes après l'incident. Il était étendu sur une couchette de l'infirmerie du campus.

— Ah, la voilà, lança-t-il sur un ton sarcastique lorsque Zara pénétra dans la chambre. Son Altesse Royale me fait l'honneur de sa présence.

— C'est hilarant, Norman. Je viens de m'entretenir avec mon mari. Est-il vrai que vous avez essayé de tuer le chien de mon fils ?

Large haussa les épaules.

— J'imagine que votre baraque est placée sous surveillance vidéo et que vous avez déjà visionné la bande.

— Écoutez-moi bien, Norman, lança Zara d'une voix glaciale. Rien ne me rendrait plus heureuse que de vous foutre à la porte sur-le-champ, et de vous voir disparaître à jamais, vous et votre moustache ridicule. Mais vous avez travaillé ici toute votre vie, et vous en savez long sur notre organisation. Nous sommes obligés de respecter certaines règles. Ne rendez pas les choses plus difficiles.

—Vous allez me surveiller jusqu'à la fin de mes jours.

—Vous savez comment nous procédons depuis l'âge de dix ans. Nous devons prendre certaines précautions, surtout lorsque nous nous séparons d'un collaborateur en mauvais termes. Me remettrez-vous une lettre de démission ou devrons-nous en passer par la mascarade du conseil disciplinaire ?

—Rédigez la lettre, je la signerai.

—Parfait. En ce qui concerne la maison…

—Peu importe. Tous les jours, Gareth doit faire quatre-vingts kilomètres pour se rendre à son travail. On envisage de déménager depuis un bout de temps.

—CHERUB vous la rachètera vingt pour cent au-dessus du prix du marché, ce qui devrait vous permettre de retrouver une habitation convenable. Vous recevrez trois mois de salaire d'indemnités et je rédigerai une lettre de recommandation, pourvu que vous vous engagiez à ne pas choisir une profession vous mettant en contact avec des enfants. Je ne veux pas avoir ça sur la conscience.

Large émit un grognement.

Zara posa les mains sur les hanches.

—Compte tenu du fait que vous avez essayé de faire chanter une fillette de douze ans et d'étrangler un garçon de dix-sept ans, j'estime que nous sommes extrêmement généreux. Ma proposition n'est pas négociable.

— Puisque je n'ai pas le choix…

— L'infirmière estime qu'il est préférable que vous vous reposiez une heure ou deux, mais la radio de votre crâne ne révèle aucun dommage. Si vous avez encore des effets personnels au poste des instructeurs, je peux envoyer quelqu'un pour les chercher.

Large secoua la tête.

— J'ai dû laisser une vieille paire de rangers, mais je vous la lègue avec plaisir.

— Comme tous les anciens agents de CHERUB, vous serez autorisé à retourner au campus pour les célébrations officielles, mais votre autorisation d'accès permanent sera révoquée dès que vous aurez franchi le portail.

Zara lui tendit la main. Large garda les bras le long du corps.

— Vous n'allez peut-être pas me croire, Norman, dit-elle, mais je suis sincèrement désolée que votre carrière s'achève de cette façon. Je vous souhaite bonne chance pour l'avenir. N'hésitez pas à me contacter si vous avez besoin d'aide.

Zara, ulcérée par le silence de son interlocuteur, tourna les talons et quitta la chambre. Alors, elle entendit un son étranglé.

Norman Large venait de fondre en sanglots.

•••

Les photographies avaient glissé de la poche de Kyle lors de son empoignade avec l'instructeur. Elles avaient été saisies par l'équipe de sécurité et remises à Zara à titre de preuves à conviction. Bruce ne s'était pas contenté d'immortaliser la brève relation entre James et Hayley. À bord du minibus, il avait pris des clichés de ses complices. Andy était le seul à ne pas y figurer.

Le bureau de la directrice avait été récemment rénové. L'iMac posé sur une table à plateau de verre et les chaises Herman Miller conféraient à la pièce un caractère moins solennel que les lourds meubles de chêne et les fauteuils de cuir de son prédécesseur. Seuls les principaux accusés, James, Kyle et Lauren, avaient été invités à s'asseoir. Leurs complices camarades se tenaient debout derrière eux.

Zara ne prenait aucun plaisir à punir les résidents indisciplinés. Lorsqu'elle avait pris ses fonctions, plusieurs instructeurs avaient protesté contre ses méthodes laxistes. Elle s'était efforcée de durcir sa politique, mais cela ne lui venait pas naturellement.

Lorsque le docteur McAfferty était directeur, il appliquait un barème immuable, si bien qu'un agent indiscipliné savait exactement à quelle sanction il s'exposait. S'il regagnait le campus après le couvre-feu, il recevait vingt tours de piste par quart d'heure de retard. Depuis que Zara avait pris les rênes, elle distribuait les punitions un peu au hasard, à la tête du client ou au gré de ses changements d'humeur.

Chose étrange, en dépit de sanctions globalement

plus clémentes que celles de son prédécesseur, cette façon imprévisible de rendre la justice inspirait aux agents un profond sentiment d'insécurité.

— Qu'est-ce que je vais faire de vous… murmura-t-elle. Toute cette affaire est la conséquence de la tentative de chantage de Mr Large, mais ça n'excuse pas votre comportement.

Kyle prit la parole.

— Je suis le plus âgé, dit-il, et c'est moi qui ai échafaudé ce plan. Je suis prêt à assumer toutes les conséquences.

— Quand dois-tu quitter CHERUB ?

— Dans un peu plus de sept semaines.

— En somme, si ta punition te semblait trop lourde, tu n'aurais qu'à faire tes adieux un peu plus tôt que prévu.

Kyle réalisa que la directrice avait vu clair dans son jeu. Il baissa les yeux.

— Je sais que je ne suis pas en poste depuis très longtemps, mais je ne suis pas née de la dernière pluie. C'est pour Hayley que je me fais du souci, dans cette histoire. Comme elle ne connaît pas l'existence de CHERUB, je ne peux rien faire pour elle. J'espère simplement qu'elle ne sera pas trop durement éprouvée.

James haussa les épaules.

— Apparemment, elle collectionne les petits copains. Je ne suis même pas certain qu'elle veuille que je la rappelle.

— Enfin une fille qui a la tête sur les épaules, dit Zara. Bon, je vais commencer par ceux qui sont restés debout. Chacun de vous me fera deux cents tours de piste, en trois semaines, ainsi que quatre-vingts heures de jardinage…

— Mais ce n'est pas juste, protesta Kerry. Je n'ai presque rien fait !

Ses camarades lui lancèrent un regard méprisant.

— Tu étais au restaurant, fit observer Rat. Moi et les jumeaux, on est moins impliqués que toi.

— Silence ! gronda Zara. Si vous me laissiez finir ? Votre sanction est assortie d'un sursis. Si vous enfreignez la moindre règle avant le 1er octobre, vous devrez l'accomplir intégralement.

Cette disposition convenait à Kerry. Elle ne sortait jamais des clous. Pour elle, un sursis équivalait à un acquittement. Les quatre garçons étaient moins enthousiastes à l'idée de devoir marcher sur des œufs pendant près de sept mois.

Zara se tourna vers les trois principaux auteurs du complot.

— James, Tu as joué un rôle majeur dans cette affaire, mais tu n'en es pas l'instigateur. Tu me feras deux cents tours et cent heures de travaux d'entretien, avec sursis. Tu feras quand même cinquante tours avant de partir en mission.

James estimait s'en tirer à bon compte. Il pouvait parcourir dix kilomètres en moins de cinquante minutes sans forcer son talent.

— À présent, tous ceux qui ont reçu leur punition sont priés de quitter la pièce. Je dois parler à Kyle et à Lauren en privé.

— Je peux poser une question ? demanda Bruce.

— Je t'écoute.

— Est-ce que Large a été viré ?

Zara hocha la tête. Les agents échangèrent un sourire radieux.

— Je vous conseille de ne pas trop la ramener, gronda la directrice. Si j'apprends que l'un de vous se vante d'être à l'origine de son renvoi, je révoquerai son sursis. Mr Large n'aurait sans doute pas été réintégré par le conseil de discipline. Vous n'avez fait que vous attirer des ennuis.

Lorsque les agents eurent pris congé, elle se tourna vers les deux derniers accusés.

— Kyle, dit-elle, je pense que toutes les bonnes choses ont une fin, n'est-ce pas ?

— Excusez-moi ?

— Tu es le principal responsable de tout ceci, mais je ne peux pas te punir efficacement puisque tu es sur le point de nous quitter. Il ne te reste plus qu'à bûcher sur ton examen d'accès à l'université. J'ai parlé à Meryl Spencer. Elle vient d'acheter une grande maison à quelques kilomètres du campus. Elle m'a dit qu'elle serait ravie de t'accueillir pendant quelques mois, avant que tu ne partes en voyage.

— Mais je…

— De toute façon, il est trop tard pour que je t'envoie en mission. Il vaut mieux que tu fasses tes bagages et que tu quittes le campus un peu plus tôt que prévu.

— Et mes révisions ?

—J'autoriserai James à te donner des cours de soutien en maths, mais dans la bibliothèque, pas dans ta chambre. Tu pourras voir tes amis, mais tu n'auras pas accès aux équipements sportifs. Et je ne veux pas te voir traîner dans le parc.

Après dix ans de carrière, Kyle se préparait à quitter le campus depuis des mois, mais cette fin prématurée lui était insupportable.

—Je reconnais mes fautes, plaida-t-il, mais par pitié, laissez-moi quelques jours pour dire au revoir à tout le monde.

—Ça me va. De toute façon, il nous faut encore régler les détails de ta nouvelle identité et nous occuper des questions financières.

—Je vous remercie.

—Affaire réglée. Tu peux retourner dans ta chambre.

Tandis que Kyle quittait la pièce, Lauren sentit son cœur s'emballer.

—À nous deux, ma jolie ! lança Zara en ouvrant la chemise cartonnée posée devant elle. Avant de consulter ton dossier, je n'avais pas réalisé que nous avions un sérieux problème, toutes les deux.

—Je ne vois pas ce que vous voulez dire, bredouilla la jeune fille.

—Ah vraiment ? Tu es l'un de nos meilleurs agents, *toujours* le plus jeune T-shirt noir sur le campus, mais ton dossier disciplinaire est épouvantable. Laisse-moi te rafraîchir la mémoire. Fin 2004, tu as agressé Mr Large à l'aide d'une pelle *pour la première fois*. En guise de sanction, tu as passé six mois à curer les fossés du campus, et tu as reçu un avertissement. Pourtant, à l'été 2006, tu as de nouveau été sanctionnée pour avoir essayé de faire chanter ton frère et pour t'être introduite dans le camp d'entraînement afin de prêter assistance aux recrues. À présent, te revoilà dans mon bureau, coupable d'avoir échafaudé un nouveau complot pour prendre ta revanche sur Mr Large et le forcer à démissionner.

— Mais c'est *lui* qui m'a fait chanter, plaida Lauren. C'était juste…

— Je sais ce qu'a fait Mr Large. Tu as bien fait d'informer Meryl Spencer, mais la façon dont tu as essayé de te servir de Hayley est absolument inacceptable. Et ce qui me déplaît le plus, c'est que cette manœuvre ressemble beaucoup au coup tordu que tu as joué à James, il n'y a même pas un an.

— C'était l'idée de Bethany…

— Cette fois, elle est en mission. Il va être difficile de lui faire porter le chapeau,

— Oui, madame.

— Les quatre cents tours de punition dont tu as écopé semblent n'avoir eu aucun effet sur ton comportement, ce qui me met dans une position embarrassante. Je pense qu'il va te falloir prouver que tu es capable de te comporter de façon exemplaire avant de poursuivre ta carrière d'agent.

— Je suis suspendue de mission ? s'étrangla Lauren.

— Oui, pendant trois mois. Ensuite, je t'emploierai

pour des opérations de moindre échelle, des contrôles de sécurité et des missions de recrutement.

— Bien, madame.

— Je souhaite aussi que tu participes davantage à la vie du campus et que tu commences à assumer certaines responsabilités. Nous verrons si tu es capable de mûrir. Nous avons énormément recruté ces derniers mois et nous avons actuellement une douzaine de T-shirts rouges de moins de sept ans. L'équipe du bâtiment junior a le plus grand mal à faire respecter la discipline. Tu y passeras quatre nuits par semaine pendant les six mois à venir. Ça n'aura rien de sorcier : tu les aideras à faire leurs devoirs et à prendre leur bain, puis tu t'assureras qu'ils se mettent au lit. Certains d'entre eux ont des difficultés à s'habituer à la vie du campus et à se remettre de la disparition de leurs parents. Ils ont besoin de soutien sur le plan affectif.

Lauren hocha la tête. Sa punition n'avait rien d'insurmontable, mais la perspective de devoir annoncer à ses amies qu'elle était suspendue de mission lui donnait la nausée. Elles qui se plaignaient de ses incessantes vantardises, elles allaient adorer...

21. La cérémonie des adieux

Le vendredi matin, James sacrifia son dernier jour de congé pour participer à une ultime réunion de préparation en compagnie de Chloé, achever les tours de piste dont il avait écopé et s'initier au maniement de son nouveau pistolet automatique sous les ordres de Terry. Malgré cet emploi du temps chargé, il ne cessa de s'inquiéter pour Kyle. Depuis que Zara lui avait ordonné de quitter prématurément le campus, ce dernier semblait plongé dans un profond état d'abattement.

— Tu es là ? lança James en pénétrant sans frapper dans la chambre de son ami.

Comme à l'ordinaire, la pièce était impeccablement ordonnée. Trois cartons étaient empilés près de la fenêtre. Draps et housses d'oreiller, soigneusement pliés, étaient posés sur le matelas nu.

Entendant l'eau couler dans la cabine de douche, il sortit son pistolet compact de sa veste de survêtement et se glissa furtivement dans la salle de bains.

— Les mains en l'air ! hurla-t-il en tirant le rideau.

Kevin Sumner poussa un cri aigu, laissa tomber sa bouteille de shampooing et se couvrit pudiquement les parties intimes.

— Oh, je suis désolé, bredouilla James, aussi embarrassé que sa victime. Je pensais tomber sur Kyle. Qu'est-ce que tu fais là ?

— On est rentrés de Malaisie ce matin, expliqua Kevin. On a déménagé nos affaires du bâtiment junior. Les autres se sont jetés sur les chambres neuves disponibles au huitième étage, mais Kyle a proposé de me passer la sienne. Elle est nickel. Il est tellement maniaque…

James considéra le T-shirt gris suspendu au porte-serviettes.

— Félicitations, lança-t-il. On est voisins, maintenant. J'habite juste en face.

Kevin sortit de la cabine et noua une serviette autour de sa taille.

— J'espère que tu ne m'en veux pas pour l'autre soir, dans la jungle…

James lui adressa un sourire complice.

— J'aurais sûrement fait la même chose, quand j'avais ton âge. Kazakov ne vous en a pas trop fait baver, après mon départ ?

— Franchement, ça n'a pas été une partie de plaisir, mais j'ai tout oublié au moment où on m'a remis le T-shirt gris. Tu n'as jamais vécu au bâtiment junior, n'est-ce pas ?

— Non, j'avais douze ans quand je suis arrivé ici.

Ils m'ont envoyé directement au programme d'entraînement.

—C'est génial d'avoir une douche rien qu'à soi. Je n'en pouvais plus de la salle de bains commune. Il y a toujours un petit malin pour te jeter un seau d'eau glacée ou piquer tes fringues dans les vestiaires.

—Ouais, j'imagine que ça doit être usant, à la longue. Tu sais où est Kyle ? Il a l'air déprimé depuis que Zara lui a demandé de faire ses bagages. Je m'inquiète un peu à son sujet.

—Il est allé déposer des cartons chez Meryl.

—Dans ce cas, je repasserai un peu plus tard. Et excuse-moi pour la sale blague de tout à l'heure…

Impatient de retrouver Dana, James regagna le couloir. Au même instant, Kyle émergea de l'ascenseur.

—Salut, dit-il.

—Salut. Dis, pourquoi tu déménages aujourd'hui ? Zara t'a autorisé à rester jusqu'à dimanche.

Kyle secoua tristement la tête.

—Ça me rend triste de traîner ici. Je préfère en finir le plus vite possible.

—Mais c'est hors de question ! On a organisé une fête pour toi, samedi soir. Tout le monde sera là. Kerry et ses copines ont fait la quête pour t'acheter un super cadeau.

—Je ne viendrai pas. Je t'avais dit que je ne voulais pas de grande cérémonie.

—Tu ne peux pas nous faire ça. *Tous* les agents fêtent leur départ.

— De toute façon, je ne saurais pas où dormir maintenant que j'ai laissé ma chambre à Kevin.

— Je te prêterai la mienne, proposa James.

— N'insiste pas, dit Kyle d'une voix étranglée. Ma décision est prise.

Touché par la détresse de son ami, James le prit dans ses bras.

— Le sixième étage ne sera plus jamais le même, après ton départ. Tu vas me manquer.

— Toi aussi, bredouilla Kyle. Ces dix années ont passé tellement vite. Ça me fout la trouille, tu sais.

Une larme roula sur sa joue.

— Tu as toute la vie devant toi, dit James. Tu vas faire le tour du monde puis entrer à l'université. Je te garantis que tu vas t'éclater. Dans un an, tu te demanderas comment tu as pu supporter si longtemps de vivre avec une bande de débiles dans notre genre.

— Tu es mon meilleur ami, James, hoqueta Kyle en séchant ses larmes d'un revers de manche. Quand on s'est rencontrés au centre Nebraska, tu m'as fait l'effet d'un petit con arrogant et gâté. Je ne te l'ai jamais dit, mais j'ai émis un avis défavorable quand CHERUB a envisagé de te recruter. C'est Jennifer Mitchum, la psy, qui a eu le dernier mot.

— Espèce de salaud ! s'esclaffa James.

— Je reconnais que j'avais tort. J'ai discuté avec Meryl. Je serai autorisé à revenir au campus pendant les vacances scolaires. Et elle m'a promis un job d'été à la résidence hôtelière de CHERUB.

— C'est super. Je ne veux surtout pas qu'on se perde de vue.

— Il faut que je te laisse. Ah, au fait, Dana t'attend au réfectoire.

— Ma mission à Luton débute lundi, dit James en se dirigeant vers l'ascenseur. Je risque de ne pas la voir pendant des mois. Je vais profiter de ces trois jours pour faire des réserves de câlins.

Il appuya sur le bouton et se retourna.

— Kyle ?

— Quoi ?

— Il faut absolument que tu sois là demain soir. Fais un effort. Dans quarante-huit heures, tu commenceras une nouvelle vie. Tu ne peux pas nous laisser tomber comme ça.

Kyle s'accorda quelques secondes de réflexion puis esquissa un sourire.

— Je pense que je ferai un saut. Je ne voudrais pas que tout le monde garde de moi le souvenir d'un type qui casse l'ambiance…

•••

La fête s'acheva à trois heures du matin. Kyle passa sa dernière nuit au campus dans le lit de James. Celui-ci dormit sur un canapé, dans la chambre de Dana. À son réveil, il trouva un message de Chloé lui demandant de la rappeler de toute urgence. Il s'isola dans la salle de bains pour ne pas réveiller sa petite amie.

168

— Bonjour, dit gaiement la contrôleuse de mission. Pas trop mal au crâne ?

— Non, mais j'ai un méchant torticolis, bâilla James.

— Je n'ai pas réussi à te trouver de place dans la classe de Junior Moore, mais les deux agents du MI5 chargés de sa surveillance m'ont informée qu'il avait rendez-vous avec son responsable de liberté conditionnelle tous les lundis matin depuis sa libération du centre de rétention pour jeunes délinquants. Je pense que c'est le meilleur moyen d'entrer en contact avec lui.

— Ça marche, mais on est censés déménager au Zoo demain, dans la matinée…

— C'est là que je veux en venir. Junior a rendez-vous à dix heures. Dans l'idéal, il vaudrait mieux que vous vous rendiez à Luton dès aujourd'hui.

James était contrarié.

— Mais je devais déjeuner avec Kyle. C'est son dernier jour au campus…

— Je sais bien, dit Chloé. Si tu y tiens vraiment, on peut trouver une autre solution.

— Non, non, c'est bon. On s'est éclatés, cette nuit. Ce repas d'adieu risque d'être déprimant.

— J'apprécie ton professionnalisme, dit Chloé.

— Tu as parlé à Bruce ?

— Oui. Il est ravi de faire équipe avec toi.

— Cool. Alors, à quelle heure on décolle ?

— Il est presque midi. On se mettra en route dès que vous aurez pris votre petit déjeuner et préparé vos bagages.

Lorsque James sortit de la salle de bains, il trouva Dana réveillée, l'air hagard, le visage maculé d'eyeliner. Elle avait dormi tout habillée.

— Comment ça va, beauté ? ironisa James.

— J'ai un peu mal au bide, bredouilla-t-elle.

— Mauvaise nouvelle : ma mission a été avancée d'une journée.

— Oh. On ne va pas pouvoir se voir pendant un siècle...

— Ne t'inquiète pas, je te donnerai de mes nouvelles.

— Surtout, fais attention à toi.

Ils échangèrent un baiser passionné, puis James regagna sa chambre, la mort dans l'âme.

Kyle avait déjà pris une douche, changé les draps et descendu le linge sale à la laverie.

— Je ne vais pas pouvoir déjeuner avec toi, dit James en sortant un sac de voyage de la penderie. Je pars en opération dans une demi-heure.

— Je suis mort de jalousie, sourit Kyle. Ça me fait drôle de penser que je ne connaîtrai plus jamais ça : le campus, les missions, les vacances à la résidence d'été. Je ne suis plus qu'un étudiant comme les autres.

James sentit les larmes lui monter aux yeux.

— Et moi, je n'arrive pas à imaginer cette vie sans toi.

Kyle esquissa un sourire.

— Tu m'étonnes. Sur qui tu vas copier tes devoirs, maintenant ? Tu ne peux plus compter sur moi, et tu n'es pas en très bons termes avec Kerry, en ce moment...

— Oh, je n'avais pas pensé à ça. Je suis hyper mal.

Kyle s'accroupit, glissa un bras sous le lit et en sortit un grand sac de sport rempli d'un monceau de cahiers et de classeurs.

— C'est mon cadeau d'adieu : toutes mes notes de cours, tous mes devoirs, toutes mes antisèches.

— C'est génial ! s'exclama James. Tu me sauves la vie. On va prendre le petit déjeuner ?

Kyle hocha la tête.

— J'aimerais bien, mais je me suis réveillé tard et je voudrais passer au bâtiment junior pour saluer les membres de l'équipe qui se sont occupés de moi quand j'étais petit.

— Bon. Eh bien, je crois que le grand moment est arrivé.

Les deux garçons tombèrent dans les bras l'un de l'autre.

— À bientôt, Kyle. Bonne chance pour ton examen d'entrée.

— À plus, James. Prends bien soin de toi.

22. Panne d'oreiller

Le Centre de Réinsertion du Bedfordshire, plus connu sous le nom de Zoo, était censé offrir un refuge aux adolescents à problème et aux délinquants en herbe fraîchement relâchés de prison. C'était en vérité un trou à rats où échouaient les jeunes en rupture avec la société. Quatre-vingts pour cent de ses résidents avaient interrompu leur parcours scolaire. La moitié des garçons et le quart des filles avaient déjà séjourné dans des établissements pénitentiaires. La plupart étaient condamnés à y retourner.

En début d'après-midi, James et Bruce s'installèrent dans un réduit aux murs constellés de graffitis, disposant de lits jumeaux aux matelas crasseux et d'armoires métalliques. Lorsqu'ils y eurent déposé leurs bagages, ils se rendirent au réfectoire et engloutirent des hamburgers au poulet saturés de graisse, accompagnés de chips au vinaigre. Dans l'escalier menant à l'étage, une fille leur proposa d'acheter du cannabis. Sur le palier, un garçon maigrichon se faisait rosser par deux brutes.

Soucieux de ne pas se faire remarquer, ils détournèrent le regard et s'isolèrent dans leur chambre.

Épuisés par la fête de la veille, ils se mirent au lit à dix heures du soir, mais le vacarme infernal qui régnait dans le Zoo ne leur permit pas de trouver le sommeil. Les résidents se pourchassaient et se battaient dans les couloirs. Leur voisin ayant poussé sa chaîne hi-fi à plein volume, James martela furieusement le mur pour lui intimer le silence.

Aux alentours de minuit, James parvint à s'endormir, la tête enfouie sous un oreiller. Quelques minutes plus tard, deux brutes d'environ dix-sept ans empestant la fumée de cigarette firent irruption dans la chambre.

— Filez-nous vingt livres immédiatement ou on vous éclate ! lança l'un des voyous, un garçon malsain dont les cheveux retombaient en mèches grasses sur les épaules.

— Debout, c'est le percepteur ! ricana son complice.

Il se pencha au-dessus de James et lui postillonna au visage.

— File-moi ton cash ! hurla-t-il.

— Tu es vraiment mal tombé, gloussa James.

Sur ces mots, il lui lança un violent crochet à la mâchoire. Tandis que sa victime titubait en arrière, il bondit du lit, lui cogna la tête contre une armoire et lui brisa l'arête du nez.

Bruce, plus technique, élimina son adversaire d'un simple coup à la tempe.

— Tu as toujours l'intention de me taxer ? lança James au garçon qui gisait à ses pieds. Vide tes poches.

Ce dernier lui remit un Nokia, un briquet, un paquet de cigarettes et un portefeuille. Bruce fouilla les poches de son agresseur. Il y trouva un Samsung, un sachet de résine de cannabis et un couteau à cran d'arrêt.

Intrigué par les bruits de lutte, un petit groupe de résidents jouait des coudes dans le couloir pour tâcher d'apercevoir ce qui se passait dans la chambre.

—Cadeau ! s'exclama Bruce en lançant les téléphones, les cigarettes et les briquets vers l'assistance. Avec les compliments des cousins Beckett.

James traîna les deux voyous à l'extérieur puis considéra ses phalanges sanglantes.

—J'en ai foutu plein mon T-shirt. Il faut que j'aille à la salle de bains.

Il s'empara d'une serviette et d'un flacon de gel douche puis s'engagea dans le couloir. Les curieux s'écartèrent respectueusement sur son passage. Il n'avait rien accompli dont il puisse se glorifier, mais cette démonstration de force lui garantissait une tranquillité absolue lors de son séjour au Zoo.

—Nom de Dieu ! brailla James en bondissant du lit.

Il enfila son jean et ses baskets à la hâte, puis s'empara de son blouson.

—Qu'est-ce qu'il y a ? bâilla Bruce.

—Il est dix heures moins vingt. Je devrais déjà être au bureau de conditionnelle. Chloé va m'assassiner.

— Tu n'avais pas mis le réveil ?

— J'ouvre toujours l'œil à neuf heures, d'habitude. Mais je n'ai pas beaucoup dormi, les deux nuits précédentes. Tu peux m'aider à sortir de la chambre ?

Craignant que les deux racketteurs ne lancent une opération de représailles, les agents avaient poussé l'une des armoires métalliques devant la porte. Lorsqu'ils eurent déplacé cette barricade improvisée, James quitta la chambre et courut jusqu'aux toilettes. Il y trouva sa victime de la veille, debout devant un urinoir, le visage marqué par la correction qu'il lui avait infligée.

— T'as pas fini d'entendre parler de nous, gronda le garçon.

James caressa l'idée de lui cogner la tête contre le mur carrelé, mais un coup d'œil à sa montre le dissuada de s'attarder davantage. Il se vida la vessie, se lava les mains, puis dévala les quatre volées de marches menant au rez-de-chaussée.

Il sauta dans un bus et se présenta au bureau de conditionnelle à dix heures vingt. Il trouva une dizaine d'adolescents avachis dans les canapés en mousse de la salle d'attente surchauffée. Certains feuilletaient les magazines mis à leur disposition sur la table basse. La plupart se contentaient de scruter le vide.

— Je peux vous aider ? demanda la réceptionniste.

James chercha vainement Junior Moore du regard.

— Je m'appelle James Beckett, dit-il. Je suis sorti de centre de détention la semaine dernière et on m'a demandé de venir m'inscrire.

— Votre nom s'écrit avec un ou deux T ? demanda la femme en pianotant sur le clavier d'un ordinateur.

— Deux.

— Vous ne figurez pas dans la base de données. Où étiez-vous incarcéré ?

— À Peterwalk, près de Glasgow.

Ce détail du scénario de couverture minimisait les chances de croiser un malfaiteur ayant fréquenté l'établissement où il était censé avoir purgé sa peine.

— Les centres de détention écossais ne figurent pas dans notre base de données, expliqua la réceptionniste avant de lui remettre un formulaire de huit pages. Veuillez remplir ce dossier. Si vous avez des difficultés à lire ou à écrire, vous pouvez vous faire aider par le responsable de permanence.

James secoua la tête, fit volte-face et prit place sur une chaise inoccupée, au fond de la salle d'attente. Il craignait que Junior n'ait déjà quitté le bureau. L'erreur de débutant qu'il avait commise risquait de compromettre la stratégie d'infiltration mise en place par Chloé.

Un homme émacié vêtu d'un costume brun franchit une porte de service, marcha jusqu'au guichet d'accueil et s'entretint avec la réceptionniste.

— Junior Moore est demandé au bureau D ! lança-t-elle.

Le responsable de conditionnelle considéra les garçons qui patientaient sur les sofas puis secoua la tête, l'air consterné. Soudain, des pas précipités résonnèrent dans l'escalier menant au premier étage. Junior Moore déboula dans la salle d'attente, engoncé dans une parka fourrée noire, la capuche rabattue sur sa tête.

—Mr Ormondroyd! lança-t-il, le souffle court. Vous n'allez pas me croire, mais je me suis endormi aux toilettes.

Ces mots provoquèrent l'hilarité générale, mais le responsable de conditionnelle consulta sa montre d'un œil sombre.

—Vous avez presque trente minutes de retard, Moore, dit-il. Vous vous rendez compte que ce seul motif me permettrait de vous renvoyer en prison? Dans mon bureau, *immédiatement*.

Junior se dirigeait vers la porte de service lorsqu'il reconnut le visage de James.

—James Beckett! s'exclama-t-il. Je le crois pas!

James lui adressa un sourire radieux.

—Je me disais bien qu'il ne pouvait pas y avoir deux personnes avec un nom pareil. Mais je croyais que tu avais été placé dans un pensionnat pour gosses de riches. Qu'est-ce que tu fous là?

Junior esquissa un sourire.

—C'est un bureau de conditionnelle, vieux. Je ne suis pas venu acheter des timbres, si tu veux tout savoir.

—On est dans la même galère, si je comprends bien.

L'homme en costume brun leur adressa un regard assassin.

—Bon, je crois qu'il vaut mieux que j'y aille, dit Junior. Mais il faut absolument qu'on se revoie. Tu peux attendre la fin de mon rendez-vous? On ira faire un tour et on parlera du bon vieux temps…

23. Un peu de business

— Si tu n'as rien de prévu, on peut squatter chez moi, suggéra Junior. Il n'y a personne, dans la journée.

— OK, c'est cool, répondit James en remontant la fermeture Éclair de son blouson pour se protéger du vent cinglant. Comment s'est passé ton rendez-vous ?

Junior haussa les épaules.

— Comme d'hab. *Redresse-toi, rentre ta chemise dans ton pantalon, va au lycée, rentre à huit heures du soir, ne fume pas, ne bois pas, ne te drogue pas et tu auras peut-être une chance de ne pas retourner en taule.* Et toi, qu'est-ce que tu as fait pour te retrouver ici ?

— Oh, un tas de conneries. J'ai fini par me faire coincer en Écosse. Comme j'ai purgé la totalité de ma peine, je n'ai pas besoin de voir un responsable de conditionnelle, mais je devais me présenter au bureau pour signaler mon déménagement.

— Taxi ! cria Junior en adressant un signe en direction d'une vieille Nissan.

— Tu dois être blindé de fric, dit James en s'installant sur la banquette arrière.

— Les bus, c'est pour les caves. Je ne supporte pas les vieux croulants ni les morveux qui passent leur temps à chialer.

— J'imagine que ton père t'a laissé de quoi voir venir.

— Ma mère me file un peu d'argent de poche. Pour le reste, je suis obligé de faire du business.

— Qu'est-ce que tu deales ?

— Un peu de tout, sourit Junior. Ce qui se présente. J'achète, je revends et je sniffe les bénéfices.

James secoua la tête.

— Tu prends toujours de la coke ?

— Qu'est-ce que tu crois que je faisais dans les toilettes ? gloussa Junior. Je ne pourrais pas tenir quarante-cinq minutes en face de ce minable d'Ormondroyd sans une ou deux lignes dans les narines.

Choqué par ces propos, le chauffeur leur adressa un regard réprobateur dans le rétroviseur intérieur. Junior donna un coup de poing dans l'appuie-tête.

— Regarde la route et occupe-toi de tes oignons, gronda-t-il avant de se tourner vers James. Je n'arrive pas à croire qu'on se soit retrouvés. Où est-ce que tu étais passé ? Qu'est-ce qui est arrivé à tes parents adoptifs ?

— Ewart et Zara m'ont foutu à la porte. Je séchais les cours et je passais ma vie au poste de police. J'ai fini par me tirer en Écosse avec mon cousin Bruce. On s'est fait choper en train de forcer un distributeur de clopes.

—*Un distributeur de clopes*, gloussa Junior. C'est la honte de tomber sur un coup aussi minable… Et le Zoo, c'est aussi horrible qu'on le dit ?

—Pire. On est arrivés hier, et deux guignols ont déjà essayé de nous dépouiller pendant la nuit. On leur a appris la vie, tu peux me croire. Et toi, tu fais toujours de la boxe ?

—Non. J'ai traîné dans un club de kickboxing pendant quelques mois, mais je me suis fait virer.

—Et ton père ? Comment il s'en sort, en prison ?

—Je lui rends visite une fois par mois, mais c'est pas la joie. Il reste enfermé vingt-quatre heures sur vingt-quatre. Il est carrément déprimé.

—Et tes frère et sœurs ?

—Ringo est à l'université. Il collectionne les bonnes notes. April est en terminale. Elle est devenue chiante, tu ne peux pas savoir… Elle ne s'intéresse qu'à son bac et à ses petits amis de la haute. Ma petite sœur Erin vit dans un pensionnat réservé aux surdoués.

—April est toujours aussi mignonne ? gloussa James.

—Je t'interdis de reposer tes sales pattes sur ma sœur jumelle, sourit Junior. De toute façon, tu peux toujours courir. Elle était folle de rage contre toi, quand tu n'as pas répondu à ses lettres.

—Tu ne dois pas aller au lycée, aujourd'hui ?

—Non. Enfin, si, en fait, mais je leur dirai que j'étais malade. Je n'aurai jamais le bac. J'ai foiré toute ma scolarité… Oh, et puis qu'est-ce que ça peut foutre ?

James souhaitait trouver un moyen d'intégrer Bruce aussi vite que possible.

— Mon cousin est tout seul au Zoo. Ça te dirait que je lui passe un coup de fil pour lui proposer de nous rejoindre ?

— Bien sûr, appelle-le. Plus on est de fous…

∴

Depuis deux ans, Julie Moore vivait confortablement grâce à l'argent soigneusement blanchi que lui avait laissé son ex-mari. Elle avait récemment déménagé dans une maison disposant de sept chambres, d'un parc d'un hectare et d'une piscine intérieure. Elle roulait en Mercedes décapotable et passait le plus clair de son temps au salon de coiffure, chez la manucure, au centre de bronzage et au club de gym.

— Junior ! hurla-t-elle en laissant tomber ses clés de voiture et sa raquette de tennis dans le cagibi de la cuisine. Qu'est-ce que c'est que cette puanteur ? Ramène tes fesses *immédiatement* !

Elle considéra avec horreur la flaque de jus d'orange répandu devant le réfrigérateur et la montagne d'assiettes sales empilées dans l'évier. Dans le four, elle découvrit une masse informe exhalant une puissante odeur de plastique brûlé. Junior, abruti par les divers stupéfiants qu'il avait consommés, y avait placé une pizza sans ôter le socle de polystyrène.

Julie saisit le plat et gravit l'escalier quatre à quatre.

Les accords d'une chanson de Radiohead lui parvinrent aux oreilles. La porte de la chambre de Junior était entrouverte. Un nuage de marijuana flottait dans le couloir.

— Vous êtes qui, vous deux ? gronda-t-elle avant d'attraper la télécommande et de couper la musique.

James, assis en tailleur sur la moquette, avait bu une canette de bière. Il se sentait un peu étourdi.

— Salut, Mrs Moore, lança-t-il. Ça fait un bail.

— Salut, gloussa Bruce, vautré sur le lit. Eh, Junior ne m'avait pas dit que sa mère était aussi bien roulée.

— Mais tu te prends pour qui, demi-portion ? s'exclama Julie, indignée par la grossièreté de cette remarque. Où est mon fils ?

James fit un geste en direction de la salle de bains privée.

— Aux toilettes, expliqua-t-il.

— Junior, sors de là ! cria la femme en tambourinant à la porte.

Elle se fraya un chemin dans l'océan de vêtements sales, de revues et de canettes de bière, puis ouvrit la fenêtre.

— Combien de fois je t'ai demandé de ne pas fumer dans la maison ?

Deux minutes plus tard, Junior regagna la chambre, visiblement défait, les cheveux hirsutes et le T-shirt passé derrière la nuque.

— Salut, m'man, dit-il. Comment s'est passé ton déjeuner de charité ?

—Qu'est-ce que c'est que ça ? demanda Julie en brandissant le plat calciné.

—Aow, gémit le garçon. J'ai dû me gourer de réglage…

—Comment s'est passé ton rendez-vous ?

—Super. Tu te souviens de James ? On s'est rencontrés par hasard au bureau de conditionnelle.

—Tes histoires ne m'intéressent pas, Junior. Tu as massacré ce plat. Toute la maison empeste et je constate que tu n'es pas allé au lycée.

—J'étais trop content de retrouver James. Ça n'arrive pas tous les jours, un truc pareil.

—Tu dois aller en cours. Ça fait partie des conditions de ta liberté provisoire. On dirait que tu fais tout ce que tu peux pour retourner en prison.

—Et pourquoi pas ? ricana Junior. Au moins, là-bas, je ne t'entendrai plus gueuler.

Julie lui adressa une claque à l'arrière de la tête puis se tourna vers James et Bruce.

—Je ne sais pas dans quelle poubelle il vous a ramassés, mais je veux que vous partiez immédiatement.

Les deux agents se redressèrent péniblement et cherchèrent leurs blousons dans le fatras qui recouvrait la moquette.

—On se voit ce soir au club de foot ! lança Junior. Je vous présenterai mes potes.

—Ah, parce que tu n'as même pas l'intention de respecter ton couvre-feu ? protesta Julie. Je ne suis peut-être pas assez forte pour t'empêcher de quitter la maison,

Junior, mais rien ne m'empêchera de passer un coup de téléphone à ton responsable de conditionnelle.

— Change de disque, s'il te plaît. Tu me gaves…

— Tu penses que je bluffe ?

Junior était en effet persuadé que sa mère l'aimait trop pour le dénoncer.

— Je te rappelle que j'ai quinze ans ! cria-t-il. C'est pas une vieille conne dans ton genre qui va m'empêcher de vivre ma vie.

James était sous le choc. S'il s'était avisé de traiter sa mère de la sorte, il aurait écopé d'une correction mémorable.

— Tu dépasses les bornes, dit Julie, visiblement blessée. Je te signale que *la vieille conne* te nourrit et t'achète des fringues, qu'elle te rend visite en prison et qu'elle paye ta caution à chaque fois que tu finis chez les flics.

— Ouais, c'est ça, tu es la Sainte Vierge. Ta vie est un bagne. Depuis quand t'as pas bossé ? Vingt ans, c'est ça ?

— Je te rappelle que j'ai élevé quatre enfants ! Trois d'entre eux s'en sortent très bien. Je ne me sens pas responsable de tes échecs.

Profondément embarrassé, James pointa un pouce vers la porte.

— Bon, ben je crois qu'on va y aller, nous.

Sur ces mots, d'un hochement de tête, il invita Bruce à le suivre dans l'escalier.

— Junior est complètement défoncé, chuchota ce dernier lorsqu'ils eurent atteint le rez-de-chaussée.

— Je ne sais pas ce qu'il met dans ses pétards, mais j'ai l'impression d'avoir respiré du gaz lacrymogène.

— Il a l'air marrant, cela dit.

— On s'entendait bien, il y a deux ans. Il était déjà un peu dingue, mais cette fois, j'ai l'impression qu'il est *complètement* sorti des rails…

24. Feinte de frappe

Il était dix-neuf heures. James, Bruce et Junior se dirigeaient vers le terrain de foot illuminé par une batterie de projecteurs.

— Je ne joue plus très souvent, expliqua ce dernier. J'y vais surtout pour rencontrer des potes. Pour être honnête, je n'ai plus vraiment la forme.

— Ce n'est pas étonnant, sourit-il. Tu fumes et tu bois trop. C'est un miracle que tu puisses encore marcher.

— Les types que je vais vous présenter sont sympas, mais ce sont des pros du business qui brassent pas mal de fric. Ne leur manquez pas de respect. Surtout à Sasha.

— C'est qui ? demanda Bruce.

— Le chef de la bande, un vieil ami de mon père. Il m'aime bien, mais c'est un vrai dur. Un soir, dans un pub, un type l'a bousculé et l'a traité de *branleur*. Sasha a ordonné à deux de ses hommes de l'attacher à un pare-chocs et de le traîner sur cinq kilomètres avant de se débarrasser de son corps.

— La vache, il ne rigole pas, s'étrangla James.

Il avait lu de nombreux rapports de police attestant du comportement ultraviolent de Sasha Thompson, mais cet acte de barbarie ne figurait pas dans les documents joints à l'ordre de mission.

Regroupés par classes d'âge, des pupilles aux vétérans, une cinquantaine de footballeurs portant des maillots jaune fluo floqués de l'inscription *Centres Thompson, les spécialistes du pot d'échappement* s'entraînaient sur le terrain. Sasha supervisait la séance, assis sur un banc. Il plaça ses mains en porte-voix et hurla à l'adresse de l'un des participants :

— Jonesy, qu'est-ce que tu fous ? Je t'ai demandé de le marquer à la culotte !

Sasha avait quarante-six ans. Depuis deux saisons, victime d'un genou capricieux, il avait cessé de jouer au football, mais il s'était maintenu en forme en courant et en soulevant quotidiennement de la fonte.

— Junior ! s'exclama-t-il, tout sourire. C'est gentil d'être passé. Je peux te parler une minute ?

Les deux colosses qui l'encadraient s'écartèrent pour laisser Junior s'asseoir à ses côtés. James et Bruce s'alignèrent le long de la ligne de touche.

— J'ai reçu un appel de ta mère, dit Sasha. Elle est dans tous ses états. C'est qui ces deux-là ? Les minables qui étaient chez toi tout à l'heure ?

— Oui, répondit Junior d'une voix hésitante.

— Julie était en pleurs, mon petit. J'imagine que tu dois être très fier de toi. De quoi l'as-tu traitée, déjà ?

Junior fixa silencieusement la pointe de ses baskets.

— Elle dit que tu as séché les cours et que tu as fumé des pétards dans ta chambre. C'est vrai ?

Le garçon haussa les épaules.

— Ouais… admit-il dans un souffle.

Sasha le saisit par la nuque et serra de toutes ses forces.

— Avant d'être incarcéré, ton père m'a fait promettre de garder un œil sur toi. Quand je lui ai demandé jusqu'où je pouvais aller, il m'a conseillé de te dérouiller si nécessaire. Il faut vraiment qu'on en arrive là ?

— Non, patron, gémit Junior.

— Offre des fleurs à ta mère et estime-toi heureux que Mr Ormondroyd, du bureau de conditionnelle, soit une vieille connaissance. Il m'a promis de passer l'éponge sur ton absentéisme.

— Merci, Sasha…

L'homme le relâcha puis se tourna vers James et Bruce.

— Vous êtes qui, vous deux ? gronda-t-il.

— James est un copain, expliqua Junior. On ne s'est pas vus depuis que…

— Je ne t'ai rien demandé, interrompit Sasha.

— On vient de sortir de prison, expliqua James. On est arrivés au Zoo hier. Avant, on vivait chez notre tante, en Écosse.

— C'est bon, je vois le tableau. Inutile de me raconter ta vie. Julie Moore vous a dans le nez, alors je ne veux plus vous voir traîner avec Junior, c'est compris ?

Ces mots sonnaient le glas de la mission. Sasha avait pris les agents en grippe au premier coup d'œil. Ils avaient désormais autant de chances d'infiltrer les Mad Dogs que de remporter le gros lot de l'Euromillions.

— Tirez-vous avant que je ne demande à mes gars de vous refaire le portrait à coups de pied-de-biche, ajouta l'homme.

— Allez, quoi, grommela Junior. C'est des copains. Ils n'ont rien fait de mal.

— Je t'ai demandé ton avis, toi ? Tu crois que je peux me fier au jugement d'un morveux qui passe son temps à s'enfiler des saloperies dans les narines ?

La mort dans l'âme, James et Bruce tournèrent les talons et s'éloignèrent d'un pas traînant.

— Tu te souviens du jour où la Mustang de Crazy Joe a cramé ? insista Junior. C'est James et sa demi-sœur qui ont fait le coup.

Le visage de Sasha s'illumina.

— Eh, les mômes, revenez ! lança-t-il.

James s'immobilisa. L'homme se leva puis s'avança vers lui pour lui serrer chaleureusement la main.

— C'est toi qui as brûlé la Mustang de Crazy Joe ? Je crois que je n'ai jamais autant rigolé de toute ma vie. Et je n'étais pas le seul, pas vrai les gars ?

Les gorilles rassemblés autour du banc hochèrent la tête en gloussant, puis s'approchèrent de James pour lui donner l'accolade.

— James était avec moi à Miami quand papa s'est fait braquer par le gang des Péruviens, ajouta Junior. On aurait tous été liquidés s'il n'avait pas réussi à s'échapper pour prévenir la police.

— Je suis navré, James, dit Sasha. Je ne savais pas que tu connaissais Keith. Je pensais que tu n'étais qu'un petit voyou que Junior avait rencontré au bureau de conditionnelle, ce matin. Tu sais jouer au foot ?

James haussa les épaules.

— Je peux taper dans un ballon, mais je suis franchement nul. Par contre, mon cousin est super doué.

Sasha se tourna vers Bruce.

— Tu as quel âge ?

— Quatorze ans.

— Tu évolues à quel poste ?

— Milieu ou ailier, mais je peux jouer n'importe où, sauf dans les buts.

Sasha consulta sa montre.

— Il reste quarante minutes d'entraînement, si tu veux tenter ta chance dans l'équipe des minimes. Le terrain est glissant. Va chercher une paire de chaussures à crampons au clubhouse.

— Ça me dirait bien, dit Bruce, en dépit de son intérêt exclusif pour les arts martiaux.

— Et toi, James ? demanda Sasha. Tu es sûr que ça ne te dit rien ? Tu as l'air en pleine forme.

— Je l'ai déjà vu jouer, s'esclaffa Junior. C'est une vraie catastrophe ! Il vaut mieux qu'il joue avec moi, dans l'équipe de district. On fait un peu n'importe quoi, mais au moins, on ne se prend pas au sérieux.

— Ouais, je préfère, confirma James.

Sasha semblait profondément déçu.

— Je n'appelle pas ça du foot, mais si tu préfères…

Quelques minutes plus tard, Bruce se joignit à l'équipe des moins de quinze ans. Sacha regagna sa place sur le banc et se remit à hurler sur les joueurs de l'équipe première.

James et Junior marchèrent le long de la ligne de touche pour rejoindre deux associés de Sasha.

James, qui avait consulté leur dossier lors de la préparation de la mission, les reconnut aussitôt. Savvas, vingt-huit ans, avait vu le jour au sein d'une famille pauvre originaire de Turquie. Il avait interrompu ses études de comptabilité pour purger une peine d'emprisonnement de quatre ans pour trafic d'héroïne.

David, alias Wheels, dix-neuf ans, était un ancien surdoué du karting. Les revenus modestes de ses parents ne lui permettant pas de suivre une filière d'apprentissage, il était devenu pilote du gang des Mad Dogs et mettait à profit ses compétences pour semer la police lors des braquages à main armée. En dépit de sa réputation de toxicomane, de joueur pathologique et de déséquilibré notoire, son casier judiciaire était resté vierge. Il n'avait en tout et pour tout écopé que d'une amende de soixante-quinze livres pour avoir uriné dans la rue.

— Vous n'auriez pas un petit boulot pour moi ? demanda Junior. Je suis complètement fauché.

Wheels et Savvas poussèrent un profond soupir.

— J'ai quelques coups en préparation, mais il faut que le patron soit d'accord.

— Il a été très clair sur ce point, ajouta Wheels.

— Allez, quoi, supplia Junior. Filez-moi quelques grammes de coke ou un sachet d'herbe à fourguer. Il y a des tonnes de petits bourges à mon lycée, des pigeons que je pourrais plumer sans prendre de risques.

— Vois ça avec Sasha, insista Savvas.

— Le moment est mal choisi. Il va m'arracher la tête.

— Et pour moi, vous auriez quelque chose ? demanda James.

— Je ne te connais pas, répondit Savvas.

— Mais si, c'est lui qui a ruiné la caisse de Crazy Joe, expliqua Junior.

— Ah oui, je me souviens… Ne le prends pas mal, gamin, mais ça ne prouve pas qu'on peut te faire confiance.

Wheels, lui, semblait davantage disposé à travailler avec James.

— On va aller faire un tour, et je te montrerai deux ou trois trucs, dit-il. J'ai besoin d'un assistant, et tu as l'air d'assurer.

— Sérieux ?

— Et moi ? gémit Junior. J'ai *tellement* besoin de fric.

— C'est ça, tu vas nous faire chialer, ironisa Savvas. Ta mère roule dans une Mercedes à soixante-dix mille dollars, et tout le monde sait qu'il y a des millions sur son compte en banque.

— Mais moi, je ne toucherai pas un sou avant mon vingt et unième anniversaire. Je ne peux pas rester à sec pendant six ans !

Savvas commençait à perdre patience.

—Je te le répète une dernière fois : parles-en à Sasha. S'il donne son accord, je te ferai bosser, c'est promis.

—Vous n'êtes qu'une bande de minables ! lança Junior d'une voix haut perchée. J'en ai marre qu'on me prenne pour un gamin, merde !

En dépit de ses affirmations, il trépignait comme un enfant de cinq ans exigeant que sa mère lui offre des bonbons. Convaincu qu'il n'obtiendrait rien de ses interlocuteurs, il se dirigea vers le lotissement situé en bordure du terrain de sport.

—Bon, tu viens ou pas ? demanda-t-il en se tournant vers James.

Ce dernier se sentait mal à l'aise. La proposition de se lier aux activités criminelles des Mad Dogs était alléchante, mais il craignait que son camarade ne se sente délaissé.

—On va où ?

—Chez Sasha. On se les gèle, ici.

James interrogea Wheels du regard.

—Il n'y a pas d'urgence. Je te rejoins tout à l'heure.

—Tout le monde se retrouve chez Sasha ?

—Oui, il a une grande cave voûtée où on se réunit après le foot pour jouer aux cartes et écouter de la musique.

—Ça marche. À tout à l'heure.

À cet instant, Sasha se dressa sur son banc et s'exclama :

— Nom de Dieu, vous avez vu à quelle vitesse court ce gamin ?

James se tourna vers le terrain où se déroulait un match d'entraînement opposant les minimes aux cadets. Bruce, chaussé d'Adidas à crampons deux pointures trop longues pour lui, était le plus petit des joueurs. En dépit de ce handicap, il avait semé la défense adverse et filait droit vers le gardien.

Il préférait les arts martiaux aux sports d'équipe, mais sa pointe de vitesse et son sens de la coordination faisaient de lui un attaquant né. La balle semblait littéralement aimantée à ses pieds.

Le portier essaya de fermer l'angle, mais Bruce le força à plonger sur une feinte de frappe et se contenta de pousser la balle dans les cages vides.

Junior, qui avait suivi toute l'action, était médusé.

— Tu as vu ça ? Ton cousin a dribblé toute la défense !

Bruce haussa les épaules avec modestie puis marcha calmement vers le rond central. Ses coéquipiers se ruèrent sur lui pour le porter en triomphe.

— Un génie ! lança Sasha. Oui, ce garçon est un génie.

25. À l'ancienne

Le club de football des Mad Dogs rassemblait une majorité de joueurs amateurs sans histoires qui couraient rejoindre leur famille après avoir pris leur douche au clubhouse, mais il accueillait aussi le noyau dur du gang.

Ce groupe hétéroclite de criminels endurcis et de jeunes délinquants attirés par l'argent facile se retrouvait dans la cave de Sasha Thompson après chaque séance d'entraînement.

Sasha avait grandi dans le lotissement proche du terrain de sport. Il vivait dans une grande maison en compagnie de sa femme et de sa fille. Sa mère occupait le pavillon voisin. Les caves des deux habitations avaient été réunies et reconverties en quartier général.

James, Bruce et Junior jouaient au billard en sirotant de la bière blonde sous la voûte jaunie par la nicotine. Sasha, Wheels et les autres adultes, rassemblés autour de tables de poker, descendaient des shots d'alcool fort en tirant sur d'énormes cigares.

Wheels venait de soutirer à ses adversaires quelques centaines de livres grâce à un brelan de reines providentiel. Ce revers l'ayant mis de mauvaise humeur, Sasha ordonna aux plus jeunes de faire moins de bruit et de cesser de le distraire. Junior et les jeunes de son âge décidèrent que l'heure était venue de lever le camp.

— Mieux vaut ne pas rester dans les parages lorsque ça commence à perdre gros, expliqua-t-il. Sasha a la mauvaise habitude de se passer les nerfs sur le premier venu.

James souhaitait s'entretenir avec Wheels avant de regagner le Zoo.

— Excuse-moi, lui glissa-t-il nerveusement à l'oreille. Je dois y aller. On pourrait peut-être échanger nos numéros de portable.

Wheels rassembla la montagne de billets de banque éparpillés devant lui.

— Je m'arrête là ! lança-t-il avant de pousser sa chaise en arrière.

— Tu fais chier, gronda Sasha. J'étais sur le point de me refaire.

Le jeune homme lui adressa un sourire moqueur, puis fourra la liasse dans sa poche de chemise.

— Je serai là vendredi, dit-il. Je préfère te dépouiller petit à petit, histoire de t'éviter la crise cardiaque.

— Tu emmènes James en balade ?

Wheels hocha la tête.

— Si tu es d'accord.

—Il a travaillé pour Keith. Je pense qu'on peut lui faire confiance.

Il se tourna vers Bruce et Junior.

—En revanche, ces deux-là, tu les oublies.

James comprenait pourquoi Sasha tenait Junior à l'écart des activités du gang, mais la disgrâce de Bruce était inexplicable.

—Il est tard, dit Sasha en tendant un billet de vingt livres à Junior. Prends un taxi et dépose Bruce au Zoo en chemin.

Bruce lui lança un regard implorant.

—Je ne peux pas accompagner Wheels et James ?

Sasha secoua la tête.

—Tu es la nouvelle star du club, petit. Je veux que tu te couches tôt et que tu sois en forme pour le match de jeudi soir.

Bruce était furieux. Il s'était défoncé sur le terrain pour attirer l'attention de Sasha. Contre toute attente, cet excès de zèle menaçait son infiltration au sein du gang.

—Ne fais pas cette tête, mon garçon, ajouta Sasha en glissant trois billets de dix livres dans sa main. Tiens, je suis certain qu'un peu d'argent de poche te permettra de retrouver le sourire.

—Merci, grogna Bruce avant de suivre Junior dans l'escalier menant au rez-de-chaussée.

James et Wheels quittèrent la cave quelques minutes plus tard. Sur le palier, ils croisèrent Lois Thompson, quinze ans, une créature plantureuse vêtue d'un peignoir en éponge, aux ongles vernis et aux dents d'une blancheur éclatante.

— Salut Wheels ! lança-t-elle. C'est qui, ton copain ?

— James Beckett, un ami de Junior, répondit le jeune homme, que cette rencontre rendait manifestement nerveux. Écoute, Lois, on est un peu pressés... On se voit un de ces jours ?

Lorsqu'il eut franchi la porte de la maison, il poussa un soupir de soulagement.

— Tu as un problème ? demanda James.

— Mieux vaut éviter de tourner autour d'elle, conseil d'ami.

— Elle est super mignonne...

— N'y pense même pas. Sasha a été très clair. Les membres du gang ont l'interdiction formelle de sortir avec sa fille.

Wheels ouvrit la portière d'une banale Vauxhall. James ne cacha pas sa déception.

— Je pensais que tu roulais en voiture de sport, dit-il.

— Les bagnoles de luxe attirent l'attention. Ce qui compte, c'est le pilote, pas le moteur. Alors, où est-ce que tu veux aller ?

— Je pensais que tu avais quelque chose en tête...

Les deux complices prirent place à bord du véhicule.

— J'avais à peu près ton âge quand Sasha m'a pris sous son aile, expliqua Wheels en s'engageant dans une artère bordée de boutiques aux rideaux baissés. Il m'a expliqué que la rue était pavée de lingots.

Il désigna un stand de poulet frit à emporter resté ouvert.

— Même le lundi, ce genre de rade conserve toujours au moins deux cents livres dans sa caisse, trois fois plus le week-end... Tu vois cette BMW? Il suffit de s'entendre avec un vendeur de pièces de rechange pour empocher mille livres. En empruntant une camionnette de dépannage et une combinaison de la fourrière, tu peux même faire le coup en plein jour.

Wheels tourna la tête vers l'autre côté de la rue.

— British Telecom, lança-t-il en tendant l'index vers un van gris garé le long du trottoir. Ne dépouille jamais un utilitaire anonyme. Les travailleurs indépendants mettent leur équipement à l'abri pendant la nuit. Les employés du téléphone, de l'électricité et du gaz ne prennent pas les mêmes précautions. Ces camions contiennent des tuyaux de cuivre, du matériel électronique, des outils, même des ordinateurs portables.

— Alors c'est ça ton business? demanda James, un peu déçu. Tu fauches du matos dans des camionnettes?

— Mais non, petit con. J'essaye juste de t'expliquer qu'il y a du fric à se faire un peu partout, et qu'il suffit de se baisser pour le ramasser.

— OK, c'est compris.

— La deuxième règle que Sasha m'a apprise, c'est qu'il est important de se diversifier. À la télé, on entend souvent parler de vagues de cambriolages ou d'attaques à main armée. Les flics ne peuvent pas arrêter tout le monde. Ils se concentrent sur les criminels qui leur rendent la vie facile. Ceux qui montent toujours les mêmes coups, avec les mêmes méthodes, et finissent par se faire repérer par des témoins.

— Il faut varier les plaisirs, quoi…

— Exactement. C'est pour ça que Sasha Thompson est au top depuis si longtemps. Une semaine, il fait dans la coke. La suivante, il braque une banque ou vole des climatiseurs sur un chantier pour les revendre à Dubaï. Mais il respecte toujours la troisième règle : ne pas avoir les yeux plus gros que le ventre. Tu vois ces truands, dans les films, qui décident de faire un gros coup avant de se retirer ?

— Ouais, c'est toujours la même histoire, dit James.

— C'est la pire stratégie qui soit. Si tu voles un millier de livres, tu fais parler de toi en page dix du journal local et les flics s'intéressent à ton cas pendant quelques jours. Si tu braques dix millions, tu fais l'ouverture du journal télévisé et tu te retrouves avec la brigade antigang sur le dos.

— Je croyais que Sasha était dans la dope, comme Keith Moore.

— Bien sûr qu'il touche à ce secteur, confirma Wheels. Importation, transformation, revente… C'est là qu'il y a le plus de fric à se faire. Mais les Mad Dogs sont des gangsters à l'ancienne. Ton ami Keith Moore a vu trop grand. Il a fini par éveiller l'intérêt des flics, du MI5, et même du FBI.

James avait consulté le dossier de Sasha Thompson. En trente années de carrière, le patron des Mad Dogs avait toujours su se montrer discret et éviter les pièges

dans lesquels avaient plongé ses concurrents et partenaires. Quand Keith Moore avait été jeté en prison, à la
surprise générale, il n'avait pas cherché à prendre le
contrôle de son empire.

Mais la stratégie de Sasha avait une faille : la modestie de ses ambitions aiguisait les appétits de jeunes
gangs plus audacieux, comme celui de Major Dee, et les
encourageait à s'attaquer à ses activités.

— Bon, on va faire le tour de la ville toute la nuit ?
demanda James.

Wheels sourit.

— J'ai quelque chose en tête depuis quelques semaines,
mais j'ai besoin d'un complice. Jette un œil dans la
boîte à gants.

James y trouva un pistolet automatique Glock.

— Oh, tu as prévu la grosse artillerie.

— Repose ce flingue. Prends le pass qui se trouve à côté.

James s'empara d'une carte magnétique argentée sur
laquelle figurait l'inscription *Suites Ambassador*.

— Une clé d'hôtel, dit-il. Et alors ?

— C'est un palace situé au centre de Londres, expliqua Wheels. Les chambres les moins chères sont à
quatre cents livres la nuit, les suites à près de deux
mille. Ce pass appartient au directeur. Avec lui, on
pourra entrer partout.

— Cool ! lança James en consultant sa montre. Mais
les clients seront dans leur chambre, à cette heure-ci.

— Exactement, sourit Wheels. Ça fait partie du plan.

26. Hôtel Ambassador

Moins d'une heure plus tard, James et Wheels se garèrent aux abords de l'hôtel *Ambassador*, un building bâti au cœur de la City. Ils rabattirent la visière de leur casquette de base-ball, puis se dirigèrent vers la porte à tambour.

— Garde la tête baissée, dit Wheels. Ça doit grouiller de caméras de sécurité dans le coin.

Un couple de retraités attendait un taxi dans le hall surchauffé. L'homme portait une Rolex. La femme exhibait trois énormes bagues serties de diamants.

— Cet endroit sent le fric à plein nez, lança gaiement Wheels en s'engouffrant dans l'ascenseur.

Il glissa le pass dans le lecteur du panneau de commande puis enfonça le bouton du trente-huitième étage.

— C'est là que se trouvent les suites les plus luxueuses, expliqua-t-il.

La crosse du Glock saillait sous son blouson. James, qui avait laissé son compact au Zoo, ne disposait d'aucun moyen de l'empêcher de nuire. Il espérait que son complice n'avait pas la gâchette trop facile.

Lorsqu'ils sortirent de la cabine, Wheels lui confia une paire de gants jetables. Ils se déplacèrent furtivement sur l'épaisse moquette puis déverrouillèrent une double porte ornée d'une plaque en cuivre gravée : *38020 – Suite Winston Churchill.*

La lumière verdâtre projetée par un écran de télévision illuminait le vestibule. James s'arrêta devant la porte de la salle de bains. Une femme vêtue d'une simple culotte se tenait debout devant le lavabo. Elle lâcha sa brosse à dents et poussa un cri strident.

— Qu'est-ce qui se passe, chérie ? lança un homme depuis la pièce voisine.

Wheels braqua le Glock sous le nez de l'inconnue, la saisit par le poignet puis la tira jusqu'à la chambre.

Un individu gras et poilu portant un caleçon à pois était étendu sur le lit.

— Ne faites pas de bêtises, les gars, bredouilla-t-il en levant les mains en signe de reddition. On ne veut pas d'ennuis.

Wheels jeta la femme sur le matelas.

— Nous non plus, répliqua Wheels.

Il ouvrit la porte de la penderie, se pencha à l'intérieur et découvrit un petit coffre à fermeture électronique.

— Le code ?

L'homme lui livra la combinaison sans discuter. Wheels pianota sur le clavier, tira la poignée, puis fit main basse sur un ordinateur portable et un collier de diamants. James contourna le lit pour rafler le téléphone mobile, le portefeuille et les clés d'une Lexus posés sur la table de nuit.

— Il y a trois cartes bancaires, lança-t-il à son complice.

— C'est Noël, dit Wheels en fourrant l'ordinateur dans un sac Nike.

— Patek Philippe, dit James en examinant la montre. Jamais entendu parler de cette marque.

— Ce n'est pas vraiment dans tes moyens. Ces bijoux sont plus chers et plus rares que les Rolex, mais plus difficiles à fourguer.

James émit un sifflement admiratif puis laissa tomber la montre dans son sac à dos.

Wheels braqua son arme vers la femme.

— Ton sac à main, gronda-t-il.

Sa victime, tremblante, dissimulait sa poitrine sous un oreiller.

— Vous n'avez qu'à le trouver vous-même, répliqua-t-elle, manifestement ulcérée par la passivité de son mari.

Wheels lui donna un coup de crosse à la pommette. Elle bascula en arrière, haletante, les mains plaquées sur son visage. Son mari glissa un bras entre le matelas et la table de nuit et en sortit un petit sac à main Gucci.

— Non ! s'étrangla la femme. Il contient la broche de ma grand-mère. S'il vous plaît, vous pouvez tout prendre, mais pas ça.

— *La broche de ma grand-mère*, ricana Wheels. Comme c'est touchant.

Il inspecta le contenu du sac et découvrit une impressionnante collection de cartes bancaires.

— Vous avez ce que vous êtes venus chercher, dit l'homme en s'efforçant d'adopter un ton ferme. Partez, à présent. Ne nous faites pas de mal.

Hilare, Wheels arracha le fil du téléphone.

— La fête ne fait que commencer. Quelle est l'immatriculation de votre voiture ?

— Pourquoi cette question ?

— Vous voulez vraiment que je m'en prenne à votre femme ?

— 71 DEF 259.

— Elle est garée au sous-sol ?

L'homme hocha la tête.

— Troisième niveau, tout près de l'ascenseur.

Wheels tendit le câble à James.

— Attache-la.

— Pourquoi faites-vous ça ? demanda le mari.

— C'est très simple, sourit Wheels. Vous allez me donner les codes de vos cartes. Une fois que vous serez ligotés, j'emprunterai votre voiture et je ferai le tour de Londres en m'arrêtant à des distributeurs de billets pour tirer cinq cents livres à chaque fois. Ça ne devrait pas durer plus d'une heure. Mon associé vous tiendra compagnie. Si vous tentez quoi que ce soit, ou si les codes que vous m'avez communiqués ne fonctionnent pas, il vous collera une balle dans la tête.

Sur ces mots, il tendit à son otage un stylo et une feuille de papier à en-tête de l'hôtel.

Le cœur au bord des lèvres, James attacha les poignets de la femme.

— Sur le ventre, ordonna-t-il.

Il noua ses chevilles, réunit les deux liens puis lui fourra une chaussette roulée en boule dans la bouche.

— Un cri, un mensonge, un caprice, et vous êtes morts, gronda Wheels tandis que James achevait de ligoter le mari.

Il lui tendit le pistolet.

— Tu vas t'en sortir ?

En dépit du dégoût que lui inspirait l'acte barbare qu'il était contraint de commettre, James hocha la tête.

— Je t'appelle dans une heure, ajouta Wheels. On se retrouve à la bagnole.

Lorsque son complice eut quitté la suite, James se laissa tomber dans un fauteuil de cuir et entreprit de calculer la valeur du butin. En comptant l'argent que rapporteraient la revente de la Lexus à un receleur et les sommes tirées aux distributeurs, il estimait que cette razzia pouvait leur rapporter dix mille livres. Wheels lui en avait promis une part.

Puis il considéra la femme au visage baigné de larmes et se sentit submergé par la nausée. Il saisit la télécommande et navigua entre VH1 et une chaîne d'informations en continu, en tâchant d'ignorer les deux victimes terrorisées qui gisaient sur le lit.

La participation aux activités criminelles des Mad

Dogs était une exigence incontournable de la mission, mais il s'était toujours juré de s'y soumettre sans faire souffrir des victimes innocentes. Rongé par la culpabilité, il replaça discrètement la broche dans le sac à main.

∴

James et Wheels se garèrent à proximité du Zoo. Ce dernier avait passé un coup de téléphone à un associé afin de s'assurer que la Lexus, stationnée au centre de Londres, serait repeinte puis acheminée vers l'Europe de l'Est dès le lendemain.

Les distributeurs bancaires lui avaient permis de faire main basse sur deux mille livres. Il en remit la moitié à James puis lui promit un bonus sur la revente de la voiture et des bijoux.

— Tu as assuré, dit Wheels.

— Merci. On pourra retravailler ensemble, alors ?

— Oui, mais pas tout de suite. Tu n'as que quinze ans et j'ai peur que tout ce fric ne te brûle les doigts. Le Zoo grouille de balances, alors prends ton temps pour le dépenser, et tâche de tenir ta langue.

— Ça va, je ne suis pas débile.

— Sasha est à court de main-d'œuvre en ce moment, alors je lui glisserai un mot à ton sujet. Il te proposera peut-être un job.

— Je te remercie, conclut James. Passe une bonne nuit.

Il descendit du véhicule. Le ciel blanchissait à l'horizon. Il consulta sa montre et constata qu'il était presque cinq heures du matin. En dépit de sa violation flagrante du couvre-feu, l'éducateur de service ne lui fit aucune remarque lorsqu'il pénétra dans le foyer. Deux résidents d'une douzaine d'années s'embrassaient à pleine bouche dans le salon non-fumeur. Une bande d'adolescents, entassés sur le sofa de la salle télé, se délectaient d'un DVD particulièrement gore.

James pénétra furtivement dans sa chambre en prenant garde à ne pas réveiller Bruce, mais ce dernier, qui ne dormait que d'un œil, se dressa sur son lit au premier craquement de lino.

—Tu étais où ? demanda-t-il.

—On a braqué une chambre d'hôtel, dit James en s'éventant à l'aide de sa liasse de billets de banque. Félicitations pour tes exploits au foot.

—J'ai toujours été doué, mais ça ne me branche pas vraiment.

—Tu ne t'entraînes jamais. Si tu bossais un peu, je suis sûr que tu pourrais devenir professionnel.

—Je ne suis pas manchot, c'est clair. Au fait, fais attention en te mettant au lit. Tu risques de trouver deux ou trois dents sur ta couverture.

—Des dents ?

—Mark et Kurt sont revenus à la charge. Ils ont sans doute considéré qu'ils avaient une chance à deux contre un. Une grave erreur de jugement…

27. Dans la gueule du loup

Deux semaines après le sanglant règlement de comptes dont Gabrielle avait été victime, Michael Hendry, attablé dans la salle à manger du *Green Pepper*, déjeunait d'une assiette de poulet épicé aux macaronis. L'établissement était resté désert pendant les jours qui avaient suivi le meurtre d'Owen Campbell-Moore, puis, la police ayant cessé de contrôler l'identité des passants dans un rayon de deux cents mètres aux alentours du lieu de la fusillade, les clients avaient repris leurs habitudes.

Ils jouaient au billard, s'échangeaient de petites quantités de drogue ou perdaient leur argent dans les machines à sous. La sono diffusait les programmes d'une web radio émettant en direct de Kingston.

Issu de la classe moyenne britannique, Michael avait éprouvé des difficultés à s'adapter aux mœurs des Slasher Boys. Au fil des semaines, Gabrielle, qui avait vécu en Jamaïque, l'avait aidé à adopter l'accent et le langage de la rue afin de favoriser son intégration dans le gang.

Il consulta sa montre, une Bulgari à bracelet en or achetée à un membre de la bande pour moins d'un dixième de sa valeur. Comme à l'ordinaire, Major Dee, soucieux d'illustrer son statut de chef, avait plus de quarante minutes de retard.

Lorsqu'il vit la Ford Mondeo ralentir devant le pub, Michael avala une dernière bouchée de poulet, puis sortit de l'établissement. Major Dee possédait plusieurs voitures de sport. Le choix d'un véhicule aussi discret démontrait qu'il s'apprêtait à mener une opération importante. Il était accompagné de Colin Wragg, l'un de ses lieutenants les plus impitoyables.

En se glissant sur la banquette arrière, Michael se réjouit d'avoir eu la présence d'esprit d'emporter son pistolet compact et d'avoir revêtu son blouson à doublure carbone.

— Qu'est-ce qui se passe ? demanda-t-il en claquant la portière.

— On a repéré un Runt, sourit Major Dee. Je pensais que tu aimerais participer à la fête, après ce qu'ils ont fait à ta copine.

Au cours des deux semaines écoulées, les membres du gang rival, se sachant traqués, n'avaient pas quitté leur territoire, à l'autre bout de la ville.

— C'est qui ? demanda Michael.

— Aaron Reid, répondit Colin en faisant craquer ses phalanges.

— Cool.

En réalité, Michael craignait que ces représailles ne

dépassent le stade de la simple correction. En tant qu'agent de CHERUB, il avait le devoir de réagir si les choses allaient trop loin, mais une telle intervention risquait de compromettre la mission.

— Ce matin, ma copine est allée acheter des trucs pour le jardin, expliqua Colin. Coup de bol, il travaille là-bas. Elle l'a reconnu immédiatement. Il a toujours un bandage autour de la tête, depuis que tu l'as envoyé valser contre ce poteau.

— On tenait absolument à ce que tu sois là, sourit Dee.

— C'est clair, lança Michael avec un enthousiasme composé. J'espère qu'on va lui en faire baver.

— Comment va Gabrielle ? demanda Colin.

— Pas trop mal, à ce qu'il paraît. Mais elle se repose chez sa tante, à Londres, et cette vieille peau refuse qu'on se voie.

— C'est une chouette fille, lâcha Dee. Et elle a du cran.

Michael sentit sa gorge se serrer. Pour une fois, il se rangeait à l'avis de son chef. Gabrielle était formidable. Elle lui manquait à chaque seconde.

•••

James avait passé deux jours à traîner aux abords du Zoo et au multiplex en compagnie de Bruce et de Junior.

Le jeudi, Wheels le contacta sur son mobile. Il lui offrit

soixante livres contre un coup de main pour persuader un commerçant récalcitrant de s'acquitter des sommes exigées par les Mad Dogs en échange de leur protection.

En début d'après-midi, Wheels gara la Vauxhall sur le parking d'un modeste centre commercial.

— Les flics du stationnement sont sans pitié, dans le coin, dit-il. Mets quelques pièces dans le parcmètre. Ça ne devrait pas prendre plus de dix minutes.

Tandis que James inspectait le contenu de ses poches à la recherche de monnaie, Wheels rabattit la capuche de son hoodie et pénétra dans une supérette. Une adolescente portant le voile se tenait derrière le comptoir.

— Appelle ton père, ordonna-t-il.

Cette dernière lui jeta un regard méprisant puis disparut dans l'arrière-salle du magasin. Une minute plus tard, un quinquagénaire au crâne dégarni et au teint hâlé se glissa derrière la caisse enregistreuse.

— Ça boume, Vishnou ? lança Wheels.

James franchit la porte de la supérette et vint se poster près de son complice.

— Je ne suis pas indien, dit l'homme, ulcéré.

Wheel haussa les épaules.

— Je me fous pas mal d'où tu débarques. Ce que je sais, c'est que tu nous dois trois semaines à cent vingt-cinq livres, ce qui nous fait un total de trois cent soixante-quinze.

L'homme secoua énergiquement la tête.

— J'ai suffisamment payé comme ça. Je ne vous donnerai plus un sou.

Wheels hocha discrètement la tête en direction de James. Ce dernier, d'un revers de main, balaya un rayon sur lequel étaient alignés des petits pots pour bébé. Les récipients éclatèrent sur le carrelage.

—Mon ami est tellement maladroit quand il est contrarié... sourit Wheels.

—Quittez mon magasin immédiatement ou j'appelle la police, gronda le commerçant.

James lança un présentoir à cartes de vœux dans la vitre d'un congélateur.

Une vieille dame entrouvrit la porte du magasin.

—C'est fermé ! cria Wheels.

La cliente tourna les talons et s'éloigna d'un pas vif. James poussa le verrou derrière elle.

—Vous l'aurez voulu, dit l'homme en décrochant le téléphone posé sur le comptoir.

Wheels déploya une matraque télescopique et lui arracha le combiné des mains.

—Tu cherches les ennuis, Vishnou. Qu'est-ce que tu préfères ? Qu'on fasse cramer ton magasin ? Qu'on te tabasse ? Qu'on rigole un peu avec ta fille ?

Sur ces mots, il saisit sa victime par le col de la blouse.

—Il y a combien dans la caisse ?

—Je peux vous donner deux cents livres, bredouilla le commerçant en pressant le bouton commandant l'ouverture du tiroir.

Soudain, la jeune fille voilée fit irruption dans la pièce en brandissant une batte de cricket.

— Ne leur donne rien, papa ! cria-t-elle.

Voyant l'arme s'abattre sur lui, Wheels leva un bras pour se protéger le visage et reçut un terrible coup au coude. Il poussa un hurlement de douleur et lâcha sa matraque.

James était impressionné par le courage dont faisait preuve l'adolescente, mais son rôle exigeait qu'il se porte au secours de son complice. Il la ceintura, saisit sa batte, puis lui balaya les jambes pour la précipiter sur le sol.

— Éclate-lui la tête ! ordonna Wheels.

James se tourna vers le commerçant.

— Mettez l'argent dans un sac ou je lui casse les jambes ! lança-t-il.

L'homme saisit un sachet en plastique d'une main tremblante et y fourra les billets. James s'empara du butin.

— Ça va ? demanda-t-il à Wheels.

— Est-ce que ça a l'air d'aller, *pauvre con* ? Je ne peux plus bouger le bras. Comment je vais faire pour conduire ?

— T'inquiète, je peux m'en charger.

James tira le verrou et ils quittèrent hâtivement la supérette. Une foule inquiète était rassemblée sur le trottoir, autour de la vieille dame que Wheels avait éconduite.

— Magne-toi ! cria James. Ils ont déjà dû appeler les flics.

Wheels, handicapé par son bras blessé, fouilla fébrilement les poches de son jean et lui tendit les clés de la Vauxhall.

James prit place derrière le volant, effectua une

brève marche arrière, puis s'engagea dans la rue principale dans un crissement de pneus.

— Eh ! tu conduis pas mal, dit Wheels en retirant sa capuche.

— Je me débrouille.

— Je crois que cette folle m'a bousillé le coude, et je vais devoir me débarrasser de la bagnole. En plus, Sasha va péter les plombs quand il saura que la moitié des habitants nous ont vus sortir du magasin. Tu m'as foutu dans une belle galère, mon pote. Si tu avais fermé la porte après être entré, on ne se serait pas fait surprendre par la vieille.

James savait qu'il avait commis une erreur, mais il n'appréciait pas la façon dont son complice essayait de faire peser toute la responsabilité sur ses épaules.

— C'était la première fois que je participe à un coup comme celui-là, protesta-t-il. Tu ne m'avais donné aucune indication.

— Bordel, gronda Wheels en donnant un coup de pied dans la boîte à gants. Je te jure que ce type et sa salope de fille vont regretter de ne pas m'avoir obéi…

•••

Dans le petit monde du crime organisé de Luton, Sasha Thompson, Major Dee et leurs proches lieutenants faisaient figures d'exception. La plupart de leurs hommes étaient des petits délinquants fauchés et intellectuellement limités. Aaron Reid était de ceux-là.

À seulement vingt et un ans, il risquait la prison à vie pour sa participation au meurtre d'Owen Campbell-Moore. De nombreux témoins étaient susceptibles de le dénoncer pour se soustraire aux investigations de la police. Sa participation au vol de cocaïne lui avait rapporté la modique somme de quatre cents livres. Pas de quoi faire vivre sa petite famille.

La tension qui régnait désormais dans les rues ne lui permettant plus d'exercer ses activités de dealer, il avait été contraint de trouver un travail régulier. Il était exclu de postuler dans un fast-food ou dans un cinéma, autant d'endroits fréquentés par les Slasher Boys. Persuadé qu'aucun gangster n'éprouvait d'intérêt pour le compost et les yuccas, il avait opté pour une jardinerie. Il ignorait que la petite amie de Colin Wragg, une ancienne camarade de collège, avait la main verte.

—*Aaron est demandé à l'accueil.*

Il ne fut pas surpris d'entendre son nom dans les haut-parleurs. Le manager ne le lâchait pas d'une semelle et l'abreuvait constamment de récriminations.

Lorsqu'il arriva au comptoir, un grand Noir lui présenta une plaque de police. Le manager semblait contrarié. Aaron, lui, bouillait de rage. D'ordinaire, les flics avaient la décence de ne pas interroger les suspects sur leur lieu de travail. Cet inspecteur-là devait être un vicelard prêt à tout pour lui pourrir l'existence.

—George Peck, division criminelle du Bedfordshire, annonça Colin Wragg.

Aaron commençait à en savoir long sur le code de

procédure. En des circonstances ordinaires, il aurait demandé à son interlocuteur de l'arrêter ou de le laisser tranquille, mais il avait délibérément caché ses antécédents judiciaires lors de son entretien d'embauche.

— J'ai du travail, dit-il. Ça va prendre longtemps ?

— Dix minutes, sourit Colin. Un quart d'heure maximum.

— Faites vite, dit le manager.

Aaron suivit Colin jusqu'au parking.

— Je suis garé là-bas.

Colin éprouvait des difficultés à dissimuler son accent jamaïcain. Lorsqu'il perçut ces intonations, Aaron sentit son cœur bondir dans sa poitrine. Il jeta un regard autour de lui et envisagea de prendre la fuite.

Colin, conscient du malaise que ressentait le garçon, brandit un revolver.

— Un geste, et je te bute.

Aaron était terrifié. Il venait de se jeter dans la gueule du loup. Les Slasher Boys jouaient de la machette comme personne et employaient la torture pour faire parler leurs ennemis.

— Qu'est-ce que vous me voulez ? bégaya-t-il.

— Je voudrais juste que tu la fermes. Allez, monte dans la bagnole. On part faire une petite balade.

28. Black & Decker

James se gara dans une rue déserte aux abords de la zone industrielle. Wheels était de meilleure humeur. L'un de ses associés contacté au téléphone l'avait assuré qu'il n'était pas nécessaire de se débarrasser de la Vauxhall, pourvu qu'il finance un bon coup de peinture et une paire de fausses plaques d'immatriculation.

James regagna le Zoo à pied en ruminant les événements qui venaient de se dérouler. Sasha avait un sale caractère. Il doutait qu'il fût disposé à passer l'éponge sur le fiasco auquel avait abouti cette banale opération de racket. Comble de malchance, Wheels était manifestement un lâche qui ferait tout pour l'incriminer.

∴

Major Dee, Colin Wragg et Michael observaient un silence tendu. Aaron Reid avait la nausée. Des taches de sueur s'étaient formées sur son polo *Garden Discount*. Il fixait la route d'un œil absent. En dépit de la perspective de ne plus revoir sa petite amie et sa fille de huit mois, il envisageait la mort avec fatalité. Mais Major Dee avait la réputation de torturer ses ennemis avant de les liquider. Une question le hantait : *quelles souffrances devrait-il endurer avant de perdre la vie ?*

La voiture s'engagea dans l'allée menant au garage privatif d'un pavillon. Colin conduisit Aaron jusqu'au salon sous la menace de son arme. Tous les meubles étaient recouverts de bâches en plastique transparent.

—Assieds-toi sur le canapé, ordonna Major Dee.

Michael se laissa tomber dans un fauteuil. Son cerveau était en ébullition. Il ne pouvait pas laisser ses complices liquider Aaron sous ses yeux, mais il n'était pas certain de pouvoir faire feu sur deux êtres humains, quelle que fût l'ampleur de leurs crimes.

—Comme tu vois, Aaron, tout est prêt pour te faire parler sans salir le mobilier, ricana Major Dee, parfaitement détendu.

Il glissa un bras sous la bâche, puis brandit une perceuse à percussion. Il pressa brièvement le bouton. L'appareil lâcha un son aigu.

—J'adore ce modèle sans fil. Il me laisse toute liberté lorsque je travaille. C'est le top du top. Dix-huit volts, vitesse variable, soixante livres quatre-vingt-dix-neuf dans le catalogue Argos.

Il alla s'asseoir à côté d'Aaron.

—Je sais ce que tu penses, mon garçon. Tu te demandes si tu as encore une chance de quitter cette pièce en un seul morceau.

Paralysé de terreur, Aaron était incapable de prononcer un mot. Les tendons de sa main droite saillaient. Ses doigts s'enfonçaient profondément dans l'accoudoir du sofa.

— La réponse est *oui*. Tu *peux* t'en sortir vivant. Tu peux même t'en sortir sans une égratignure, si tu me dis tout ce que je veux savoir. Je te conseille de te mettre à table, parce que tu parleras, d'une façon ou d'une autre.

Major Dee ponctua sa déclaration d'une pression sur le bouton de la perceuse.

— Je suis prêt à répondre à vos questions, gémit Aaron.

Dee posa une main sur son épaule.

— C'est bien, tu es raisonnable. Je n'avais jamais eu de soucis avec les Runts avant l'incident de l'autre jour. Vous n'êtes que des petits revendeurs minables, des dépouilleurs, des escrocs, des ringards. Et puis, tout à coup, vous sortez le grand jeu et vous vous attaquez à mon stock. Vous aviez des infos solides. C'est forcément un membre de ma bande qui a lâché le morceau. Je t'écoute, mon garçon.

— Je ne suis pas le chef des Runts... bredouilla Aaron, le visage parcouru de tics nerveux. C'est un Black qui nous a refilé le tuyau, mais je ne crois pas qu'il bosse pour toi.

— Son nom ?

— Kelvin Holmes.

Major Dee se tourna vers Colin.

—Jamais entendu parler. Et toi, ça te dit quelque chose ?

—Il était entraîneur à la salle de boxe de Thornton, il y a un bail. Il a commencé une carrière pro, mais il s'est fait pincer pour trafic de drogue.

Dee souleva un sourcil.

—Tu veux parler du vieux club de boxe de Keith Moore ?

—Exactement.

—S'il bossait pour Keith, il est sans doute passé chez les Mad Dogs, maintenant.

Major Dee s'adressa à Aaron.

—Tu as entendu ce Holmes parler de Sasha Thompson ou des Mad Dogs ?

—Eh bien… pas directement. Mais le type qui nous a racheté ton stock affirme que c'est un homme de Sasha.

—Et comme il s'appelait, celui-là ?

—Aucune idée, je le *jure*.

Les yeux de Dee jaillirent de leurs orbites.

—Je savais bien que les Runts n'étaient pas foutus de monter un coup pareil ! s'exclama-t-il en posant la perceuse. Sasha n'a pas assez d'hommes pour se frotter à moi, alors il a essayé de monter les Runts contre nous…

—Ça tient debout, lâcha Colin.

Michael était soulagé qu'Aaron n'ait pas subi d'actes de torture, mais ses révélations risquaient de provoquer une guerre des gangs de grande ampleur.

Major Dee sortit une liasse de billets de sa poche et en tira cinq coupures de vingt livres.

— Les Mad Dogs se sont bien foutus de votre gueule. Ils vous ont laissé prendre tous les risques et vous ont racheté ma marchandise pour un prix ridicule. Quant à ton gang, je ne veux pas te manquer de respect, mais tu n'as aucun avenir avec cette bande d'amateurs. Je vais te donner une occasion de rééquilibrer la balance, petit. Voilà déjà cent livres. Il y aura d'autres billets pour toi si tu me dis tout ce que tu vois et entends à propos des Runts et des Mad Dogs.

Aaron n'était pas en position de refuser cette offre. Soulagé de s'en tirer à si bon compte, il esquissa un large sourire et empocha l'argent.

— Mais ne me fais pas de coup en douce, avertit Major Dee. Colin a jeté un œil à ton portefeuille. On a ton adresse et la photo de ta petite famille. Au moindre dérapage, je leur ferai goûter à ma Black & Decker.

— Tu n'auras pas à te plaindre de moi, bégaya Aaron.

— J'en suis ravi. J'ai besoin de garçons loyaux dans ton genre.

— Je suis désolé pour ce qui s'est passé. Je ne suis pas intelligent, comme toi ou Sasha. Tout ce que je voulais, c'est un peu de fric pour nourrir ma copine et ma fille.

— Comme c'est *touchant*... Le problème, c'est qu'Owen Campbell-Moore était un de mes plus vieux amis. Je parie que tu connais l'identité de ceux qui l'ont liquidé.

Aaron se tordit nerveusement les mains.

— Je n'ai pas leur adresse, mais je connais leurs noms.

— Ça ira.

Major Dee se tourna vers Michael.

— Tu peux nous trouver de quoi écrire ? Il doit bien y avoir un stylo et un bout de papier dans cette baraque.

Michael souleva un coin de bâche et entreprit d'explorer le contenu d'un secrétaire. Major Dee poursuivit ses explications.

— Tu vas écrire les noms de ceux qui ont participé à l'assassinat d'Owen, puis tu signeras en bas de la feuille.

— J'ai trouvé, lança Michael en brandissant un feutre et un carnet à spirale.

— Si quelqu'un d'autre lit ça, je suis un homme mort, murmura Aaron.

— Tant que tu me resteras fidèle, tu n'auras rien à craindre, le rassura Dee.

Colin et Michael échangèrent un regard entendu. L'un comme l'autre savaient qu'il n'avait aucune intention de respecter sa promesse…

29. Opération de représailles

Major Dee ne s'était pas hissé à la tête des Slasher Boys par hasard. Doué d'une intelligence exceptionnelle, il n'avait peur de rien et se livrait aux actes de violence les plus extrêmes sans ressentir la moindre culpabilité. Cependant, son caractère impulsif lui avait maintes fois joué des tours.

La plupart des criminels placés dans sa situation auraient pris le temps de peser le pour et le contre avant de déclencher une guerre ouverte, mais il était furieux d'avoir été doublé par Sasha. Les Mad Dogs n'étaient pas nombreux, mais ils possédaient une véritable armée d'informateurs. Il souhaitait exercer des représailles sur-le-champ afin de bénéficier de l'effet de surprise.

Michael et Colin furent chargés de battre le rappel. À la nuit tombée, après une brève réunion dans l'arrière-salle du *Green Pepper*, les dix-huit membres du commando, armés de battes et de machettes, montèrent à bord de quatre véhicules stationnés sur le parking de l'établissement. Dee, qui exhibait un pistolet-mitrailleur ultracompact Skorpion, prit place sur le siège passager d'une vieille Range Rover au pare-buffle démesuré.

Craignant que l'opération ne s'ébruite, il avait ordonné à ses complices d'éteindre leur téléphone portable. Michael s'était isolé dans les toilettes du restaurant pour envoyer un SMS à Maureen Evans et l'informer que quelque chose d'important se préparait. Hélas, Dee n'avait fourni aucun indice concernant sa cible. La seule certitude, c'est qu'il avait l'intention de faire couler le sang.

...

À la mi-temps, l'équipe première des Mad Dogs menait trois à zéro. D'humeur radieuse, Sasha Thompson félicita ses joueurs avant qu'ils ne regagnent les vestiaires. Bruce disputait un match de minimes sur un terrain annexe.

Vêtus de maillots usés et tachés de boue, James et Junior tapaient dans le ballon sur la ligne de touche avec les membres de l'équipe de district. Contrairement aux autres formations, qui disposaient d'entraîneurs diplômés, ils se contentaient de courses d'échauffement et de séances de passe à dix.

Le défenseur central était un sexagénaire aux jambes maigres et flasques, ancienne gloire de l'équipe première. James était le plus jeune de la formation. Sa forme physique lui permettait d'éviter les tacles de ses médiocres coéquipiers et de réussir des dribbles peu orthodoxes.

Junior était d'une nullité absolue. Trois ans plus tôt, lorsqu'il pratiquait la boxe, c'était un garçon extrêmement vif, capable de porter des coups meurtriers. Depuis qu'il s'était mis à fumer et à consommer régulièrement de la cocaïne, il ne courait plus guère que pour échapper à la police. Le moindre sprint le laissait hors d'haleine. Il éprouvait les pires difficultés à contrôler le ballon.

Lorsqu'il regagna les vestiaires, l'un des lieutenants de Sasha informa James qu'il était convoqué au club-house et ne lui laissa même pas le temps de consulter le portable rangé dans son sac de sport. Maureen venait de lui laisser un message alarmant lui demandant de la rappeler de toute urgence...

...

Sasha se trouvait seul dans la pièce. Il se tenait derrière le bar, une bouteille de brandy à la main, le dos tourné à la vitrine où étaient exposés les trophées remportés par le Mad Dogs Football Club.

— Tu bois quelque chose ?

James hocha la tête et se jucha sur un tabouret.

— Pour l'amour de Dieu, gronda Sasha. Descends de là immédiatement.

James obéit. Il constata avec effroi que son short boueux avait laissé une trace brunâtre sur le siège de cuir beige.

— Oh, je suis désolé...

— Mais qu'est-ce que tu as dans le crâne, nom d'un chien ?

Sasha, s'emparant d'un torchon humide, contourna le bar et essaya vainement d'éliminer la tache.

— Je te jure, les mômes, de nos jours… Si ça ne part pas au séchage, tu devras rembourser le club.

James ne savait plus où se mettre. Sasha ouvrit la porte du réfrigérateur et en sortit une canette de Coca.

— Qu'est-ce que qui s'est passé avec Wheels, aujourd'hui ?

— Les choses ont mal tourné. On n'avait pas fermé la porte derrière nous, et une vieille bonne femme…

— Comment ça, *on* ? Qui était chargé de fermer cette foutue porte ?

— Ben, je suis entré en dernier. Je suppose que c'était moi.

— Est-ce que Wheels t'a demandé de le faire ?

— Non, mais c'était évident.

— C'est la première fois que tu relevais les compteurs. Il aurait dû prévoir que tu serais nerveux. Il ne t'a pas chargé de fermer la porte ? Tu es formel ?

— Oui, je confirme.

— Selon lui, c'est toi qui as tout fait foirer. Ce merdeux a même essayé de me faire payer la peinture de sa bagnole.

James esquissa un sourire.

— Wheels est un bon, mais il faut toujours le tenir en laisse, continua Sasha. Il n'est pas assez méticuleux, et il se défausse systématiquement sur les autres. De mon point de vue, tu n'es encore qu'un débutant. Lui, il a déjà roulé sa bosse.

— Je ne suis pas un gamin, dit James. On s'est plantés, et j'ai ma part de responsabilité.

James avait prononcé les mots que Sasha voulait entendre.

— Je me suis renseigné à gauche et à droite, dit ce dernier. Ormondroyd m'a passé ton dossier. Apparemment, tu n'as jamais balancé personne quand tu étais en centre de détention. Deux anciens associés de Keith Moore m'ont confirmé que tu étais OK.

James ignorait où Sasha voulait en venir, mais il se réjouissait d'être parvenu à gagner sa confiance.

— Tu te débrouilles en électronique, en ordinateurs, ce genre de trucs ? demanda l'homme.

— Je sais utiliser ce matériel, mais je ne suis pas ingénieur.

— Tu crois que tu saurais te servir d'un système de sécurité vidéo ? J'ai besoin de surveiller les allées et venues dans un appartement.

— Tant qu'on m'explique comment ça fonctionne, ça ne devrait pas poser de problème.

— Je te paierai trente livres par jour. Une fois que tu auras installé les caméras, tu examineras les bandes tous les soirs, en vitesse accélérée. Je veux un rapport détaillé indiquant qui entre, qui sort et combien de personnes glissent de l'argent dans la boîte aux lettres.

— De l'argent ?

— C'est un *bunker*, précisa Sasha.

— Un quoi ? demanda James.

En tant qu'agent, il savait exactement de quoi parlait son interlocuteur, mais il s'efforçait de coller au personnage de James Beckett, délinquant inexpérimenté.

— Un bunker est un appartement où les clients viennent chercher leur dose. La porte blindée est renforcée par plusieurs barres métalliques et les volets restent fermés vingt-quatre heures sur vingt-quatre. Il y a toujours deux ou trois personnes à l'intérieur. La transaction est réglée par téléphone, puis l'acheteur se présente à la porte, glisse l'argent dans la boîte aux lettres et reçoit la marchandise.

— Une boutique de dealer, quoi...

— Ouais, exactement. Pour les flics, les bunkers sont un vrai cauchemar. Tout ce qu'ils peuvent faire, c'est pincer les clients à l'extérieur. Le temps de défoncer la porte blindée, la dope passe par les toilettes. Lorsqu'ils montent une opération de surveillance, ils ne peuvent filmer que des individus glissant leur main dans une boîte aux lettres. Comme il y a plusieurs personnes à l'intérieur, ils sont incapables de démontrer l'identité du vendeur. Les suspects se renvoient la balle. Un tel dossier ne vaut rien devant un tribunal.

— C'est bien foutu, hocha James.

— Ce système a fait ses preuves, des favelas de Rio aux quartiers les plus craignos de Moscou.

— Mais à quoi servira notre opération de surveillance ? demanda James.

Sasha lui adressa un sourire malicieux.

— Je compte piquer leur stock. Pour cela, je dois savoir qui les approvisionne et quand ont lieu les livraisons.

— En plus, ils doivent forcément faire sortir la recette à un moment ou à un autre.

— Bien vu. On ne m'a pas menti sur ton compte. Tu es un garçon intelligent.

James rayonnait intérieurement, mais il devait prendre garde à ne pas manifester trop d'enthousiaste.

— Trente livres, ce n'est pas grand-chose en comparaison du butin que peut vous rapporter ce coup.

Sasha se raidit.

— Je prends soin de mes associés, petit. Si tu fais du bon boulot, tu auras ta part, mais ne t'attends pas à toucher des fortunes pour une simple opération de surveillance. Si tu t'imagines que…

Sasha se tut, le front barré d'une ride. Il contourna le bar et se précipita vers la baie vitrée.

— Tu as entendu ? demanda-t-il en scrutant les terrains illuminés par les projecteurs. Qu'est-ce que c'était que ces cris ?

30. Bêtes sauvages

Lancée à toute allure, la Range Rover obliqua sur la droite, traversa la haie de part en part puis fila sur la pelouse. Malmené par les mouvements violents du véhicule, Michael s'agrippa aux dossiers des sièges avant.

Les événements n'auraient pas pu tourner plus mal. Deux Slasher Boys encagoulés l'encadraient, machette posée sur les genoux. Il jeta un œil à la lunette arrière et constata que deux autres voitures suivaient leur trajectoire. La quatrième, une petite Nissan transportant cinq criminels, s'était immobilisée, le bas de caisse endommagé par une souche d'arbre.

Colin Wragg écrasa la pédale d'accélérateur et se dirigea vers le terrain annexe où s'entraînaient les pupilles. Major Dee pointa son Skorpion à la fenêtre et lâcha une rafale au jugé. Cette arme automatique était inefficace à grande distance, mais les détonations et les flammes jaillies du canon produisirent l'effet escompté.

Les enfants s'éparpillèrent sans demander leur reste. Les mères regroupées sur la ligne de touche poussaient des hurlements de terreur.

Rassemblant tout son courage, l'arbitre resta immobile au centre du terrain, mains sur les hanches et sifflet aux lèvres, puis, constatant que la Range Rover fonçait droit sur lui, il se mit à courir.

La Mitsubishi Evo qui suivait le 4 × 4 croisa sa trajectoire et le faucha à pleine vitesse. L'homme fut projeté dans les airs, effectua une rotation complète, puis retomba inerte dans la boue.

— Waow, vous avez vu ça ? jubila l'un des hommes assis aux côtés de Michael.

L'Evo décrivit une large courbe puis se lança à la poursuite des garçons en short et des mères de famille qui sprintaient en direction d'une zone boisée.

La Jeep Cherokee s'immobilisa au centre du terrain où se déroulait le match opposant les équipes premières. Six hommes cagoulés armés de couteau en descendirent. Par chance, la plupart des joueurs, sportifs confirmés, n'éprouvèrent aucune difficulté à semer leurs poursuivants.

Un gardien de but se retrouva pris en tenaille et acculé au mur d'enceinte. Un second joueur, qui s'était précipité vers l'annexe des pupilles pour s'assurer que son petit frère était sain et sauf, se retrouva encerclé par trois Slasher Boys et reçut une pluie de coups.

— Roule jusqu'au clubhouse et ralentis, ordonna Major Dee. Victor, passe-moi le matos.

L'un des voisins de Michael se pencha en avant, glissa un bras sous la banquette et en sortit plusieurs cocktails Molotov.

Major Dee vida un chargeur dans la baie vitrée du clubhouse. Les balles criblèrent le bar, propulsant des échardes aux quatre coins de la pièce.

Les gangsters descendirent du véhicule. Michael contempla avec effroi le chaos environnant. À une dizaine de mètres de sa position, le gardien de but, le visage en sang, implorait ses agresseurs de lui laisser la vie sauve. À l'autre extrémité du terrain, l'un des passagers de la Cherokee tirait au fusil à pompe sur les joueurs qui escaladaient le mur d'enceinte.

— Dispersez-vous ! ordonna Major Dee en pénétrant dans le clubhouse. Trouvez Sasha. Il me le faut vivant !

Inquiet pour le sort de James et de Bruce, Michael poussa la porte des vestiaires et trouva les lieux déserts. Le vent s'engouffrait par la porte coupe-feu située à l'arrière de la construction.

À l'évidence, Major Dee avait tout misé sur la rapidité d'exécution de l'opération au détriment de la stratégie. S'il avait eu la présence d'esprit de former deux équipes d'assaut, les Mad Dogs auraient été pris en tenaille et le raid aurait probablement tourné au bain de sang.

— Sors de là ! cria Colin. Ça va chauffer !

Michael se rua hors des vestiaires. Aussitôt, un cocktail Molotov roula sur le carrelage et se brisa contre le montant d'un banc. Une boule de feu engloutit la pièce.

Il contourna le bâtiment et découvrit que le clubhouse était déjà la proie des flammes. Il courut jusqu'à la Range Rover et se pressa sur la banquette arrière.

— On a assuré ! s'exclama Colin.

— Tu parles, gronda Major Dee en ôtant sa cagoule. Thompson nous a échappé. On lui a déclaré la guerre. Ça va saigner, c'est moi qui vous le dis.

...

James courait en chaussettes de foot sur le sol boueux. Il avait été contraint d'abandonner ses vêtements, ses baskets, son téléphone portable et son blouson en nanotubes de carbone à neuf mille dollars dans les vestiaires.

Une petite foule s'était rassemblée devant la villa de Sasha. Deux joueurs de l'équipe première s'efforçaient d'apaiser une femme dont le fils de onze ans avait été pourchassé à travers bois par un gangster armé d'une machette. Tous les enfants étaient en pleurs. Un membre des Mad Dogs se posta sur le perron.

— Tirez-vous en vitesse, dit-il. Ça risque de chauffer dans le coin.

James s'engagea dans une rue parallèle. Il faisait si froid qu'il ne sentait plus ses pieds. Il n'avait même pas de quoi prendre le bus. Il craignait que les Slasher Boys ne sillonnent le quartier. Son maillot et son short jaune vif faisaient de lui une victime toute désignée.

Il avait parcouru quelques centaines de mètres

lorsqu'une voiture ralentit à ses côtés et lâcha un coup d'avertisseur. Derrière les vitres embuées, il aperçut avec soulagement une femme d'une trentaine d'années et quatre enfants portant la tenue du club. La conductrice baissa la vitre.

—Tu veux que je te ramène chez toi ? demanda-t-elle.

Elle était sous le choc. Des traînées d'eye-liner maculaient ses joues.

—Je suis couvert de boue, s'excusa James en avançant vers le véhicule.

—Tous les garçons sont dans ce cas. Allez, monte, tu vas mourir de froid.

Les enfants lui firent une place sur la banquette.

—Merci, c'est sympa, dit-il.

—Où veux-tu que je te dépose ?

—Au Centre de Réinsertion.

James ôta ses chaussettes détrempées pour ne pas tacher la moquette. Trois des garçons observaient un silence absolu. Le quatrième pleurait à chaudes larmes.

La femme fit une embardée et frôla une moto stationnée le long du trottoir.

—Vous êtes sûre que tout va bien ? demanda James. Vous devriez peut-être vous arrêter quelques minutes, histoire de retrouver votre calme.

—Il faut que je ramène les petits. Si leurs parents apprennent ce qui s'est passé, ils seront morts d'inquiétude.

—D'accord, mais conduisez lentement. Ce serait

vraiment idiot d'avoir un accident, maintenant qu'on s'en est sortis sains et saufs.

La femme esquissa un sourire timide, mais ses mains tremblaient comme des feuilles.

— Je me suis disputée avec cet arbitre, soupira-t-elle. Il s'en prenait sans cesse à Samuel. Je l'ai traité de *gros con prétentieux*. Deux minutes plus tard, il a été renversé par cette voiture. Je ne sais même pas s'il est encore en vie…

— Tout va bien, maman, dit l'un des garçons.

— Comment ont-ils pu faire une chose pareille ? sanglota la conductrice. S'attaquer à des enfants, à des personnes innocentes… Ces gens-là n'ont plus rien d'humain. Ce sont des bêtes sauvages.

31. Haute tension

« ... Selon les enquêteurs, l'attaque visait Sasha Thompson, figure du milieu et président du Mad Dogs Football Club.

Comble d'ironie, les victimes n'entretenaient aucun rapport avec le gang et n'étaient pas connues des services de police.

Julian Pogue, vingt et un ans, étudiant en première année de droit à l'université d'East Anglia, a succombé à ses blessures au cours de la nuit. Séjournant chez ses parents à l'occasion des vacances de Pâques, il avait accepté de disputer un match avec son ancien club pour remplacer un joueur souffrant. Au cours de l'attaque, il s'est retrouvé séparé de ses coéquipiers en se lançant à la recherche de son petit frère âgé de douze ans.

Bert Hogg, arbitre de cinquante-trois ans, et Leonard Goacher, gardien de but de trente et un ans, restent dans un état grave. Judith Maine, infirmière scolaire, a été poignardée à la cuisse en tentant de prendre la fuite à travers bois avec ses jumeaux de dix-huit mois. Onze autres victimes souffrant de blessures légères et de choc psychologique ont été prises en charge par les services hospitaliers. »

(BBC Radio Bedfordshire, vendredi 30 mars 2007.)

···

James avait éprouvé des difficultés à trouver le sommeil. Il avait passé une partie de la nuit à écouter les programmes d'une station d'informations en continu. À dix heures, Bruce le réveilla en le secouant par l'épaule, puis lui tendit son téléphone portable.

— C'est Wheels, précisa-t-il. Il veut te parler.

James cligna des yeux, s'étira puis saisit l'appareil.

— Comment ça va ? lança-t-il. Tu n'as pas été blessé, hier soir ?

— Je n'étais pas au club. Sasha m'a passé un savon, hier après-midi. J'ai préféré me faire oublier. Pourquoi tu as coupé ton portable ?

— Il a cramé dans les vestiaires. Alors, tu as des nouvelles ?

— L'une des voitures des Slasher Boys est tombée en rade sur la pelouse. Deux de nos gars ont suivi l'un des passagers jusqu'à sa baraque. À cinq heures du matin, ils lui ont offert un réveil surprise à coups de briques et de cocktails Molotov.

— Génial ! s'exclama James avec un enthousiasme factice. Sasha prépare la riposte ?

— Il ne nous a rien dit, mais on parle d'une attaque sur le *Green Pepper*.

— Ne comptez pas sur moi. C'est en plein milieu du territoire des Slasher Boys, et ils sont plus nombreux que nous.

— Ce n'est sans doute qu'une rumeur. Sasha n'est pas du genre impulsif. Il va prendre son temps pour échafauder une stratégie qui anéantira le gang de Major Dee.

— Tu appelais juste pour prendre de mes nouvelles ?

— Non, Sasha a passé des consignes. On doit tous s'attendre à de nouvelles embuscades. Porte ton gilet et ton arme, et évite de te déplacer seul.

— C'est compris.

— Tu as de quoi te payer un nouveau portable ? On doit pouvoir rester joignables à tout moment.

— Pas de problème. Il me reste du fric du casse de l'hôtel. Cet après-midi, j'irai acheter un téléphone à carte.

— Excellent. Pour le reste, Sasha ne veut pas que cette guerre nuise à nos affaires. On continue comme d'habitude.

— On va retourner à la supérette ?

— Non. L'argent de la caisse couvrait largement la dette de Vishnou. En plus, il paraît qu'il y a des flics en faction près de son magasin, maintenant. On va le laisser tranquille un moment. Tu vas te concentrer sur l'opération de surveillance. Savvas passera un peu plus tard pour te remettre le matériel vidéo et les clés de l'appartement situé en face du bunker. Il est situé loin du territoire des Slasher Boys, mais vu la tension générale, je préférerais que ton cousin t'accompagne.

∴

Les deux agents retrouvèrent Chloé dans un *Pizza Hut* de la périphérie de Luton. Elle remit à James un téléphone mobile et l'informa qu'un nouveau blouson en nanotubes de carbone lui serait livré sous quarante-huit heures. Elle leur fit part de ses inquiétudes concernant la réaction des membres du comité d'éthique à l'annonce de la mort de Julian Pogue. De son point de vue, il était probable que la mission serait purement et simplement annulée.

Lorsqu'ils eurent achevé leur déjeuner, James et Bruce empruntèrent un bus à destination de Dunstable. La résidence Rudge regroupait trois immeubles comportant chacun trois étages desservis par des coursives extérieures. Les allées étaient jonchées d'ordures et les murs maculés de graffitis. De nombreuses carcasses de voitures bordaient les trottoirs.

Le bunker se trouvait au deuxième étage du bâtiment C. De l'extérieur, rien ne permettait de le différencier des autres appartements, eux aussi équipés d'épaisses portes blindées.

James et Bruce s'installèrent dans un F3 du bâtiment B situé en face de leur objectif. Les cloisons étaient couvertes de dessins d'enfant, mais la poussière accumulée sur les plinthes et l'odeur de renfermé indiquaient que les lieux étaient inoccupés depuis des années.

— Qu'est-ce que ça pue... gémit James en secouant une main devant son visage.

Dans le couloir, il posa le sac de sport que lui avait remis Sasha et actionna l'interrupteur pour s'assurer que le compteur électrique fonctionnait. Bruce passa les pièces en revue.

— Il y a une bouilloire et un frigo, annonça Bruce depuis la cuisine. Je pourrais aller acheter du thé et du lait à l'épicerie du coin.

— OK. Ça me laissera le temps d'étudier le manuel.

James fit glisser la fermeture Éclair du sac et en sortit l'équipement de surveillance : un magnétoscope à double lecteur-enregistreur frappé de l'inscription *Propriété de l'hôpital de Leicester*, des cassettes vierges longue durée, une pelote de câbles, une perceuse et une paire de caméras.

— Quel matériel d'amateur ! lança Bruce en commençant à démêler les fils électriques.

— Il n'y a pas de quoi rendre jaloux Terry, c'est clair, mais c'est amplement suffisant pour filmer une porte en plan fixe, tu ne crois pas ?

32. Entre deux eaux

DIX-SEPT JOURS PLUS TARD

De retour de vacances passées dans leur villa au Portugal, Joe Pledger et son épouse avaient déposé bagages et sacs de bouteilles d'alcool détaxé dans l'entrée de leur pavillon.

Joe lança ses clés sur la table basse, jeta un œil à la baie vitrée donnant sur le jardin et poussa un juron.

— Chérie, quelqu'un a cassé la clôture !

Il fit coulisser la porte puis se dirigea vers la piscine. L'eau avait une teinte étrangement sombre. Il fit deux pas en avant et distingua le corps immobile au fond du bassin. Tout individu confronté à une telle découverte aurait battu en retraite à l'intérieur de la maison, mais Joe, qui avait accompli toute sa carrière dans les pompes funèbres, ne se préoccupa que de la réaction de sa femme.

— N'approche pas ! cria-t-il avant de regagner le salon et de décrocher le téléphone.

L'inspecteur Hunt de la division criminelle se présenta sur les lieux dix minutes plus tard, en compagnie d'une femme policier qui effectuait une ronde dans le quartier. Il avait reçu l'appel du central quelques minutes avant de quitter son service. Ce coup de malchance l'avait mis de méchante humeur.

Il s'accroupit au bord de la piscine et constata que plusieurs disques d'haltères de vingt kilos avaient été attachés autour du torse de la victime.

— Je crois qu'on l'a jeté là-dedans vivant, dit-il à sa subordonnée.

La jeune femme, qui ne s'était jamais trouvée sur une scène de crime, gardait le visage braqué vers le soleil couchant.

— C'est la première fois, n'est-ce pas ? demanda Hunt.

— Oui, monsieur. Je ne suis dans la police que depuis trois mois.

L'inspecteur se tourna vers Mr Pledger.

— Pourriez-vous me confier une perche ou un râteau ?

L'homme pénétra dans la cabane de jardin et en sortit l'épuisette disposant d'un long manche qu'il utilisait pour repêcher les feuilles tombées dans la piscine.

Hunt plongea l'instrument dans les eaux sombres. Tout bien pesé, Joe Pledger n'était pas mécontent. Depuis qu'il avait pris sa retraite, sa vie lui semblait effroyablement monotone. Il était impatient de raconter cet incident à ses partenaires de golf.

L'inspecteur parvint à glisser l'arceau métallique sous le bras du noyé et à le retourner de façon à examiner son visage. Des bulles de gaz engendrées par le processus de décomposition éclatèrent à la surface.

—Vous devriez retourner à l'intérieur, dit Hunt.

—Je me suis occupé de macchabées pendant quarante-cinq ans, répliqua Joe. Je suis blindé.

Le visage de la victime était bleuâtre et boursouflé, ses yeux exorbités.

—Il est là depuis un moment, estima le retraité. Dix ou douze jours, à première vue.

—Vous êtes un vrai pro, lâcha Hunt, admiratif. Sa petite amie a signalé sa disparition au début de la semaine dernière.

—Alors vous savez de qui il s'agit ? demanda Joe.

—Le corps est dans un sale état, mais ce type correspond au signalement.

...

Les deux contrôleurs de mission et les trois agents avaient prévu de se retrouver dans une chambre de motel minable, en périphérie de la ville. James et Bruce se présentèrent avec une demi-heure de retard.

—On a attendu le bus pendant des plombes, expliqua James. Comment s'est passée la réunion avec le comité d'éthique ?

—Deux heures de téléconférence, maugréa Chloé. Ils nous ont donné sept jours, mais tous ces meurtres les rendent extrêmement nerveux.

—Tu sais qu'ils ont encore repêché le cadavre d'un Runt dans une piscine, ce matin ? dit Michael.

James secoua la tête.

— On le connaît ?

— Aaron Reid.

— Le type qui a rédigé la liste de Major Dee ? s'étonna Bruce.

— Lui-même. Il lui a donné sept noms, plus le sien. Il est le troisième à se faire buter. Et personne ne sait où se trouvent ceux qui restent.

— Soit liquidés, soit planqués, précisa Maureen.

— Des nouvelles sur les voitures incendiées près du *Green Pepper* samedi soir ? demanda Bruce.

— D'après ce qu'on sait, c'est un coup des Runts, dit Chloé.

— En tout cas, les Mad Dogs n'y sont pour rien. Le vandalisme, ce n'est pas du tout leur truc. En plus, Major leur a déclaré la guerre, mais on dirait qu'ils ne mordent pas à l'hameçon.

— Sasha se tient tranquille pendant que Dee liquide les Runts responsables de la mort d'Owen, expliqua James. Je crois qu'il espère qu'il fera un faux pas. Pendant ce temps, il se concentre sur le business.

Bruce hocha la tête.

— Mais il n'a pas avalé l'attaque des Slasher Boys. Je suis prêt à parier qu'il est en train de préparer quelque chose.

— Les garçons, j'ai bien peur que le comité d'éthique n'envisage sérieusement de mettre un terme à la mission, dit Chloé. Certains d'entre nous travaillent sur cette opération depuis plus de trois mois. On a rassemblé une foule d'informations sur la structure et les activités des trois gangs, mais le degré de violence auquel vous êtes exposés leur donne des insomnies. Si on n'enregistre pas d'avancée significative dans les jours à venir, on devra retourner au campus.

— On n'avait pas parlé d'effectuer une perquisition clandestine chez Thompson ? demanda Michael.

— C'est prévu, répondit James. Depuis que le club-house a brûlé, Sasha envoie les joueurs blessés se faire soigner chez lui par sa femme, une ancienne infirmière. Je simulerai un accident lors de la séance d'entraînement de demain. Bruce m'accompagnera, et il en profitera pour jeter un coup d'œil.

— C'est une grande maison, précisa ce dernier. Si on se fait prendre, je dirai que je cherche les toilettes et que je me suis trompé de porte.

— Ça me convient, dit Chloé. Mais n'oublions pas que Sasha est un homme violent. Je serai dans le coin, prête à intervenir au cas où quelque chose tournerait mal.

— Comment se passe la surveillance du bunker ? demanda Maureen.

— Ça suit son cours, répondit Bruce. Regarder les bandes chaque soir est à mourir d'ennui, mais on a récolté des infos solides sur les habitudes des dealers et des clients. Sasha est enchanté.

— Parfait, dit Chloé. Vous savez quand il compte passer à l'action ?

— D'après ce que j'ai compris, il attend encore un tuyau de l'un de ses informateurs.

— Espérons qu'il ne tardera pas trop. Dans une semaine, deux tout au plus, on sera obligés de lever le camp.

33. Droit au but

L'attaque des Slasher Boys avait eu des conséquences désastreuses sur le Mad Dogs Football Club. Sasha disposait des fonds nécessaires à la reconstruction du clubhouse et des vestiaires, mais la plupart de ses joueurs avaient purement et simplement déserté les terrains d'entraînement. Devant les médias, il eut beau nier farouchement se livrer à des activités criminelles et affirmer que l'incident n'était pas lié à un prétendu différend l'opposant à un rival jamaïcain, rien ne put endiguer cette désaffection.

Les joueurs de l'équipe première avaient toujours été choyés. Contrairement aux membres des autres formations amateurs, ils ne finançaient pas leur équipement, étaient nourris après les matchs et effectuaient les déplacements à bord d'un bus affrété par le club. En outre, ils bénéficiaient de l'expertise d'un entraîneur professionnel et recevaient une prime de cinquante livres à chaque victoire.

Pourtant, peu de joueurs demeurèrent loyaux à

Sasha. La plupart disparurent purement et simplement de la circulation ; les plus courageux osèrent braver sa colère en exigeant le transfert de leur licence vers un autre club. Constatant que les Mad Dogs n'avaient pu présenter une équipe complète pendant trois journées de championnat consécutives, la fédération prit une mesure de suspension pour le reste de la saison.

Le déclin des équipes de jeunes fut encore plus spectaculaire. Craignant une nouvelle attaque, les parents interdirent formellement à leurs fils de porter le maillot des Mad Dogs. Une dizaine de formations, des poussins aux juniors en passant par les féminines, cessèrent purement et simplement d'exister.

Il n'y eut bientôt plus que deux équipes de district composées de membres du gang, renforcées par les rares joueurs restés fidèles au club.

Ce soir-là, moins de vingt-cinq hommes s'étaient réunis devant les ruines calcinées du clubhouse. Certains n'avaient même pas pris la peine de revêtir leur tenue de football. En l'absence de vestiaires, les joueurs avaient été contraints de se changer dans le bus utilisé lors des déplacements.

— Merci d'être venu, Bruce, dit Sasha en le serrant affectueusement dans ses bras. Tu as du courage. Je suis fier de toi.

— Y a pas de lézard, patron, répondit le garçon en tirant un carnet de la poche de son pantalon de survêtement. On revient de l'appartement. Voilà le rapport du jour.

— Excellent, dit Sasha avant d'adresser un hochement de tête à James et Junior.

— Quelqu'un approche, avertit Savvas, qui montait la garde à une vingtaine de mètres du banc de touche.

Un homme marchait dans leur direction sur le terrain plongé dans la pénombre.

— Plus un geste ! cria Colin.

L'inconnu s'immobilisa au niveau du rond central et leva les mains en l'air.

— C'est moi, Chris Jones.

— Chrissie ! s'exclama Sasha. Approche, mon vieux.

James se pencha à l'oreille de Wheels, qui avait revêtu une tenue de football dans l'espoir de regagner un peu de crédibilité aux yeux de son chef.

— C'est qui ? chuchota-t-il.

— Un conseiller municipal, expliqua-t-il. Il entraînait les minimes, l'année dernière. Ses deux fils font partie du club. Enfin, on ne les a pas revus depuis l'attaque...

Sasha donna l'accolade au nouveau venu.

— Alors, comment va Marcus ? On est impatients de le revoir. On a besoin de lui en défense.

Le conseiller esquissa un sourire gêné.

— Je vais aller droit au but, Sasha. Le conseil municipal s'est réuni en présence des parents et de la plupart des joueurs de l'équipe première. Ils tiennent à te rendre hommage pour le travail que tu as effectué à la tête du club depuis des années et à t'assurer de leur soutien, mais ils souhaiteraient...

— Ne t'inquiète pas, va. On s'en remettra. L'assurance

rechigne à financer la reconstruction du clubhouse, mais mon avocat est sur le coup. Une fois que toute cette histoire sera oubliée, les joueurs reviendront.

— Peut-être, dit le conseiller sans grande conviction, mais les terrains appartiennent à la municipalité. Le conseil tient à ce qu'ils servent à quelque chose, tu comprends ?

Sasha semblait désorienté.

— Eh bien, tu n'as qu'à persuader les joueurs de retourner à l'entraînement.

Le conseiller s'éclaircit la gorge.

— Tu as fait un boulot formidable pour les jeunes de la ville, bredouilla-t-il. Le conseil t'en sera éternellement reconnaissant. Mais ta réputation fait du tort au club. Avec un nouveau président, le Mad Dogs FC se remettra plus facilement de…

— Un nouveau président ? gronda Sasha.

Sans crier gare, il saisit le conseiller par le col de la veste et lui adressa un violent coup de boule. Sa victime tituba en arrière, le nez en sang.

— Sois raisonnable, supplia ce dernier, les mains plaquées sur le visage.

Sasha le frappa de nouveau.

— C'est *mon* club ! hurla-t-il. Quand je suis arrivé ici, il n'y avait qu'un terrain vague envahi par les mauvaises herbes. On ne pouvait pas faire un pas sans marcher sur un tesson de bouteille ou dans une merde de chien !

Sur ces mots, il lui adressa un coup de pied à l'estomac qui l'envoya rouler sur le sol boueux.

— Tu te crois intouchable parce que tu fais partie du

conseil municipal ? cria Sasha. Je vais te remettre les idées en place, espèce de sous-merde !

Sous le regard médusé de ses hommes, il infligea à sa victime un tabassage en règle, frappant aux endroits les plus douloureux sans retenir ses coups, puis il lui piétina longuement la tête à l'aide de ses chaussures équipées de crampons.

—Voilà, connard, tu es content ? tempêta-t-il en achevant sa victime d'un ultime coup de pied au bas-ventre. Va dire à tes potes qu'il n'y aura pas de Mad Dogs Football Club sans Sasha Thompson.

C'était la correction la plus brutale à laquelle James ait jamais assisté. Même les membres du gang les plus endurcis semblaient sous le choc.

Sasha s'agenouilla au chevet du conseiller inconscient. Il plaça le pouce sur sa jugulaire puis posa une main sur son torse.

—Il s'en sortira, assura-t-il, un sourire inquiétant sur les lèvres. Emmenez-le à l'hôpital et gardez un œil sur lui. S'il essaye de moucharder à son réveil, rappelez-lui que nous savons où vit sa mère.

L'assistance observait un silence absolu. Deux gangsters saisirent Chris Jones par les poignets et les chevilles, puis le traînèrent vers le parking.

—Ne restez pas plantés là, vous autres ! lança Sasha en désignant le terrain. Vous êtes là pour jouer au football, bordel.

L'entraîneur de la défunte équipe première et les joueurs se dirigèrent vers le rond central.

— Trop la classe, murmura Junior. Il y a pas mal de gens à qui j'aimerais faire ça. Mon responsable de conditionnelle, pour commencer…

James, profondément éprouvé par le spectacle auquel il venait d'assister, était incapable de prononcer un mot.

— Ça lui prend souvent ? demanda Bruce.

— C'est la première fois que je le vois aller aussi loin, mais il y a des histoires terribles qui circulent. Dites, j'ai appris qu'il vous avait confié un job de surveillance. Vous pourriez me dépanner de trente livres ?

— Tu m'en dois déjà cinquante, répliqua sèchement James.

— Allez, quoi, supplia Junior. Sasha refuse de me faire bosser, ma mère m'a privé d'argent de poche pour que je reste à la maison et j'ai déjà vidé le porte-monnaie d'April.

Bruce sursauta.

— Tu as dépouillé ta sœur ? C'est vraiment minable, mec.

— Lâche-moi, tu veux ? Je ne suis pas d'humeur à supporter une leçon de morale.

L'entraîneur souffla dans son sifflet.

— On va commencer par quelques sprints d'échauffement, annonça-t-il.

Junior émit un grognement.

— C'est nul. Si on voulait s'entraîner, on ne serait pas en équipe de district. Je n'ai aucune intention d'obéir aux ordres de ce nazi.

— Tu n'es qu'une lavette, sourit James. La vérité, c'est

que tu ne peux même plus courir, à cause de toutes les saloperies que tu t'envoies.

— J'aimerais bien me tirer, mais Sasha m'arracherait la tête. En tout cas, c'est la dernière fois que je viens ici.

James considéra le visage sombre des joueurs répartis le long de la ligne médiane et prit conscience que Junior n'était pas le seul à regretter de s'être présenté à la séance d'entraînement. Les anciens membres de l'équipe première étaient consternés d'avoir été reversés en championnat de district. Les amateurs du dimanche, qui ne songeaient qu'à s'amuser, n'éprouvaient aucun désir d'améliorer leurs performances. Les juniors, eux, n'aspiraient qu'à évoluer en compagnie de camarades de leur âge.

Sasha Thompson pouvait bien piétiner la terre entière, désormais, rien ne pouvait plus sauver le Mad Dogs Football Club.

...

L'échauffement achevé, le coach forma deux équipes de neuf joueurs, distribua des dossards rouges aux membres de l'une des formations, puis s'assit sur le banc pour assister au match d'entraînement.

Après quelques minutes de jeu, James effectua un tacle glissé entre les jambes d'un attaquant, manqua le ballon et resta étendu dans l'herbe. Il sortit un morceau de verre de la poche de son short et en posa la partie tranchante contre son mollet.

Trop douillet pour appuyer franchement, il s'infligea une légère estafilade d'où perlèrent quelques gouttes écarlates, puis il poussa un hurlement perçant.

Bruce se précipita à son chevet et inspecta la coupure.

— C'est juste une égratignure, espèce de chochotte. Si tu montres ça à Sasha, il va te rire au nez.

— Arrête ton char, protesta James. Je suis en train de me vider de mon sang.

— Passe-moi le tesson de bouteille, ordonna son camarade en jetant un regard circulaire au terrain de football.

Par chance, les joueurs étaient rassemblés devant le but opposé. Sasha et l'entraîneur, ayant perdu tout intérêt pour la parodie de rencontre qui se déroulait devant leurs yeux, discutaient avec animation.

— Vas-y mollo, supplia James en lui remettant le morceau de verre.

Bruce posa la pointe sur le mollet de son ami et déchira la peau de haut en bas d'un coup sec. Ce dernier plaqua une main sur sa bouche pour étouffer un authentique cri de douleur.

— Voilà, maintenant ça le fait, dit Bruce en considérant le filet de sang qui jaillissait de la coupure.

— Mais qu'est-ce que tu as fait ? s'étrangla James. Je crois que tu as sectionné une artère…

— Il faut toujours que tu exagères…

Bruce aida son complice à se traîner jusqu'au banc de touche.

—Qu'est-ce qui se passe, Champion ? lui demanda Sasha. Ton cousin a un problème ?

—Il a glissé là-dessus, expliqua-t-il en brandissant le tesson sanglant. Il y a une trousse de secours quelque part ?

—J'ai du désinfectant et des compresses dans mon coffre, dit l'entraîneur, au grand désespoir des agents.

Sasha se pencha pour examiner la blessure.

—Ça m'a l'air assez sérieux. Bruce, accompagne-le jusqu'à la maison et demande à ma femme de jeter un œil. Elle était infirmière, autrefois. Ne vous inquiétez pas, elle sait ce qu'elle fait.

34. Premiers soins

— Tu vois, ça a marché comme sur des roulettes, se félicita Bruce en aidant son camarade à traverser le parking.

— Tu m'as massacré, gémit James. Tu le sais, pourtant, que j'ai une faible tolérance à la douleur…

— C'est une drôle de façon de dire que tu es douillet.

Avant de traverser la rue, Bruce inspecta la haie qui bordait le trottoir et y trouva le sac à dos déposé par Chloé une demi-heure plus tôt. Il contenait le matériel indispensable à la perquisition : un PDA équipé d'une caméra vidéo, deux micros miniaturisés et un Taser.

Il enfonça le bouton de la sonnette. Lois Thompson, vêtue d'un pantalon de sport gris informe et d'un maillot de l'équipe de Luton taille XXL, entrouvrit la porte.

— Salut, dit Bruce. James s'est blessé. Ta mère est là ?

— Elle est à sa réunion Weight Watchers. C'est mon père qui vous a dit de venir ici ?

— Ouais, mais je crois qu'on ferait mieux d'aller aux urgences…

Lois se pencha pour examiner la coupure.

— C'est moche, dit-elle. Je peux jeter un œil, si vous voulez. J'ai travaillé comme bénévole pour la sécurité civile, quand j'étais plus jeune. J'ai mon brevet de secourisme.

— Tu es sûre que ça ne te dérange pas ? demanda James.

— Essaye juste de ne pas mettre du sang partout. On vient de changer la moquette.

Les garçons ôtèrent leurs chaussures à crampons et les déposèrent sur le paillasson.

— La trousse de secours est dans la salle de bains du premier étage. Tu crois que tu arriveras à monter ?

— Je vais me tenir à la rambarde.

Lois se tourna vers Bruce.

— Tu ne retournes pas à l'entraînement ?

— Eh bien…

— Je préfère qu'il m'attende ici, dit James. Je ne suis pas certain de pouvoir marcher tout seul.

— Pas de souci, répondit la jeune fille. Tu peux préparer du thé, Bruce ? Il y a des biscuits dans les placards de la cuisine.

Le garçon se réjouissait de se retrouver seul au rez-de-chaussée et de pouvoir mener ses opérations sans craindre d'être dérangé.

James noua son maillot de football autour de sa jambe pour éviter que le sang ne coule dans l'escalier et gravit péniblement les marches menant à l'étage.

— Première à gauche, indiqua Lois.

James franchit la porte de la salle de bains. C'était une vaste pièce décorée avec goût, dont l'un des murs était percé d'un œil-de-bœuf. Aussi grande que sa chambre du campus, elle disposait d'une cabine de douche, d'une baignoire et de WC.

— Installe-toi là, dit Lois en désignant la cuvette des toilettes. La plaie est pleine de boue. Je vais nettoyer ce que je peux, mais il faudra que tu prennes un bain. Ensuite, je te ferai un bandage.

Elle se pencha pour tourner les robinets de la baignoire.

— Cette baraque est fantastique, remarqua James.

— Le seul problème, ici, c'est mes parents, sourit la jeune fille en s'agenouillant pour ôter ses chaussettes. Je crois que je préférerais habiter au Zoo plutôt que de continuer à vivre dans cette prison.

•••

Bruce se lava les mains sous le robinet de la cuisine, remplit la bouilloire, puis regagna le couloir qui desservait les pièces du rez-de-chaussée. Il devait s'assurer que Lois était la seule occupante de la villa.

Il entrouvrit la porte de la cave et constata avec soulagement qu'elle était plongée dans l'obscurité. Il s'assura que le salon et la salle à manger étaient déserts avant de pénétrer dans le bureau de Sasha, une vaste pièce meublée d'éléments Ikea coordonnés. Il passa en revue les biographies de stars du football alignées dans la bibliothèque et considéra avec amusement les trophées à demi fondus, rescapés de l'incendie du club-house.

Bruce sortit le PDA de son sac à dos et composa le numéro de Chloé.

— Je suis dans le bureau, chuchota-t-il. James est en haut. C'est Lois qui s'occupe de sa blessure. Tu es en position ?

— Oui, je suis dans la voiture, de l'autre côté de la rue. Si quelqu'un entre, tu seras le premier informé.

— Mes premières impressions ne sont pas bonnes. Il n'y a que des trucs en rapport avec le foot.

— Sasha vit depuis des années sous surveillance policière. Examine attentivement ses affaires personnelles. Ne t'attends pas à trouver ses livres de comptes, mais le moindre indice pourrait être capital.

— Compris, dit Bruce avant de mettre un terme à la communication.

Il ouvrit l'agenda de cuir posé en évidence sur le bureau. Comme prévu, il ne contenait rien d'incriminant : une séance de rééducation pour un genou en mauvais état, une rencontre avec l'assureur du club-house et un rendez-vous au garage pour une révision des dix mille. Sasha avait gribouillé une dizaine de numéros de téléphone sur le marque-page. Bruce effectua quelques clichés puis le remit à sa place.

Dans l'un des tiroirs, il trouva des stylos, des trombones, des élastiques et plusieurs CD-ROM. Ne disposant pas du matériel nécessaire pour les copier, il ouvrit le second tiroir et découvrit des bouteilles de Jack Daniels et de Cuervo Gold à moitié vides, ainsi que deux téléphones portables bon marché. La plupart des criminels utilisaient ces appareils à carte anonymes pour échapper à la surveillance de la police.

Enthousiasmé par sa trouvaille, Bruce les posa sur le bureau et les alluma l'un après l'autre. Par chance, ils n'étaient pas protégés par un code PIN. Il composa #06#, bascula le PDA en mode dictaphone, lut à haute voix les numéros d'identification affichés à l'écran, puis replaça les mobiles à l'endroit précis où il les avait trouvés.

...

Lois posa la compresse imbibée de lotion désinfectante sur le rebord du lavabo et examina une nouvelle fois la blessure.

— C'est moins profond que je ne le pensais, murmura-t-elle. J'ai des super pansements qui permettront de maintenir les bords de la plaie l'un contre l'autre.

La jeune fille se leva et plongea la main dans l'eau du bain.

— C'est prêt, dit-elle. Évite de mettre du savon sur ta coupure. Ça risque de piquer.

— Je ferai attention, tu peux me faire confiance. Je suis hyper douillet.

— Ce n'est pas l'impression que tu donnes, dit Lois. Tu es super baraqué. Tu fais de la muscu ?

— Ouais, de temps en temps.

James glissa les pouces dans l'élastique de son caleçon.

— Tu peux te retourner, s'il te plaît ?

— Ne sois pas timide, gloussa Lois. Ce n'est pas la première fois que je verrai un mec à poil.

Soucieux de ne pas passer pour un garçon prude, James se plaça face à la baignoire, baissa rapidement son caleçon et s'immergea dans l'eau tiède. La jeune fille se dirigea vers la porte puis, contre toute attente, poussa le verrou et ôta son maillot de football.

— Comment que tu me trouves ? sourit-elle en ôtant les agrafes de son soutien-gorge orange vif.

— Ne fais pas ça ! bredouilla James. Si ton père nous surprend, il me tuera… et lentement.

— Tu n'as rien à craindre. Ma mère ne rentre que dans deux heures, et papa filera à la cave pour jouer aux cartes avec ses copains dès la fin de la séance d'entraînement.

James était indécis. Lois était sexy et visiblement disposée à lui faire franchir le grand saut, mais les images de la correction infligée par son père au conseiller municipal étaient encore gravées dans son esprit.

— Wheels m'a dit que tu n'avais pas de copine, dit-elle en ôtant son pantalon de survêtement.

Elle ouvrit le placard situé sous le lavabo et en sortit un préservatif sous emballage.

James éprouvait des difficultés à respirer. Il avait la conviction qu'il allait se réveiller et découvrir que cette situation invraisemblable était le fruit de son imagination.

Mais Lois enjamba le rebord de la baignoire…

35. Une femelle dominante

James descendit les marches du perron vêtu d'un pantalon de survêtement et de baskets empruntés dans le dressing de Sasha Thompson. Lois l'avait clairement encouragé à lui rendre visite *quand bon lui semblerait* afin de les lui restituer. L'expérience aussi extraordinaire qu'inattendue qu'il venait de vivre occupait tout son esprit.

— Je te trouve bizarre, fit observer Bruce tandis qu'ils marchaient vers l'arrêt de bus. Est-ce que tout va bien ?

— Super, répondit James. Tu as découvert quelque chose d'intéressant ?

— Ça reste à vérifier. Tu es resté dans la salle de bains avec Lois pendant des plombes, alors j'ai eu le temps de tout examiner dans le détail. J'ai les numéros d'identification de deux téléphones sans abonnement et des clichés de cartes de visite, mais je ne sais pas où tout ça peut nous mener.

James hocha mécaniquement la tête. Il était incapable de se concentrer, et son cœur n'avait toujours pas retrouvé son rythme de croisière.

—Tu es sûr que tu vas bien ? demanda Bruce. Tu es tout pâle.

—Ça doit être à cause de ma blessure. Tu n'y es pas allé avec le dos de la cuiller.

—C'est ça, prends-moi pour un débile.

—Qu'est-ce que tu sous-entends ?

—Je suis monté au premier avec deux tasses de thé, histoire de me rendre agréable, et j'ai entendu des bruits bizarres dans la salle de bains. Je jurerais avoir entendu Lois dire que *tu ne te débrouillais pas si mal pour un débutant*.

James comprit qu'il était inutile de nier.

—Elle s'est jetée sur moi, dit-il. Promets-moi que tu ne diras rien à personne.

—S'il apprenait ça, Sasha te pendrait à un croc de boucher. Et si je racontais cette histoire à Dana, je crois que tu pourrais te chercher une nouvelle copine.

—Je n'y suis pour rien, protesta James. Lois a fermé le verrou de la salle de bains et a plongé dans la baignoire.

—Tu as une de ces chances… Cette fille a un corps d'enfer. Alors, c'était comment ?

James avait le sentiment d'être entré brusquement dans le monde des adultes. Bruce lui faisait l'effet d'un gamin un peu trop curieux.

—C'était super. Enfin… disons que je suis content d'avoir franchi le cap. Mais Lois a fait de moi ce qu'elle voulait. Ce n'est pas comme ça que j'avais imaginé les choses.

—Une femelle dominante, gloussa Bruce.

—Jure-moi que tu garderas ça pour toi. Je n'ai que quinze ans et demi : je pourrais être viré si la direction était au courant.

—La fille de Sasha ! s'exclama Bruce. Tu es complètement inconscient !

—Mais tu vas la fermer, à la fin ?

—Allez, quoi, tu ne vois pas que je te fais marcher ? Tu es mon pote. Je resterai muet comme une tombe, tu peux me faire confiance.

•••

Les garçons retrouvèrent Chloé à l'arrêt de bus situé à un kilomètre de la villa de Sasha, puis elle les conduisit à son hôtel du centre-ville. La jeune femme alluma son ordinateur portable.

—Bruce, tu as les numéros des téléphones ?

Le garçon enfonça la touche *play* de son PDA et pianota sur le clavier du PC.

En théorie, seuls les officiers assermentés munis d'un mandat délivré par un juge pouvaient accéder au serveur des opérateurs téléphoniques, mais les agents des services de renseignement disposaient d'un accès direct à ces informations.

Une longue liste de numéros apparut à l'écran. Bruce fut enchanté de constater que les deux mobiles avaient été utilisés le jour même.

—Lance l'impression, dit Chloé. Je n'ai pas de logiciel d'analyse. Il va falloir éplucher nous-mêmes les résultats.

Si Sasha et Major Dee changeaient régulièrement de mobile, la plupart de leurs subordonnés se contentaient d'un seul appareil. Au cours de la mission, James, Michael, Bruce et Gabrielle avaient rassemblé une centaine de numéros de téléphone.

Chloé et ses agents se penchèrent sur le listing.

— Le 07839, c'est le numéro du fixe de Savvas, dit Bruce, stylo en main ; le 25614, c'est l'un des portables de Wheels.

En dix minutes, ils parvinrent à identifier la plupart des interlocuteurs de Sasha au cours des trois derniers mois.

— Le 42399 revient tous les jours, fit remarquer James. Je ne sais pas à quoi il correspond.

— C'est un mobile non enregistré, mais il n'est pas sur la liste des Mad Dogs.

Bruce sortit de sa poche une feuille de cahier pliée en quatre et l'étudia attentivement.

— J'ai ! s'exclama Bruce. C'est le numéro de Siméon Bentine.

— D'où sors-tu ce nom ? demanda Chloé.

— Des notes de Michael et Gabrielle, expliqua-t-il, très fier de lui.

— Belle initiative, dit James. Tu sais de qui il s'agit ?

— Aucune idée.

Chloé composa le numéro de Michael sur son téléphone portable.

— Je suis à l'hôtel avec James et Bruce. On a découvert que Sasha passait de fréquents coups de fil à un certain Siméon Bentine. Ça te dit quelque chose ?

— Sans blague ? Sasha est en relation avec Siméon ? Tu en es certaine ?

— Je suis formelle. Qu'est-ce que tu sais sur ce type ?

— C'est le comptable de Major Dee. Je l'ai rencontré deux ou trois fois. Il ne ressemble pas aux autres Slasher Boys. Il a une cinquantaine d'années, porte des costumes croisés et roule en Mercedes classe E.

— Il s'entretient quotidiennement au téléphone avec Sasha. Comment tu expliques ça ?

— Je ne sais pas, mais je crois que vous avez soulevé un truc *énorme*, lança Michael, tout excité. Siméon en sait long sur les Slasher Boys.

— Suffisamment pour indiquer à Sasha où ils planquent leur marchandise ?

— Sans doute.

— Excellent, dit Chloé. On va effectuer quelques vérifications. Je te rappellerai dès que j'en saurai davantage.

— Des bonnes nouvelles ? demanda Bruce dès qu'elle eut raccroché le téléphone.

— Tu n'as même pas idée. Si tu n'étais pas couvert de boue, je crois que je te serrerais dans mes bras.

36. Livraison spéciale

James rejoignit le Zoo aux alentours d'une heure du matin. Hanté par une foule de questions, il fut incapable de trouver le sommeil : *Bruce saurait-il tenir sa langue ? Était-il digne de confiance ? Le cas échéant, Dana lui pardonnerait-elle son incartade ?* La perspective de la perdre décuplait les sentiments qu'il éprouvait à son égard.

Il regrettait de n'avoir jamais eu le cran de lui dire qu'il l'aimait. Tout en elle lui plaisait : son humour, sa démarche un peu masculine, ses vêtements froissés… Il se moquait éperdument de ce que ses camarades pensaient d'elle. Elle n'était pas comme les autres filles du campus. Elle n'avait pas besoin de passer des heures à se maquiller pour se rendre désirable. Sa beauté naturelle le bouleversait.

Chose étrange, en dépit de l'amour sincère qu'il ressentait pour sa petite amie, James se demandait s'il aurait une autre chance de se trouver seul en compagnie de Lois. Elle n'arrivait pas à la cheville de Dana, mais son corps était magnifique et il souhaitait ardemment renouveler l'expérience.

À l'aube, il entrouvrit les rideaux et feuilleta un magazine consacré aux motos, sans parvenir à chasser de son esprit l'image de Lois.

À cinq heures cinquante-sept du matin, son téléphone portable se mit à vibrer. Le nom de *Wheels* apparut sur l'écran.

— Ça va, mon pote ? chuchota James.

Bruce, qui ne dormait que d'un œil, s'assit sur son lit et se frotta les yeux.

— Très bien, répondit Sasha. Et toi, tu es en forme ?

James faillit avaler sa langue.

— Oh, excusez-moi, bredouilla-t-il.

Mon Dieu, il est forcément au courant, pensa-t-il. *Il va me pendre à un croc de boucher.*

— Désolé d'appeler à une heure aussi matinale, mais le feu vient de passer au vert. Je dois me rendre à Rudge Estate pour régler la question du bunker.

— Qu'est-ce que vous attendez de moi ?

— Je ne comptais pas te faire participer à cette opération, mais mes meilleurs hommes sont injoignables. On doit passer à l'action immédiatement. Tu as fait preuve de loyauté en venant à l'entraînement alors que tous les autres me tournaient le dos.

Aux oreilles de James, le mot *loyauté* avait quelque chose d'ironique.

— Merci.

— Ça ne sera probablement pas une promenade de

santé, mais si tu es partant, j'enverrai quelqu'un vous chercher dans quinze minutes, toi et ton cousin. Vous recevrez mille livres chacun, plus une part du butin si tout se passe comme prévu.

— Le temps de sauter dans nos fringues...

— Wheels m'a dit que vous possédiez des armes et des gilets pare-balles.

— Exact.

— D'où vous sortez cet attirail ?

— On a fait quelques braquages pour le compte d'un receleur, en Écosse. Comme il ne pouvait pas nous payer, il nous a refilé des vieux flingues et des gilets en Kevlar piqués sur une base militaire.

— Vous avez des munitions ?

— De quoi remplir deux barillets, pas plus.

— Équipez-vous. Je tâcherai d'améliorer votre puissance de feu. Rendez-vous dans un quart d'heure devant le Zoo.

James referma le clapet de son téléphone d'une main tremblante.

— On va quelque part ? demanda Bruce.

— Sasha veut qu'on participe au braquage du bunker. Tu ne trouves pas ça bizarre, qu'il me fasse cette proposition juste après ce qui s'est passé hier soir ?

— Tu veux parler de ta séance de galipettes dans la salle de bains ?

— C'est une drôle de coïncidence.

— Tu deviens complètement parano, mon pauvre. On entre dans ce centre comme dans un moulin. Si Sasha voulait te faire la peau, il lui suffirait de donner le numéro de la chambre à un homme de confiance et de lui ordonner de te coller un oreiller sur la tête pendant ton sommeil.

— Ouais, peut-être, dit James en ouvrant son casier. Mais il a employé le mot *loyauté*… On aurait dit qu'il essayait de me mettre à l'épreuve.

Il glissa un poignard dans sa Timberland gauche, fixa son revolver sur sa cuisse à l'aide de ruban adhésif, enfila son gilet pare-balles bleu marine sur son sweat-shirt en nanotubes, puis passa son blouson.

— Il a insisté pour qu'on porte notre équipement de protection. Apparemment, ça risque de chauffer.

— On dirait que tu as pris quarante kilos, gloussa Bruce.

— Habille-toi, au lieu de te foutre de moi.

— Tu permets au moins que j'aille aux toilettes ?

— Dépêche-toi. Pendant ce temps-là, je vais prévenir Chloé.

Trois minutes plus tard, Bruce sortit de la salle de bains et se vêtit à la hâte.

— Alors, qu'est-ce qu'elle a dit ?

— Les recommandations habituelles : être prudents et sauver notre peau avant de penser à notre couverture. Ah si, elle a parlé avec l'officier de liaison du poste de police. Le conseiller municipal qui s'est fait tabasser souffre d'une douzaine de fractures, dont une au crâne, mais il a refusé de dévoiler l'identité de son agresseur. Sasha ne lui a laissé aucune chance. C'est un animal.

— Comme sa fille, à ce qu'il paraît, ricana Bruce.

Wheels se présenta à bord de l'Astra fraîchement repeinte avec un quart d'heure de retard sur l'horaire indiqué par Sasha.

— Le patron est déjà sur place, dit le jeune homme avant de désigner le sac de piscine posé sur la plage arrière. Là-dedans, il y a des gants, des cagoules et des flingues. Je vous montrerai comment ils fonctionnent quand on sera à l'appartement.

James et Bruce embarquèrent à bord du véhicule. Wheels enfonça la pédale d'accélérateur avant même qu'ils n'aient refermé les portières. Bruce tira sur le cordon du sac et découvrit deux pistolets Glock 9 mm.

Les deux agents échangèrent un regard anxieux. Ils redoutaient d'être obligés de faire usage de ces armes. Elles faisaient partie de l'arsenal des forces spéciales et des membres des services de protection. Elles pouvaient cracher vingt balles en quelques secondes.

— Ils sont chouettes, hein ? s'enthousiasma Wheels. Le problème, c'est que trouver des munitions est une vraie galère, alors ne vous en servez qu'en cas de nécessité absolue.

— Qu'est-ce qui est prévu ? demanda James.

— Sasha ne nous informera qu'au dernier moment. C'est lui le stratège. Nous, on se contente d'obéir aux ordres. Tout ce que je sais, c'est qu'un important échange de marchandise va avoir lieu au bunker, et que les Slasher Boys sont dans le coup.

∴

Wheels et les deux agents de CHERUB retrouvèrent Sasha, Savvas et Kelvin Holmes à l'appartement. Ancien entraîneur de la salle de boxe de Keith Moore, ce colosse avait passé trois ans en prison sans se douter une seule seconde que James était responsable de sa mauvaise fortune.

— Qu'est-ce que tu as grandi ! s'exclama-t-il.

Il portait un pantalon à pinces bleu marine et une chemisette à manches courtes brodée du logo de la poste royale.

— Tu es devenu facteur ? s'étonna James

— Juste le temps d'une livraison spéciale, ricana Kelvin en désignant le colis Amazon posé sur la table basse du salon.

37. En plein cauchemar

Paquet sous le bras, Kelvin prit position devant la porte du bunker à sept heures quarante. Savvas et Wheels étaient embusqués dans la cage d'escalier, à dix mètres de là. James et Bruce patientaient à leurs côtés. Ils portaient des gants de cuir et des cagoules. Depuis l'immeuble voisin, Sasha surveillait le déroulement de l'opération grâce aux écrans de contrôle reliés aux caméras de surveillance.

Des gouttes de sueur perlaient au front de Kelvin. Il enfonça le bouton de la sonnette. Malgré l'épaisseur du blindage, il entendit un homme et une femme discuter avec animation à l'intérieur de l'appartement.

— C'est la poste ! cria-t-il. J'ai un colis pour vous. Je sais que vous êtes là, et je n'ai pas que ça à faire.

Les dealers barricadés à l'intérieur du bunker firent glisser les lourdes barres métalliques. Aussitôt, Savvas et ses trois complices avancèrent furtivement sur la coursive. Une femme jeta un œil inquiet par l'entrebâillement de la porte retenue par une chaîne de sécu-

rité. Elle portait pour seul vêtement une couette passée
hâtivement sur ses épaules.

— Salut, bâilla-t-elle.

Kelvin lui tendit un calepin et un stylo-bille.

— Tyler, ça doit encore être des bouquins pour toi.
Pourquoi c'est toujours moi qui dois me lever pour
ouvrir ?

Elle gribouilla une signature sur le formulaire.
Kelvin brandit une matraque électrique à bétail, en
posa l'extrémité sur le ventre de la femme et lui infligea
une décharge de soixante mille volts. Sa victime, pro-
pulsée trois mètres en arrière, s'effondra contre un
portemanteau.

Il glissa un pied dans l'entrebâillement afin de
tendre la chaîne. Wheels se précipita à ses côtés et la
sectionna à l'aide d'un coupe-boulon.

Kelvin, qui ne portait pas d'arme, recula d'un pas
pour laisser ses quatre complices poursuivre l'opération. Savvas et Wheels traversèrent le vestibule et
déboulèrent dans le salon pistolet au poing. Des hurlements retentirent. James pénétra à son tour dans
l'appartement et poussa la porte de la chambre principale. Bruce se précipita au chevet de la femme qui gisait
au pied du portemanteau, lui lia les poignets à l'aide de
menottes en plastique, puis enfonça un bâillon en
caoutchouc dans sa bouche.

Une odeur fétide assaillit les narines de James. À sa
grande stupéfaction, il tomba nez à nez avec un petit
garçon d'environ cinq ans recroquevillé contre une

commode, tétine entre les lèvres. À l'évidence, il n'avait pas pris de bain depuis des semaines.

Frappé par cette apparition, James se figea. Profitant de cet instant d'hésitation, l'homme allongé dans le lit glissa une main sous le matelas et se saisit d'un couteau. James sortit le Glock de son holster et le pointa en direction de l'inconnu.

—Pose cette lame ou je te fais sauter le crâne, menaça-t-il.

Des bruits de lutte résonnèrent dans l'entrée. Il jeta un coup d'œil par-dessus son épaule. L'un des dealers avait jailli de la seconde chambre et essayé de rejoindre la coursive. Bruce l'avait mis hors d'état de nuire d'un seul coup de pied au plexus solaire.

—Ficelez-moi tous ces salauds et amenez-les ici! cria Savvas depuis le salon. Ensuite, on cherchera la marchandise.

James sortit un bâillon de sa poche et le lança à l'homme étendu sur le lit.

—Mets ça dans ta bouche et serre la lanière derrière ta tête, ordonna-t-il.

Son prisonnier s'exécuta sans protester. James posa le canon de son arme sur sa tête et lui passa des menottes en plastique autour des poignets.

L'enfant observait la scène sans manifester la moindre émotion.

—Tu vas bien, petit? demanda James sur un ton qui se voulait rassurant, en dépit de la cagoule qui couvrait son visage. N'aie pas peur. On ne va pas te faire de mal.

Le salon empestait la sueur. Des assiettes et des verres sales étaient empilés aux quatre coins de la pièce. Les cendriers dégorgeaient de mégots. Une centaine de jeux PlayStation et des DVD étaient amassés près de la télé.

Les trois hommes bâillonnés étaient assis sur le sofa, les deux femmes adossées à une cloison, l'enfant assis en tailleur sur la moquette.

James et Bruce furent chargés de monter la garde pendant que Savvas et Wheels passaient l'appartement au peigne fin à la recherche du stock de stupéfiants.

— Pourquoi tu ne vas pas chercher des jouets ? dit James.

Le petit garçon était manifestement victime de mauvais traitements. Il craignait que l'irruption d'hommes masqués et brutaux n'aggrave son traumatisme.

James remarqua deux petites voitures abandonnées sur la moquette. De la pointe du pied, il les fit rouler en direction de l'enfant. Ce dernier les contempla fixement quelques secondes puis les lui renvoya. Il semblait avide d'attention. Après quelques échanges, il adressa un sourire à son bienfaiteur.

— Je peux jouer avec ton pistolet ? demanda-t-il en toute innocence.

James remarqua des traces violacées à l'arrière de ses bras. À l'évidence, il avait été fouetté. Il sentit son sang bouillir dans ses veines.

— Non, ça, c'est pour les grands, dit-il en glissant une main dans sa poche. Mais j'ai des nounours au chocolat.

L'enfant se leva, saisit le sachet, déchira le paquet, enfonça deux friandises dans sa bouche, puis retourna s'asseoir dans son coin.

— Doucement, dit James. Tu vas t'étouffer.

Le petit garçon prit cet avertissement pour une menace. Il se recroquevilla en position fœtale, serra les nounours contre sa poitrine et éclata en sanglots.

— Eh, visez-moi ça ! s'exclama Wheels en déboulant dans le salon.

Il posa un grand sac à dos à ses pieds et en exposa le contenu : il était plein à ras bord de sachets de crack et de cocaïne.

— Il y en a pour combien ? s'étrangla Bruce, les yeux exorbités.

Wheels haussa les épaules.

— Je n'ai pas eu le temps de les peser, mais je dirais… au moins soixante-dix mille livres.

Savvas rejoignit les membres du commando et consulta sa montre.

— L'appart est sécurisé. Tout le monde est bien sage, ici ?

— Ils se tiennent tranquilles, répondit James.

Savvas, tout sourire, s'accroupit près du garçonnet

— Dis donc, mais c'est que tu as l'air de te régaler ! Comment tu t'appelles ?

Intimidé, l'enfant baissa les yeux et garda le silence. Savvas se tourna vers les femmes.

— Laquelle d'entre vous est la mère de ce gamin ? gronda-t-il.

Les prisonnières restèrent parfaitement immobiles. Savvas saisit l'une d'elles par le menton et lui cogna la tête contre le mur.

— C'est trop compliqué de lui donner un bain ? Comment pouvez-vous le laisser dans cet état ?

Il se redressa et glissa un billet de dix livres dans la poche de James.

— On va devoir patienter ici quelques heures. Vu l'état de la cuisine, je crois qu'il vaudrait mieux que tu fasses un saut au pub du coin pour nous rapporter des sandwiches au bacon.

...

Soucieux de ne pas éveiller les soupçons, Savvas détacha l'un des dealers et lui ordonna de poursuivre ses activités comme si de rien n'était, de prendre les commandes et de glisser des petits paquets de drogue par la boîte aux lettres chaque fois qu'un client actionnait la sonnette.

Après avoir liquidé son sachet de nounours et englouti un sandwich aux œufs et au bacon, le petit garçon, rassasié et joyeux, joua au football dans le vestibule en compagnie de ses nouveaux amis encagoulés. À dix heures du matin, la tension monta d'un cran.

Grâce à ses nombreux contacts en Jamaïque, Major Dee disposait d'un réseau qui lui permettait de faire transiter par les Caraïbes des quantités phénoménales de cocaïne en provenance d'Amérique du Sud. Ce stock n'alimentait pas seulement les Slasher Boys et leurs alliés du sud-est de l'Angleterre, mais aussi d'importants dealers du nord du pays. Parmi eux, le gang de Salford régnait en maître sur le trafic de drogue dans les pubs et les clubs de la région de Manchester.

Sasha avait échafaudé un plan ambitieux visant à faire main basse simultanément sur la marchandise des Slasher Boys et l'argent des trafiquants de Salford. Les deux organisations étant majoritairement composées de membres originaires des Caraïbes, il avait chargé Kelvin de se présenter à la porte afin de ne pas éveiller les soupçons.

Dans ses grands traits, l'opération était soigneusement planifiée, mais il n'était pas parvenu à estimer le nombre de représentants que le gang de Salford avait dépêchés pour procéder à l'échange. Se rendre maître du bunker au petit matin avait été un jeu d'enfant. La seconde phase de l'opération promettait d'être plus délicate. Cent mille livres étaient en jeu. Les criminels chargés de les convoyer devaient être sur leurs gardes.

Mais Sasha était un pro. Il avait dépouillé des trafiquants de drogue pendant près de vingt ans et connaissait son affaire. Kelvin, Savvas, Wheels, James et Bruce avaient investi le bunker. Deux hommes de confiance planquaient dans un second appartement de la coursive. Un troisième complice âgé de dix-sept ans avait été chargé de crever les pneus des gangsters de Salford. Un tireur d'élite armé d'un fusil longue distance était posté sur le toit de l'immeuble voisin. Tous les membres de l'équipe étaient équipés de talkies-walkies.

James avait l'impression que la trotteuse de sa montre s'était figée. La sueur ruisselait sous son gilet pare-balles, occasionnant des démangeaisons insoutenables.

Il avait placé le petit garçon à l'abri dans la chambre du fond. L'enfant, enthousiasmé par les moments passés à jouer avec les membres du commando, ne cessait de pleurnicher. Wheels lui intima le silence en bourrant la porte de coups de poing.

À dix heures sept, l'adolescent posté dans la rue informa l'équipe de l'arrivée de six hommes à bord de deux voitures. Cinq d'entre eux s'engagèrent dans la cage d'escalier.

— Martin, je veux que ces bagnoles soient immobilisées dès que possible, ordonna Sasha.

— Je ne peux pas, patron. Il y a un type au volant de la BMW.

— Sers-toi de ton flingue.

James sentit un frisson parcourir sa colonne vertébrale. La situation le dépassait. Sasha avait lancé cet ordre d'une voix glaciale, sans plus d'émotion que s'il avait commandé un café. Il avait réclamé la mort d'un homme. Le comité d'éthique de CHERUB ne verrait pas cela d'un bon œil.

— Vous êtes sûr, patron ? demanda Martin. Il y a des passants un peu partout. J'étais juste censé crever des pneus…

— Fais ce que je te demande, répliqua Sasha. Si tu m'obliges à descendre moi-même, je ferai d'une pierre deux coups. Je me fais bien comprendre ? Alors, qu'est-ce que tu vois ?

— Cinq mecs montent les marches, bredouilla Martin. Deux d'entre eux portent des gros sacs. Ça doit être le fric.

— Sans blague, Sherlock ? Équipe du bunker, est-ce que vous êtes prêts à les recevoir ?

— On les attend, patron.

— Équipe de l'appartement 16, bloquez la coursive dès que les types seront dans le bunker.

— Compris, répondit une voix que James fut incapable d'identifier.

— C'est bon, ils sont à l'étage, dit Sasha. Libérez la fréquence, en cas d'urgence. Bonne chance à tous.

Un coup de sonnette résonna dans le vestibule. Savvas pointa son arme en direction des otages.

— Ce bijou peut cracher trois cents balles par minute. Si j'entends un seul mot, je vous dégomme.

Kelvin entrouvrit la porte.

— Pete, je suppose, dit-il. Entre, la marchandise est dans la cuisine.

Le colosse noir qui menait la délégation des Salford Boys portait des lunettes de soleil et une énorme barbe.

— Et toi, t'es qui ? cracha-t-il. Personne ne m'a parlé d'un changement de personnel.

— *Peace*, mon frère. C'est Major Dee qui m'a demandé de me pointer ici. Je n'en sais pas plus que toi.

— Montre-moi le matos, dit l'homme avant de pénétrer dans le vestibule.

À l'évidence, il était extrêmement suspicieux.

— Attendez dehors ! lança-t-il aux deux hommes qui portaient les sacs. Appelez Dee et demandez-lui des explications.

James et Savvas, embusqués derrière la porte du salon, ne manquaient pas un mot de ces échanges. Kelvin ne portait pas d'arme. Si les gangsters de Salford parvenaient à entrer en contact avec Major Dee, il serait aussitôt liquidé. Conscient qu'il n'était plus temps d'en référer à Sasha, Savvas porta le talkie-walkie à ses lèvres.

— À toutes les équipes, on passe à l'action, lâcha-il.

Wheels fut le premier à se ruer hors du salon. Au même instant, Bruce surgit de la chambre où il s'était embusqué. Tandis que Pete et le complice qui l'avait escorté dans le vestibule dégainaient leurs armes, Kelvin tourna les talons et sprinta en direction la cuisine.

Pete le visa dans le dos. D'un coup d'épaule, Bruce le précipita au sol.

Les deux Mad Dogs en planque dans l'appartement 16 déboulèrent sur la coursive et se précipitèrent sur les hommes restés devant la porte du bunker. Depuis le salon, James et les otages entendirent claquer des coups de feu.

— Le fric se fait la malle par l'escalier ! lança Sasha dans le talkie-walkie. Martin, est-ce que tu t'es occupé du chauffeur ?

— C'est fait, répondit fièrement le jeune homme.

— Les types qui transportent les sacs ont presque atteint le rez-de-chaussée. Arrose-les. Je descends te filer un coup de main.

Une balle fit voler en éclats la fenêtre du salon. James plongea à plat ventre sur la moquette.

Dès que Pete avait roulé sur le sol, Kelvin avait fait volte-face et s'était rué sur lui. Il le maintenait immobile d'une solide clé de bras et le bourrait de coups de poing.

L'homme de main braqua son pistolet en direction de Bruce et appuya sur la détente. Le garçon fit un roulé-boulé en avant, évita le projectile et effectua un bond prodigieux afin de coincer la tête de son adversaire entre ses cuisses. Il saisit sa main droite et lui tordit le pouce jusqu'à ce que l'arme tombe sur le carrelage.

Alerté par les bruits de lutte et les détonations, James s'engagea dans l'entrée pour s'assurer que son camarade n'était pas en mauvaise posture. Il vit ce dernier traîner Pete jusqu'à la coursive, le plaquer contre la rambarde puis l'assommer d'un seul coup de coude à la tempe.

Du coin de l'œil, Bruce distingua une silhouette qui se déplaçait dans sa direction. Il tourna vivement la tête et constata que l'un des Salford Boys chargés de transporter l'argent avait fait demi-tour et fonçait droit sur lui. Il lui tourna le dos et se courba en avant. Emporté pas son élan, son agresseur roula sur ses épaules. Bruce tendit les jambes et l'éjecta par-dessus la rambarde.

L'homme parvint à s'agripper à la balustrade, mais resta suspendu à dix mètres du sol. Bruce lui arracha le sac de sport et le remit à James.

— Deux voitures de flics en approche, lança Sasha dans son talkie-walkie. On ramasse tout ce qu'on peut et on lève le camp.

Kelvin, le visage dissimulé sous une cagoule, franchit la porte du bunker. Wheels, le sac à dos contenant le stock de stupéfiants sur les épaules, lui emboîta le pas, aussitôt suivi de Savvas. Les trois hommes s'engagèrent dans l'escalier. Tandis que Bruce et James dévalaient les marches à leur tour, l'homme qui se tenait à la rambarde, n'y tenant plus, lâcha prise et s'écrasa deux étages plus bas.

Les membres du commando le trouvèrent étendu les bras en croix sur le trottoir. Une plainte à glacer le sang jaillissait de sa poitrine. Un membre du gang de Salford gisait entre deux voitures, les jambes criblées de balles. Le pare-brise de la BMW était moucheté de sang. Sasha, Martin et les deux hommes qui avaient participé à la fusillade sur la coursive avaient déjà quitté les lieux.

Wheels sortit un biper de sa poche, déverrouilla les portières d'une Honda Accord et prit place derrière le volant. Savvas, James et Bruce s'installèrent sur la banquette arrière, l'argent et la marchandise posés sur les cuisses.

— Dites-moi que je suis en train de faire un cauchemar, lâcha Kelvin en s'asseyant sur le siège passager. Dites-moi que je vais me réveiller…

38. Tête baissée

Selon le plan échafaudé par Sasha, le commando des Mad Dogs aurait dû enfermer les membres du gang de Salford à l'intérieur du bunker. Dans l'impossibilité de faire appel à la police, ils y seraient demeurés jusqu'à ce que leurs complices, inquiets de ne pas recevoir de leurs nouvelles, viennent les délivrer.

Mais l'opération avait tourné à la catastrophe. Elle s'était achevée par une fusillade en pleine rue. La moitié des habitants de Rudge Estate avaient contacté le central de la police. La patrouille dépêchée sur les lieux avait trouvé un cadavre dans la BMW, deux blessés graves sur le trottoir et cinq otages ligotés dans le salon de l'appartement du deuxième étage.

Tout bien pesé, Sasha se réjouissait d'avoir fait main basse sur un sac à dos bourré de stupéfiants et cent mille livres en espèces, mais il savait que les enquêteurs mettraient tout en œuvre pour démasquer les assassins du chauffeur de la BMW. Aucun des survivants ne témoignerait contre les Mad Dogs, mais le service d'investigation scientifique allait passer le bunker au peigne fin et collecter une foule d'indices biologiques.

Lorsque Wheels eut raccompagné ses quatre complices, il conduisit la Honda jusqu'à une casse automobile où une presse hydraulique la réduisit en un cube d'un mètre de côté. De retour à son domicile, il nettoya les armes puis effectua un trajet de soixante kilomètres jusqu'à la zone industrielle où Sasha remisait le matériel utilisé lors des braquages.

Seul Kelvin avait opéré sans gants ni cagoule. Son profil ADN figurant dans la base de données de la police, il était à la merci des enquêteurs scientifiques. Mais Sasha, qui ne laissait jamais tomber ses hommes, jurerait qu'il travaillait pour l'entreprise de nettoyage de son cousin à l'heure du braquage, vidéos de surveillance truquées à l'appui. Kelvin prétendrait être allé dans le bunker une semaine plus tôt pour rendre visite à un ami, afin de justifier toute trace biologique incriminante. Les policiers ne seraient sans doute pas dupes, mais leur dossier ne serait pas assez solide pour obtenir une condamnation devant un jury.

Sasha avait ordonné à tous les membres du commando de placer leurs vêtements dans un sac-poubelle et de l'abandonner dans une benne à ordures située à au moins trois kilomètres de leur lieu d'habitation. De retour au Zoo, Bruce et James décidèrent de passer outre la consigne. Ils remettraient jeans, sous-vêtements, baskets, T-shirts et protections en nanotubes de carbone à Chloé lors de leur prochaine rencontre.

—C'était un truc de fous, lâcha Bruce au sortir de la douche, une serviette nouée autour de la taille.

—J'essaye de faire la sieste, grogna James.

—Je n'arrive pas à oublier la tête de ce type, quand il se retenait à la balustrade.

—Tu culpabilises ?

—Bof. Pas trop. Je n'ai fait que mon boulot.

—Tu me fous les jetons, des fois. Ce n'était pas une simple démonstration de karaté au dojo, cette fois. Ce mec doit être gravement blessé.

—Eh, tu es déprimé ou quoi ? demanda Bruce en roulant un stick déodorant sous ses aisselles.

James se tourna pour faire face à son camarade.

—Réponds-moi franchement : est-ce que toutes les filles du campus me détestent parce que j'ai trompé Kerry ?

—Disons qu'elles parlent souvent de toi. Certaines balancent des horreurs sur ton compte. D'autres disent que tu es craquant. Le principal, c'est d'être un sujet de conversation, non ?

—Qu'est-ce que tu racontes ?

—Les filles ne parlent que des mecs qui les intéressent, expliqua Bruce. Qu'elles t'apprécient ou te considèrent comme un salaud ne change rien à l'équation.

—Oh, je ne voyais pas les choses comme ça…

—Moi, je suis maigrichon, je ne suis pas spécialement mignon, et aucune nana ne se jette dans mon bain. Alors lâche-moi un peu, avec tes états d'âme. Tu as déjà embrassé plus de filles que je n'en connaîtrai jamais dans toute ma vie.

— Tu manques juste un peu de confiance, dit James, pris de pitié pour son ami. Et puis tu as Kerry, maintenant. Même si on est un peu fâchés en ce moment, j'avoue que je la trouve toujours aussi craquante.

— C'est clair. Je ne comprends toujours pas pourquoi elle sort avec moi.

— C'est une chouette fille. Je regrette qu'on ne se parle presque plus. Tout est ma faute. C'est comme si tous les mensonges que je lui ai servis formaient un mur entre nous. Je n'arrive plus à la regarder dans les yeux. Je ne veux pas renouveler cette erreur avec Dana.

Bruce fronça les sourcils.

— Tu veux dire que tu as l'intention de lui raconter ce qui s'est passé avec Lois ? Je te le déconseille. Elle ne te le pardonnera jamais.

James haussa les épaules.

— Je suis fatigué de mentir.

— Et si elle te plaque ?

— Elle n'est pas comme Kerry. Je pense qu'elle comprendra si je lui explique exactement comment ça s'est passé. Elle pourrait même apprécier mon honnêteté.

Bruce éclata de rire.

— Il y a peut-être une chance qu'elle te pardonne, mais je doute que ces galipettes dans la baignoire te fassent monter dans son estime.

On frappa à la porte. La tête de Michael apparut dans l'entrebâillement.

— Salut. Ça vous dérange si j'entre une seconde ?

L'ordre de mission prévoyait que James et Bruce ne devaient pas s'entretenir avec Michael dans l'enceinte du Zoo, mais cette consigne s'était relâchée au fil des semaines.

— Tu as des nouvelles de Gabrielle ? demanda James.

— Oui, je l'ai eue au téléphone ce matin. Elle a l'air d'avoir la pêche. Vous savez que Chloé a entendu parler de la fusillade de ce matin ? Elle est verte de rage parce que vous ne l'avez pas encore débriefée. Et je lui ai dit que vous étiez revenus depuis plus d'une heure…

— C'est quoi son problème ? Elle n'avait qu'à nous passer un coup de fil.

— Elle ne savait pas si vous pouviez parler librement.

— Bruce, tu peux l'appeler ? demanda James. Il faut que j'aille prendre ma douche.

— C'est ça, et c'est moi qui vais me faire engueuler…

— Elle a du nouveau à propos de Siméon Bentine, dit Michael.

— Ah oui ? Tu peux nous mettre au courant ?

— En épluchant les relevés téléphoniques, elle a constaté que Sasha et Siméon se parlaient au moins une fois par jour. Les services techniques vont enregistrer les communications pendant quelques jours, puis elle fera pression sur Siméon en menaçant de transmettre les bandes à Major Dee s'il refuse de collaborer. Il est complètement coincé.

..

Depuis la dissolution du Mad Dogs Football Club, Sasha se contentait de recevoir les membres du gang dans sa cave. Privé d'argent de poche et de moyen de gagner sa vie, Junior ne manquait pas une de ces réunions. Elles constituaient désormais sa seule occasion de se divertir.

Il avait sifflé quelques canettes en disputant une partie de billard en compagnie de James et de Bruce. Assis aux tables de poker, les auteurs du braquage dépensaient sans compter leur part du butin. Sasha tenait audience dans son bureau du rez-de-chaussée. À neuf heures et demie, l'un de ses lieutenants informa les deux agents qu'il souhaitait s'entretenir avec eux.

Il les accueillit à bras ouverts.

— Savvas m'a dit que vous aviez fait du bon boulot, lança-t-il. Vous vous êtes débarrassés de vos vêtements ?

— Oui, c'est fait, mentit James.

— Bruce, mon contact à l'hôpital m'a informé que le type que tu as balancé dans le vide s'en est sorti avec un bras et deux jambes cassées. Il dit que c'est un miracle qu'il ne soit pas resté paralysé.

James était impressionné par la richesse du réseau de Sasha. Les Mad Dogs comptaient moins de membres que les gangs concurrents, mais ils disposaient de contacts dans tous les secteurs stratégiques.

— J'avais dit que je vous paierais mille livres chacun,

mais j'ai décidé d'en rajouter cinq cents. Ça fait beaucoup d'argent pour des gens de votre âge. Je ne veux pas que vous vous fassiez remarquer. Les flics gardent toujours un œil sur le Zoo.

— Ne vous faites pas de souci, dit James. On va juste remplacer nos fringues. On dépensera le reste progressivement.

— Vous avez un endroit pour planquer votre magot ?

— Les casiers du Zoo sont trop faciles à forcer, mais il y a une plinthe mal ajustée, sous mon lit, où je cache ce qui me reste du braquage de l'hôtel.

— Si tu es sûr de ton coup… dit Sasha en posant deux liasses de billets sur le bureau. C'est de l'argent propre, intraçable. Allez, fichez-moi le camp et amusez-vous bien.

— On est toujours disponibles, si vous avez besoin de nous, ajouta James. Vous n'avez qu'à nous faire signe.

— C'est entendu. J'aurai toujours du boulot pour des petits malins dans votre genre.

En quittant la pièce, les deux garçons passèrent devant la porte ouverte du salon. Lois était assise en tailleur devant la télé, une boîte de chocolats posée sur les genoux.

— Salut, James, lança-t-elle. Comment va ta jambe ?

— Ça cicatrise correctement. Merci encore pour ton aide.

— C'est bien, dit Lois, l'air lointain. Au fait, ne t'embête pas avec les fringues de mon père. Tu peux les garder. Il en a plein d'autres.

James reçut le message cinq sur cinq : la jeune fille ne souhaitait pas le revoir.

— Comment tu t'es fait jeter ! gloussa Bruce tandis qu'ils se dirigeaient vers l'escalier menant au sous-sol. Ça doit faire mal…

À tout prendre, James était soulagé d'être débarrassé de Lois, car leur relation risquait de mettre en péril la mission et sa propre intégrité physique. Cependant, sur le plan humain, il se sentait profondément blessé d'être rejeté aussi brutalement. Il ignorait s'il avait commis une faute ou si Lois traitait tous ses petits amis de la sorte. Elle était plus âgée et plus expérimentée. James ne regrettait pas l'expérience qu'il avait vécue, mais il avait le sentiment d'être un petit garçon invité l'espace d'une soirée à une fête entre adolescents, puis moqué et abandonné.

Lorsqu'il retrouva Junior dans la cave enfumée, la frustration lui fit momentanément perdre la tête. Il agita la liasse de billets que lui avait remise Sasha sous le nez de son camarade.

— Vise un peu ça ! lança-t-il.

Les traits de Junior s'affaissèrent.

— Je vous ai présenté Sasha il y a moins d'un mois, et vous êtes déjà pleins aux as.

— Mille cinq cents livres, ajouta James en pinçant la joue du garçon.

Ce dernier écarta son bras d'un geste brusque.

— J'en ai ma claque d'être traité comme un gamin, cracha-t-il. Sasha est un enfoiré.

Un silence de cathédrale régna sur la pièce.

—Surveille ton langage, Junior ! lança Savvas. Tout le monde ici respecte ton père, mais ça ne t'autorise pas à manquer de respect au patron.

James regretta aussitôt d'avoir provoqué la colère de son ami. Il sortit cent livres de sa poche et essaya vainement de les glisser dans sa main.

—Je ne veux pas de ta charité ! aboya Junior. Et j'aimerais bien que ce foutu Pakistanais arrête de me faire la leçon !

Un concert de protestations salua cette provocation.

—Comme tu m'as appelé ? hurla Savvas en se ruant vers le garçon. C'est quoi ton problème ? T'as envie de te faire tabasser, ou quoi ?

—C'est ça, tu m'impressionnes. Essaye seulement de poser la main sur moi, pour voir.

Savvas, qui ignorait si Sasha tolérerait qu'il corrige le fils de son ancien associé, ravala sa colère. Bruce se glissa entre eux et les écarta doucement l'un de l'autre. Les criminels chevronnés qui assistaient à la confrontation ne lui firent aucune remarque. À l'évidence, en dépit de son jeune âge, il jouissait déjà d'une solide réputation de dur à cuire.

—Ça va, calme-toi, dit James en saisissant le bras de Junior. Viens, on va faire un tour.

—Tout ce que je veux, c'est gagner ma vie comme tout le monde…

Sourd à ses protestations, James le poussa vers l'escalier.

—On pourrait peut-être parler à Sasha.

— Laisse tomber, c'est un minable, répliqua Junior en traversant le vestibule. Je me casse, et je ne suis pas près de remettre les pieds ici.

Si James avait été totalement concentré sur les objectifs de la mission, il serait retourné immédiatement au sous-sol, mais il se sentait coupable d'avoir provoqué la colère de son camarade.

— Je regrette de m'être foutu de ta gueule, dit-il. Je me suis comporté comme un parfait idiot.

— Ce n'est pas à toi que j'en veux, expliqua Junior, au bord des larmes. J'en ai marre qu'on ne me considère que comme le fils de Keith Moore. Qu'ils aillent tous se faire foutre. J'ai fréquenté des gangsters toute ma vie, et je ne suis pas totalement idiot. S'ils m'interdisent de gagner ma vie, je me débrouillerai moi-même.

— Qu'est-ce que tu racontes ? Je te rappelle que tu es en liberté conditionnelle. Au moindre pas de travers, tu retourneras en prison pour un paquet d'années.

— J'ai plusieurs coups en tête. On a qu'à prendre exemple sur Wheels : dépouiller des gros cons friqués, voler des caisses de luxe, tout ce qui se présente…

— Comment ça, *on* ?

— Je sais que tu as rempli tes poches grâce à Sasha, mais il faut que tu ouvres les yeux. Le braquage du bunker a rapporté deux cent mille livres. Combien tu t'es fait ? Cinq mille ?

— Mille cinq cents, rectifia James.

— Il se fout carrément de ta gueule ! s'esclaffa Junior. Toi et moi, on pourrait se faire une fortune.

James éprouvait de l'affection pour son camarade, mais il était consterné par son manque de discernement et sa faculté à se jeter tête baissée dans les plans les plus insensés. Sa mission consistait à démanteler les Slasher Boys et les Mad Dogs, pas à encourager Junior à fonder un gang rival.

— Dans quelques mois, peut-être, dit-il. Pour le moment, on se fait un fric fou avec Sasha, Bruce et moi. On se lancera quand on aura assez de cash pour assurer nos arrières.

— Et en attendant, moi, je resterai fauché… J'en ai marre d'avoir quinze ans. Je voudrais avoir de quoi me payer un coup dans un bar ou une soirée en boîte, avec de la dope et des nanas.

James éclata de rire.

— Si je planifiais un coup sérieux, façon Sasha, est-ce que tu accepterais de faire équipe avec moi ? poursuivit Junior.

— Le patron n'apprécierait pas qu'on la joue solo.

— Allez, quoi, on ferait un malheur, tous les deux.

— Ouais, OK, pourquoi pas… lâcha James, convaincu que son ami, qui avait bu plus que de raison, ne se souviendrait pas de cette conversation après une bonne nuit de sommeil.

— Claque-m'en cinq, partenaire, s'exclama Junior en levant une main.

Les deux garçons frappèrent leurs paumes l'une contre l'autre puis s'étreignirent chaleureusement.

39. Un jeu dangereux

L'approche d'un suspect dans le cadre d'une enquête relative au crime organisé est une opération délicate. Chloé ne pouvait pas appréhender Bentine à son domicile et le conduire au poste de police locale sans éveiller les soupçons de Major Dee, de Sasha Thompson et des flics véreux qu'elle les soupçonnait d'avoir recrutés.

Elle passa la journée du mercredi à filer sa cible afin de dresser avec précision son emploi du temps. Craignant d'être victime de son inexpérience, elle demanda à John Jones, son ancien supérieur hiérarchique, de l'assister lors de l'interrogatoire prévu pour le lendemain. Elle informa l'agent de liaison de la police du Bedfordshire des grandes lignes de l'opération, mais se garda de préciser qu'elle s'apprêtait à violer délibérément les règles de procédure protégeant les droits des suspects.

Le bureau de Siméon Bentine était situé au-dessus d'un drugstore, à deux cents mètres du *Green Pepper*, en plein cœur du territoire des Slasher Boys. La plaque de laiton apposée sur la porte indiquait *Siméon Bentine, expert-comptable*. Cependant, au cours de ses recherches, Chloé n'avait recueilli aucune preuve démontrant que l'homme de main de Major Dee avait obtenu cette qualification.

Le jeudi matin, elle patienta dans le café d'en face en compagnie de John. Bentine gara sa voiture devant le magasin peu après neuf heures. Il plaça une affichette EN PANNE sur le pare-brise, ouvrit la porte et s'engagea dans un escalier étroit. Dès que les deux contrôleurs virent la lampe s'allumer derrière les stores du bureau, ils traversèrent la rue et pénétrèrent dans l'immeuble.

Ils gravirent les marches jusqu'au premier étage, poussèrent une porte vitrée et trouvèrent leur suspect devant la machine à café.

— Désolé, mais je ne reçois que sur rendez-vous, dit ce dernier. Je vous invite à fixer une date avec ma secrétaire. Elle devrait être là d'une minute à l'autre.

— Linda ne viendra pas aujourd'hui, lâcha Chloé.

— Sa voiture est en panne, ajouta John Jones. Elle ne vous a pas encore prévenu ?

— Qui êtes-vous ? demanda Siméon, la mine anxieuse.

Il était conscient de s'être livré à un jeu dangereux en traitant avec deux gangs ennemis. Il n'était pas tranquille et s'attendait au pire.

— Asseyez-vous, monsieur Bentine, dit calmement Chloé.

— Vous êtes de la police ?

Cette idée semblait le rassurer. À sa connaissance,

contrairement aux criminels qu'il fréquentait depuis des années, les flics ne procédaient pas à des exécutions sommaires.

— Asseyez-vous, répéta John en écartant un revers de son manteau pour exhiber le holster fixé à sa ceinture. Il faut que nous parlions.

— Et vous, vous vous asseyez sur la procédure, gronda Bentine, convaincu qu'il avait affaire à des enquêteurs de police. Je pourrais vous traîner devant les tribunaux.

Chloé exhiba une fausse carte d'identification du MI5.

— Allez-y, je vous en prie, ricana-t-elle. Appelez le ministre.

— Nous, contrairement à vous, nous n'avons qu'un patron, ajouta John. Ça simplifie les choses.

— Si vous avez des preuves ! arrêtez-moi, tonna Siméon. Sinon, débarrassez-moi le plancher !

— Oh, nous pourrions vous arrêter, dit John, mais vous n'êtes pas à proprement parler un gros poisson.

— Vous êtes même un parfait amateur, cher monsieur, ronronna Chloé. Un homme dans votre situation aurait dû avoir la présence d'esprit de changer de portable régulièrement. Imaginez-vous ce qui pourrait vous arriver si les enregistrements de vos conversations avec Sasha Thompson tombaient entre les mains de Major Dee ? Qu'est-ce que vous lui avez dit hier, déjà ? *Ne t'inquiète pas, Sasha, j'aurai bientôt d'autres coups juteux à te proposer.*

John hocha la tête.

—Vu la masse de paperasse qu'on nous force à remplir avant de procéder à la moindre arrestation, il serait plus facile pour nous de laisser Major Dee s'occuper de votre cas.

Siméon passa une main sur son front trempé de sueur.

—Est-ce que je serai payé, si j'accepte de vous fournir des informations ?

John et Chloé éclatèrent de rire.

—Je crains que vous n'ayez mangé votre pain blanc, lâcha le contrôleur.

—La prochaine fois que vous refilerez un tuyau à Sasha Thompson pour lui permettre de dépouiller Major Dee, poursuivit Chloé, nous voulons être tenus au courant. Vous nous direz où aura lieu le braquage, et la police mettra en place une opération de surveillance afin de filmer tout le spectacle.

Siméon haussa les épaules.

—Vous écoutez mes conversations téléphoniques. Qu'est-ce que je pourrais vous apprendre de plus ?

—Il y a toujours des détails qui nous échappent. Grâce à votre collaboration, si tout se passe bien, on arrêtera Major Dee, Sasha Thompson et tous leurs complices les mains dans la poudre.

—Et moi, qu'est-ce que je deviens dans tout ça ? protesta Siméon. Ma tête sera mise à prix, si on apprend que je suis à l'origine de ce coup de filet. Je veux que vous m'accordiez l'immunité totale et que vous me fournissiez un moyen de quitter le pays.

—Vous n'obtiendrez pas l'immunité, dit fermement John, mais les autorités fermeront les yeux, le temps pour vous de transférer vos comptes en banque et de fuir pour le pays de votre choix. On ne peut rien faire de plus, mais c'est ça ou la perceuse sans fil de Major Dee.

—Capturer Sasha et Major Dee en même temps ne va pas être facile. Ils sont extrêmement prudents.

Bentine s'accorda quelques secondes de réflexion.

—Il y aurait peut-être un moyen…

—Nous vous écoutons, dit John.

—Major Dee ne supervise jamais les échanges en personne, mais il donnerait n'importe quoi pour se venger des Mad Dogs. S'il apprend que Sasha a une nouvelle fois l'intention de le doubler, je suis convaincu qu'il lui tendra une embuscade.

—Je vois… Vous informez Sasha qu'un deal de marchandise est sur le point de se dérouler et vous prévenez Major Dee qu'il va se faire dépouiller. Le moment venu, les flics filment la rencontre, identifient tous les participants, puis les arrêtent un à un à leur domicile.

—Seulement, je veux des garanties. J'ai cinquante-trois ans. Je suis trop vieux pour aller en prison et je ne veux pas finir suspendu à un crochet de boucher. Je travaillerai avec vous, pourvu que vous transmettiez à mon avocat des documents officiels garantissant que je pourrai quitter le pays.

—C'est un marché honnête, dit Chloé. Quand pourrons-nous passer à l'action ?

—Chaque semaine, Major Dee reçoit deux ou trois

gros chargements de cocaïne. Je n'en ai jamais parlé à Sasha parce que c'est grâce à ces arrivages que Major Dee fait tourner la boutique. Sans eux, les Slasher Boys ne seraient qu'une petite bande de revendeurs à la sauvette.

— Et vous ne vouliez pas tuer la poule aux œufs d'or.

— Précisément. Je pense que Sasha prendra son temps pour monter le braquage. Une semaine, au moins. Je peux lui en parler immédiatement, mais informer Major Dee qu'il va être dépouillé est plus complexe. Il va falloir que je m'explique sur la façon dont j'ai obtenu ce tuyau.

— Nous pourrons vous aider à trouver une justification, si c'est nécessaire, dit Chloé. Mais désormais, nous voulons rester informés de vos moindres faits et gestes.

Siméon se leva et serra longuement la main de ses nouveaux associés.

— Si vous jouez franc-jeu avec moi, je vous promets que vous n'aurez pas à vous plaindre de mes services.

40. Un problème de timing

En début d'après-midi, James, qui n'avait pas revu Junior depuis son coup de sang du mardi soir, reçut un SMS l'invitant à le rejoindre à la sortie du lycée, un établissement qu'il n'avait pas fréquenté depuis des semaines.

— Je t'ai appelé hier pour prendre de tes nouvelles, dit-il à son camarade, mais tu avais éteint ton portable.

— C'est à cause de ma mère, expliqua Junior. Elle m'a sorti du lit à sept heures du matin, elle m'a forcé à mettre une chemise et une cravate, puis elle m'a accompagné à un entretien dans une espèce de boîte à bac privée paumée en pleine campagne.

— Ils t'ont accepté ? demanda James sur un ton inquiet. Je suis sur la liste d'attente de ton lycée. Si tu t'en vas, je n'aurai personne à qui parler.

— T'inquiète pas. J'ai joué le jeu pendant l'entretien, pour ne pas mettre ma mère en colère, et j'ai écouté religieusement le directeur me débiter son discours sur les méthodes qu'il emploie pour *redresser* les garçons

comme moi, comme si j'étais un bloc de pâte à mode-
ler. Ensuite, il a embrayé sur les valeurs sportives, la
coupe interécoles, tout un tas de conneries dans le
genre... À mon avis, ce bahut doit manquer d'élèves, vu
qu'il a accepté de me prendre à l'essai.

— Oh, merde ! s'étrangla James.

— J'ai complètement flippé quand il m'a annoncé ça.
Je me sentais coincé, ça m'a rendu dingue. J'ai passé la
première heure de cours à imiter la poule. Dans la cour,
j'ai proposé à des élèves de cinquième de leur vendre
du crack, puis je les ai traités de tapettes.

James éclata d'un rire nerveux.

— Tu es cinglé.

En vérité, il jugeait le comportement de Junior de
plus en plus inquiétant.

— Ils m'ont viré, évidemment, conclut ce dernier. Ma
mère était hors d'elle. J'espère qu'elle me foutra la paix,
maintenant. Je ne deviendrai jamais avocat, il faudra
bien qu'elle se fourre ça dans le crâne. Pour la calmer,
je lui ai promis que je retournerais au lycée et que
j'essaierais d'avoir mon bac.

— Ça a marché ?

— Pour le moment, mais je n'ai aucune intention de
tenir ma promesse. Au fait, pour le truc dont on a parlé
l'autre soir...

— Quoi ? demanda James.

— J'ai bien réfléchi, et je crois que j'ai un coup facile à
te proposer. Ça concerne le grand-père d'Alom, un élève
de ma classe. Il tient une agence de voyages en ville, avec

un petit de bureau de change d'où les immigrés du quartier envoient des mandats à leur famille restée à l'étranger. Le coffre-fort est toujours plein de cash.

— Et tu sais forcer un coffre, toi ?

— Non, mais je sais tenir un flingue contre la tempe d'un type et lui hurler : *file-moi les clés ou je décore le mur avec ta cervelle !*

Sur ces mots, Junior ouvrit son sac et exhiba un revolver aux soudures grossières et à la crosse en matière plastique.

— C'est un faux, fit observer James. On dirait une maquette Airfix.

— Non, c'est une réplique à blanc, mais je l'ai fait modifier de façon à permettre le tir à balles réelles.

De nombreux criminels du Royaume-Uni contournaient la législation concernant l'usage des armes à feu en s'équipant de ces armes grossièrement bricolées.

— Si j'étais toi, je ne m'y risquerais pas, avertit James. Ce flingue risque de te péter entre les mains.

— Je ne compte pas m'en servir. Je ne suis pas un psychopathe. Au pire, on utilisera ton petit automatique.

— C'est quoi ton plan ?

— J'ai repéré le bureau de change, la nuit dernière. Ils ouvrent tôt, ils ferment tard.

James secoua la tête.

— C'est un peu léger, comme reconnaissance. Bruce et moi, on a passé trois semaines à surveiller le bunker avant que Sasha ne se décide à passer à l'action.

— Le proprio est un vieil Indien. Il porte la clé du

coffre à sa ceinture. On le chope dès l'ouverture, on le force à nous filer le fric et on se fait cinq mille billets en cinq minutes.

— Désolé, mais tout ça ne me plaît pas, lâcha James.

— Quoi ? s'étonna Junior. C'est du tout cuit, mon pote. Ça fait un moment que je prépare ce coup.

— Si Sasha apprend qu'on a...

— Ne prononce plus jamais ce nom devant moi, OK ? À cause de lui, je n'ai plus que six dollars en poche et un bon-cadeau *H & M* que ma mère m'a offert le jour de Pâques. Et je n'exagère pas.

— Je comprends, mais je te rappelle qu'on s'était mis d'accord. On devait mettre un peu d'argent de côté avant de fonder notre propre gang. Si tu veux, je peux te prêter quelques centaines de livres, ça n'est pas un problème.

— Je suis fatigué de taper du fric à tout le monde. Toute ma vie, on ne m'a considéré que comme le fils de Keith Moore. Je veux prendre mon destin en main. Je braquerai l'agence de voyages demain matin. Ensuite, j'achèterai de la coke et de l'herbe, et je la revendrai au bahut. Les mecs de première et de terminale n'osent pas adresser la parole aux dealers de rue, alors ils sont prêts à débourser des sommes exorbitantes. En un mois, on pourrait se faire vingt ou trente mille livres. On aura des nanas canon à notre bras et plus de poudre blanche qu'on ne pourra en sniffer.

James haussa les épaules.

— C'est juste un problème de timing, Junior.

— La vérité, c'est que tu as la trouille.

— Ouais, c'est ça, j'ai la trouille. Je te signale que j'ai braqué une planque de Major Dee, il y a deux jours, avec Sasha.

— Et ça recommence ! Sasha, Sasha, Sasha. Continue à jouer les larbins, pauvre con. De toute façon, je n'ai besoin de personne pour faire le coup du bureau de change.

— Calme-toi, dit James en essayant d'attraper le bras de Junior.

Ce dernier le repoussa.

— Enlève tes sales pattes de moi. Tu es comme les autres. Tu me traites comme un gamin.

— Allez, sois raisonnable, quoi...

Sur ces mots, Junior tourna les talons, donna un coup de pied dans une poubelle et marcha d'un pas nerveux vers l'arrêt de bus.

•••

Accablé d'ennui, Bruce était étendu sur son lit lorsqu'il reçut un appel de Chloé. Elle lui expliqua dans les grandes lignes le plan dressé avec l'assistance de Bentine.

— L'échange doit se dérouler mercredi prochain. Les membres du comité d'éthique ne vont pas bondir de joie en lisant mon rapport sur le braquage du bunker, alors ça sera sans doute notre dernière chance de faire tomber Sasha et Major Dee avant d'être rappelés au campus.

— Excellentes nouvelles.

— Le problème, c'est que Siméon a la fâcheuse habitude de trahir tous ceux pour qui il travaille, alors on va devoir le garder à l'œil. De votre côté, ne lâchez pas Sasha d'une semelle. Avec un peu de chance, il laissera tomber quelques indices, et nous pourrons juger de la fiabilité de notre nouveau complice.

— Les Mad Dogs ne sont pas très nombreux, et Sasha nous a à la bonne. Je suis sûr qu'il nous mettra sur le coup.

— Croisons les doigts, dit Chloé. Michael tâchera de récolter des infos de son côté. Je suis en contact avec l'inspecteur en chef Rush, de la brigade antigang, mais il soupçonne plusieurs de ses hommes de s'être laissé corrompre. Il va faire appel à une unité extérieure pour mener l'opération de surveillance. Les flics locaux ne seront tenus informés qu'à la dernière minute. James est près de toi ?

— Non. Il avait rendez-vous avec Junior, répondit Bruce en consultant la montre posée sur la table de nuit. Il m'a appelé pour me dire qu'ils s'étaient disputés et qu'il serait de retour dans une demi-heure. Ensuite, je pense qu'on ira traîner chez Sasha.

— Très bien. On reste en contact.

Dix minutes plus tard, James fit irruption dans la pièce.

— Junior est vraiment un malade, gronda-t-il en ôtant son blouson.

— Qu'est-ce qu'il a fait ?

— Il se balade avec un flingue trafiqué, et il a décidé

de braquer une agence de voyages demain matin. J'ai fait tout ce que j'ai pu pour l'en dissuader, mais rien à faire.

— À quoi tu t'attendais ? C'est juste un gosse de riche qui a mal tourné.

— Je croyais que tu le trouvais sympa.

— Tu parles. Il est tout le temps défoncé et il pète les plombs à la moindre contrariété. Je suis prêt à parier qu'il finira en prison.

— Je crois que toutes les saloperies qu'il s'envoie dans les narines lui ont grillé pas mal de neurones.

— Qu'est-ce qu'en dit Chloé ?

— Rien, je ne l'ai pas encore mise au courant. En fait, je n'ai pas l'intention de lui en parler.

— Pourquoi ? demanda Bruce en haussant les sourcils.

— Je ne veux pas que Junior aille en prison. Je sais que c'est une cause perdue, mais je l'aime bien, et je ne veux pas être responsable de ses ennuis.

— Et s'il perd les pédales ? S'il tue quelqu'un pendant le braquage ? Tu pourrais vivre avec ce poids sur la conscience ?

James se tordit les mains.

— Tout est ma faute. Je me suis moqué de lui, l'autre soir, en lui montrant mon fric. C'est pour ça qu'il a quitté la maison de Sasha.

— Ne te sens pas coupable, James. Ton attitude n'a rien arrangé, c'est clair, mais il cherche constamment les emmerdes, et ça ne date pas d'hier. Tu as lu son dossier ?

— Je connais Junior depuis longtemps. On s'est toujours bien entendus. Pour moi, il n'est pas un suspect
comme les autres, tu comprends ?

James esquissa un sourire.

— Oui, je comprends. Au fond, vous êtes pareils.
C'est pour ça que tu t'es attaché à lui.

— Mais qu'est-ce que tu racontes ?

— Ta mère était une criminelle. Elle te gâtait, mais ça
ne t'empêchait pas de collectionner les problèmes avec
la police. Tu es doué, mais feignant. Tu as une fâcheuse
tendance à t'emporter. Ça ne te rappelle personne ? Si
tu n'avais pas été recruté par CHERUB, tu serais devenu
exactement comme lui.

James se refusait à reconnaître la validité incontes-
table de l'analyse de Bruce.

— N'importe quoi, lâcha-t-il.

— Je parle sérieusement, James. Junior est en liberté
conditionnelle, mais il n'a que quinze ans. Pour un braquage à main armée, le juge ne pourra pas le condam-
ner à plus de cinq ou six ans. À sa libération, il touchera
l'argent de son père et avec un peu de chance, il se ran-
gera. Mais si tu le laisses agir, il risque de tuer
quelqu'un. Tu sais bien qu'il est incontrôlable.

— C'est nul, grommela James, mais tu as raison. Je
n'arrive pas à le croire, mais je vais être obligé de le
livrer aux flics…

41. Trop jeune pour mourir

Levé à sept heures et demie, Junior prit une douche, puis il revêtit son uniforme afin de convaincre sa mère qu'il était résigné à se rendre au lycée. Il glissa son revolver, une paire de baskets et une veste de survêtement Adidas au fond de son sac de classe.

Une petite voix intérieure lui commandait de renoncer à son projet, mais il était déterminé à prouver à Sasha et à ses complices qu'il avait du cran. Aussitôt le casse du bureau de change accompli, il disposerait d'assez d'argent pour fonder son propre gang et convaincre James de le rejoindre.

April, sa sœur jumelle, prenait son petit déjeuner à la table de la cuisine. Elle grignotait un toast, les yeux braqués sur un manuel de chimie.

— C'est un miracle ! s'exclama-t-elle en consultant sa montre. Tu es tombé du lit ?

— Je me suis levé tôt pour pouvoir jouer au foot avec les copains avant les cours.

En vérité, il se rendait si rarement au lycée qu'aucun

élève ne lui adressait la parole. En outre, sa réputation de délinquant avait fait de lui un véritable pestiféré.

— J'espère que tu tiendras la promesse que tu as faite à maman, cette fois, dit April. Tu es loin d'être un idiot, tu sais. Tu t'es un peu laissé aller, mais je pourrais t'aider à rattraper ton retard pendant les vacances d'été. Maman pourrait même te trouver un prof particulier…

— Ouais, pourquoi pas… marmonna Junior en glissant deux tranches de pain dans le toaster. Tu travailles sur quoi ?

— Un contrôle de chimie.

— T'étais plus marrante, avant que papa n'aille en prison. On allait à la maison des jeunes, on traînait avec la bande… Maintenant, tu ne fréquentes que des matheux.

April éclata de rire.

— Mes copains sont parfaitement normaux. Ils vont au lycée, ils font leurs devoirs et ils s'amusent pendant le week-end. Pas de coke, pas de braquages, pas de séjours en prison…

— Ils sont chiants à mourir, renifla Junior.

April se raidit.

— Fous-moi la paix. Je révise.

— Arrête de psychoter. Ce n'est qu'un contrôle.

April quitta son livre des yeux et dévisagea son frère.

— Qu'est-ce qui ne tourne pas rond, Junior ?

— Tout va bien. Pourquoi tu me poses cette question ?

— On est jumeaux. Ça doit être de la télépathie. Tu ne tiens pas en place, tu as des gouttes de sueur sur le front et tu cherches à m'énerver. Qu'est-ce qui te préoccupe ?

— Rien, je te jure.

— Tu devrais arrêter de traîner avec ce minable de James Beckett. Il va finir par te causer des ennuis.

— C'est mon meilleur pote.

— C'est un bon à rien.

— Tu dis ça parce qu'il t'a plaquée.

April secoua la tête.

— C'était il y a trois ans. J'en ai bavé, c'est vrai, mais ça fait longtemps que je suis passée à autre chose. Junior, promets-moi que tu ne vas pas faire une bêtise. Maman a déjà assez souffert comme ça.

Junior beurra ses toasts en silence.

— Je vais rater mon bus, dit April en rassemblant ses manuels dans son sac à dos. Je ne veux pas qu'il t'arrive des bricoles. Tu me tapes sur les nerfs, mais tu resteras toujours mon frère jumeau, et je t'aime.

— Moi aussi, je t'aime, répondit le garçon en grignotant un coin de sa tartine. T'inquiète pas pour moi. Passe une bonne journée.

Il regarda sa sœur franchir la porte donnant sur le jardin puis remonter l'allée de gravier menant à la route. Il gravit furtivement les marches et jeta un œil dans la chambre de sa mère. Cette dernière, étendue dans son lit, regardait le talk-show télévisé du matin.

De retour au rez-de-chaussée, il ôta sa cravate, se changea à la hâte, puis rejoignit la station de taxis située à l'autre bout de la rue.

...

Soucieux de brouiller les pistes, Junior se fit déposer à quelques kilomètres de l'agence Indian Sun. Il se coiffa d'une casquette de base-ball, chaussa une paire de lunettes de soleil et marcha tête baissée afin de ne pas exposer son visage devant les caméras de surveillance.

Les caractères adhésifs apposés sur la vitrine de l'agence Indian Sun proposaient un séjour à Goa pour £ 499, mais la boutique tirait l'essentiel de son chiffre d'affaires de la vente de cartes téléphoniques à coût réduit, de transferts financiers et de vols secs à l'importante communauté indo-pakistanaise de la ville.

Junior n'avait pas choisi son objectif au hasard. Les petits bureaux de change du centre de Luton étaient des entreprises familiales qui ne disposaient pas de système de sécurité sophistiqué. En outre, les clients d'origine asiatique, pour des raisons sociales, culturelles et religieuses, utilisaient rarement les cartes bancaires. Les coffres de ces établissements avaient la réputation d'être pleins à craquer, une caractéristique qui en faisait la cible privilégiée des braqueurs.

Junior sentit son cœur s'emballer. Il respira profondément en contemplant d'un œil vide le panneau métallique où étaient affichés les taux de change. Les visages d'April et de sa mère ne cessaient de le hanter. Il passa une main sous sa veste, palpa la crosse du revolver glissé dans sa ceinture, puis enfila une paire de gants de cuir.

Il ne doutait pas de ses capacités à réussir le braquage.

En dépit des efforts de Sasha pour le tenir à l'écart de ses affaires, il en avait appris long au contact des Mad Dogs. Wheels et ses complices parlaient constamment de leurs exploits. De ces discussions, Junior avait retiré plusieurs règles fondamentales : reconnaître son objectif ; exhiber son arme ; ne pas s'attarder ; ne pas laisser de traces biologiques ; porter des vêtements neutres ; se couvrir le visage. S'il observait rigoureusement ces principes, l'opération qu'il s'apprêtait à mener serait un jeu d'enfant.

Un carillon électronique retentit lorsque Junior poussa la porte de l'agence. Comme prévu, Praful Patel, le propriétaire, se tenait derrière le comptoir. Un trousseau de clés était suspendu à un passant de son pantalon.

Deux individus à la silhouette robuste lui faisaient face. Junior considéra leurs cheveux blonds et leurs bottes boueuses, et estima qu'il s'agissait d'ouvriers du bâtiment originaires d'Europe de l'Est. Une liasse de billets de dix et vingt livres était posée devant eux. Patel remplissait patiemment le formulaire d'une société de transfert de fonds par câble.

— Ça vous coûtera cinq livres plus deux pour cent de la somme, expliqua-t-il en déchirant soigneusement l'exemplaire destiné au client. Votre épouse devra communiquer le mot de passe pour se faire remettre l'argent.

Compte tenu de l'aspect des deux hommes, Junior estima qu'il était plus sage de les laisser achever la transaction. Il saisit une brochure dans un présentoir et la feuilleta mécaniquement.

Deux minutes plus tard, les ouvriers quittèrent l'agence.

— Je peux vous aider, mon garçon ? demanda Patel, surpris de recevoir un client aussi jeune.

— Ouvre le coffre, aboya Junior en brandissant son arme.

Il recula vers la porte et poussa le verrou. Patel leva les mains en l'air.

— Nous ne conservons jamais de grosses sommes, dit-il. Nous avons subi trop d'attaques à main armée.

Junior posa son sac de classe sur le comptoir.

— Ouvre le coffre, j'ai dit, et me raconte pas ta vie.

Le vieil homme, qui souffrait de problèmes de dos, s'agenouilla péniblement devant le coffre-fort et fit tourner la clé dans la serrure. Junior contourna le comptoir : il découvrit une pile de billets d'avion vierges et une centaine de livres en coupures anglaises, en euros, en dollars et en roupies.

— Où est-ce que tu planques le reste ?

— Quel reste ? demanda Patel.

— C'est ça, fous-toi de ma gueule. J'ai vu des clients entrer ici et changer cinq cents livres à chaque fois.

— Nous avons recours à une société de transport de fonds qui dépose notre argent à la banque dès que nous en avons trop en caisse, expliqua Praful en désignant l'affichette scotchée au mur.

Junior déchiffra l'inscription :

— Pas de ça avec moi ! s'étrangla Junior. Dis-moi où tu planques ton magot !

— Je vous jure que c'est tout ce que j'ai, gémit Patel. C'est mon troisième cambriolage. La société d'assurance a refusé de renouveler mon contrat.

Junior était consterné. Wheels et ses complices avaient maintes fois insisté sur la nécessité de ne pas s'attarder sur les lieux d'un braquage. En désespoir de cause, il fourra l'argent déposé par les ouvriers et le contenu du coffre dans son sac, glissa son revolver dans sa ceinture, puis franchit la porte de l'agence.

Alors, il remarqua la voiture de patrouille garée le long du trottoir, de l'autre côté de la chaussée. À bord, deux policiers dégustaient des bagels.

En jetant un coup d'œil par-dessus son épaule, Junior vit Patel tourner le verrou et manipuler un boîtier métallique vissé au montant de la porte. Aussitôt, un signal d'alarme retentit à l'intérieur de la boutique. Il baissa la tête et s'éloigna d'un pas nerveux. Dès qu'il eut parcouru une dizaine de mètres, la voiture de patrouille commença à rouler au pas dans sa direction.

Junior s'engagea dans une rue piétonne, mais le plot destiné à interdire la circulation avait été abaissé pour permettre l'accès d'une camionnette de livraison, si bien que le véhicule de police se lança à ses trousses. Un ordre jaillit du porte-voix :

—Arrêtez-vous et levez les mains en l'air ! Je répète, cessez de courir et levez les mains en l'air !

Junior s'accroupit entre un banc et un bac à fleurs, puis braqua son revolver vers ses poursuivants.

—Reculez ! hurla-t-il.

L'un de policiers ouvrit lentement la portière et sortit de la voiture.

—Pose cette arme, petit ! lança-t-il. Sois raisonnable, n'aggrave pas ton cas.

À cet instant, Junior entendit un moteur gronder dans son dos. Il fit volte-face et vit un motard remonter une ruelle perpendiculaire.

—Tirez-vous ! cria-t-il en le prenant pour cible.

Un crissement de pneus lui fit tourner la tête. Un van de l'équipe tactique de la police venait de s'immobiliser dans la rue piétonne, à une trentaine de mètres de la première, interdisant toute possibilité de fuite.

Deux agents lourdement armés, portant des casques et des gilets pare-balles, en descendirent. Fusils d'assaut brandis, ils progressèrent à pas prudents vers la position de Junior.

—Pose ton arme, répéta le conducteur du véhicule de patrouille.

Le garçon se mit à trembler comme une feuille. Il considéra son revolver rafistolé et réalisa qu'il n'avait plus la moindre chance d'échapper à l'arrestation.

Il envisagea de retourner l'arme contre lui. Plus encore que le désespoir de sa mère, l'hilarité qu'allait provoquer la nouvelle de son infortune au sein des Mad

Dogs lui était insupportable. Tout bien pesé, il avait le sentiment que Sasha l'avait toujours estimé à sa juste valeur. Il n'était qu'un raté, un amateur incapable de braquer une épicerie de quartier.

— Tu es trop jeune pour mourir, poursuivit le policier. Lâche cette saloperie, nom de Dieu !

Junior se demandait s'il s'agissait d'une tirade apprise à l'école de police, mais elle avait été prononcée avec une sincérité évidente. Il jeta son revolver dans un parterre de fleurs et se leva lentement, les mains posées sur la tête.

— C'est bon, vous pouvez venir me chercher, sanglota-t-il. Ramenez-moi en prison. Je sais bien que je n'aurais jamais dû en sortir.

42. Leçon d'anatomie

Le chef inspecteur Mark Rush, responsable de la brigade antigang, était le seul policier du Bedfordshire à avoir été informé de la mission menée par CHERUB. Il avait rencontré Chloé et Maureen à de nombreuses reprises au cours des mois écoulés, et manipulé la procédure pour favoriser la libération rapide de Michael après l'interrogatoire mené dans le cadre de l'enquête concernant la mort d'Owen Campbell-Moore. Pourtant, il n'était jamais entré en contact avec les agents.

Il rencontra l'équipe dans la salle privée d'un restaurant italien de la banlieue de Londres, à une demiheure de Luton, afin de régler les derniers détails de l'opération.

Cinq jours s'étaient écoulés depuis l'arrestation de Junior, mais James ressentait toujours un vif sentiment de culpabilité. Le lendemain du braquage avorté, il avait écouté sans broncher les Mad Dogs plaisanter sur la mésaventure de son ami. En outre, Dana lui manquait plus que jamais et il s'en voulait de l'avoir trompée avec Lois.

—Je n'ai pas d'enfants, dit Rush en sortant quatre enveloppes de son blouson. Comme je ne savais pas ce qui vous plairait, je vous ai pris des bons-cadeaux pour vous récompenser du boulot fantastique que vous avez accompli.

Ravis de cette attention, les agents le remercièrent chaleureusement. Il s'assit sur une chaise et ouvrit le menu.

—Vous avez trouvé facilement ? demanda Chloé.

—Sans problème, dit l'inspecteur.

Il se tourna vers Gabrielle.

—Toi, tu peux te vanter de m'avoir donné des insomnies… Comment vas-tu ?

—Pas trop mal. J'ai passé un bilan complet, hier, à l'hôpital. Le médecin a l'air satisfait. Je marche tous les jours dans le parc du campus pour retrouver progressivement la forme, mais j'ai toujours des douleurs quand je dois fournir un effort soutenu.

—Tu dois avoir de sacrées cicatrices, dit James.

—Tu m'étonnes. Je vais consulter un spécialiste en chirurgie réparatrice, mais je ne suis pas convaincue qu'il puisse faire quelque chose…

—Reste comme tu es, murmura Michael à son oreille. Ces blessures font partie de toi, maintenant.

—Tu veux pas nous montrer ? demanda Bruce.

Gabrielle se leva, souleva son T-shirt et exposa son ventre, révélant trois cicatrices roses bordées de petites croix laissées par les points de suture. Puis elle se tourna pour exhiber une blessure en étoile dans le dos.

— Je croyais que tu n'avais reçu qu'un seul coup de couteau ? s'étonna James.

— Ils ont dû pratiquer d'autres incisions pour suturer les intestins, expliqua Michael.

Il saisit la main de Gabrielle et l'embrassa dans le cou.

— Tu es toujours la plus belle, ronronna-t-il.

— J'ai une énorme cicatrice à la jambe, lança Bruce en retroussant l'une des jambes de son jean.

— Garde ça pour toi, ordonna Chloé. On est ici pour préparer l'opération de demain, pas pour assister à une leçon d'anatomie. L'inspecteur Rush va vous expliquer comment nous allons procéder.

— Siméon Bentine nous a informés que Major Dee recevait régulièrement d'importantes quantités de cocaïne. Le chargement est acheminé par container depuis les États-Unis. La poudre est cachée dans des bidons d'huile alimentaire.

— Je croyais que les contacts de Dee se trouvaient en Jamaïque, fit observer James.

— Exact, dit Chloé. Mais les douanes anglaises passent au peigne fin les chargements en provenance de Jamaïque. Le container qui part des Caraïbes ne contient pas de cocaïne. Il transite par les États-Unis, où il est fouillé et déclaré parfaitement licite par les autorités américaines. Lorsque le bateau se trouve au milieu de l'Atlantique, il est rejoint par un autre navire transportant la marchandise. Les trafiquants jettent une partie des vrais bidons par-dessus bord et les remplacent par des bidons pleins de poudre.

— C'est une combine du tonnerre, ajouta Maureen. Les récipients sont hermétiques, si bien que les chiens policiers et les systèmes électroniques sont incapables de détecter la drogue. Le seul moyen de voir ce qui se trouve à l'intérieur, c'est de les ouvrir, un par un, et les douaniers sont réticents à foutre en l'air des produits sans preuves solides.

— C'est le genre de trafic auquel on ne peut mettre un terme qu'avec un tuyau provenant de l'intérieur de l'organisation criminelle, dit l'inspecteur Rush. Même si on ne parvient pas à arrêter Sasha Thompson et Major Dee demain, on mettra à mal leur capacité à faire entrer la marchandise dans ce pays. Les officiers du Leicestershire ont déjà installé l'équipement vidéo dans l'entrepôt où l'échange aura lieu. Ça n'a pas été facile, car les Mad Dogs ont eux aussi placé les lieux sous surveillance.

— Au moins, ça prouve que Sasha a mordu à l'hameçon, fit observer Michael.

— Siméon pense que le container arrivera à Douvres aux alentours de minuit, ce soir même. Les passeurs le chargeront à bord d'un camion et le conduiront à l'entrepôt pour le remettre à l'équipe de Major Dee. En comptant les opérations de débarquement, les formalités douanières et les embouteillages de poids lourds à la sortie du port, ils devraient arriver entre neuf et onze heures du matin.

— Les passeurs font partie des Slasher Boys ? demanda James.

— Non, mais ils sont liés aux associés de Major Dee en Jamaïque.

— Siméon affirme que le paiement sera effectué au moment de la livraison, fit observer Maureen. Ça prouve qu'ils n'ont pas établi une réelle relation de confiance.

— Une fois le container livré, les Slasher Boys mettront dix à quinze minutes pour décharger les bidons contenant la drogue et les remplacer par des vrais, poursuivit l'inspecteur. Ensuite, le chauffeur du camion conduira le container à sa destination finale.

— Et Sasha Thompson placera son attaque dès que le tri aura été effectué, avant que les passeurs ne partent avec l'argent, dit Bruce.

— Exactement. Et là, ça risque de saigner. D'après mes estimations, il y aura une douzaine d'hommes armés du côté des Mad Dogs, et probablement le double dans le camp des Slasher Boys.

— Ça va être un carnage… murmura James.

— Surtout, faites en sorte de ne pas vous trouver dans l'entrepôt au moment où la fusillade éclatera. Soixante-deux policiers seront postés tout autour. S'ils ont l'occasion de procéder aux arrestations en douceur, ils sortiront de leur cachette, mais on veut éviter de se retrouver avec une situation de siège sur les bras. On procédera sans doute plus discrètement. Dès qu'ils auront quitté l'entrepôt, les passeurs seront suivis par un hélicoptère et un peloton de poursuite automobile. On a recueilli les adresses de la plupart des membres des gangs, ce qui nous permettra de les arrêter à leur domicile. Notre objectif est de pincer *tous* les Mad Dogs et *tous* les Slasher Boys figurant sur la vidéo filmée par l'unité de surveillance. On a préparé deux salles pour procéder immédiatement aux interrogatoires. J'ai aussi fait appel à deux unités de la police scientifique pour collecter empreintes digitales et échantillons ADN à l'intérieur et autour de l'entrepôt. Avec un peu de chance, Major Dee, Sasha Thompson et leurs complices dormiront en prison dès demain soir.

— Croisons les doigts, conclut Gabrielle.

— Major Dee m'a déjà prévenu qu'on allait faire la peau de Sasha dès demain, ajouta Michael. Il m'a chargé de faire le guet sur le toit de l'entrepôt. Dès que ça commencera à tirer, je tâcherai de trouver un moyen de me mettre à l'abri. Au pire, je m'allongerai à plat ventre et j'attendrai que l'orage passe.

— Et nous, à quel moment on intervient ? demanda James.

— Vous recueillerez des informations, répondit l'inspecteur Rush. Dès que ça commencera à chauffer, vous vous mettrez à l'abri, mais vous êtes les seuls à pouvoir témoigner de ce qui se passera de l'intérieur.

— *Si* on participe à l'échange, précisa Bruce. Sasha nous a à peine adressé la parole depuis une semaine. Je lui ai demandé s'il avait du travail pour nous, mais il a fait semblant de ne pas avoir entendu.

— Il est sans doute préoccupé par la préparation du braquage, dit Chloé. Les Mad Dogs ne sont pas assez nombreux pour se passer de vous, et votre comportement lors de l'attaque du bunker l'a forcément convaincu que vous étiez dignes de confiance.

— En admettant qu'on fasse partie de l'équipe de Sasha, quel genre d'information on est censés recueillir ? demanda James.

— Je veux savoir combien de Mad Dogs participent au braquage, de quel armement ils disposent et dans quelles voitures ils se déplacent, expliqua Chloé. En règle générale, ils communiquent à l'aide de talkies-walkies. Si vous nous indiquez quelle fréquence ils utilisent, on pourra enregistrer leurs conversations et nous en servir comme pièces à conviction.

— On verra ce qu'on peut faire…

— Ça ne sera pas facile, fit observer Bruce. On pourra peut-être t'envoyer discrètement quelques SMS, mais on ne pourra sans doute pas passer d'appels.

— Vous serez équipés d'un nouveau modèle d'émetteur-récepteur miniaturisé qui ressemble à s'y méprendre à un pansement et s'active au son de la voix, précisa Chloé. Il suffit de le coller sur votre poignet et de parler à moins de dix centimètres. Comme ils consomment peu d'énergie, ils n'émettent que dans un rayon d'un kilomètre, mais Maureen et moi serons postées près de l'entrepôt.

— Et comment on va expliquer qu'on porte des pansements au même endroit, au même moment ? demanda Bruce.

— Ce n'est pas un problème, répondit Gabrielle. J'ai

utilisé ces émetteurs lors d'une précédente opération. On peut les coller partout, dans une manche ou sous le revers d'une veste. Seulement, il faut savoir qu'ils sont beaucoup plus adhésifs que les pansements standard. Évitez de les placer sur une zone poilue de votre corps, conseil d'amie...

•••

La voiture de Chloé ne se trouvait qu'à quelques kilomètres de Luton lorsque James reçut un appel de Wheels.

— Où es-tu ? demanda le jeune homme.

— À Londres, dans un taxi, répondit James, lâchant la première excuse qui lui passait par la tête. Bruce et moi, on en avait marre de traîner au Zoo, alors on est allés faire les magasins.

— Il faut que vous reveniez de toute urgence. Sasha a du boulot pour vous.

— Super. Qu'est-ce qu'on doit faire ?

— Il n'a rien dit à personne, mais ça doit être un gros coup. Il a chargé Savvas de se procurer trois vans, et il a appelé les frères Kruger. Tu ne les connais pas, parce qu'ils sont plus ou moins retirés des affaires, mais s'ils sont de la partie, c'est que quelque chose *d'énorme* se prépare.

— Combien on sera payés ?

— Cinq mille livres garanties, davantage si on remplit tous nos objectifs. Mais on a besoin de vous dès que possible. Sasha veut que vous apportiez des photos d'identité.

— Pour quoi faire ?

— Aucune idée. Ça fait partie du plan. Moi, il m'a demandé de piquer une bagnole rapide, sans préciser ce qu'il a l'intention d'en faire. Demandez au chauffeur de taxi de vous déposer à King's Cross et prenez le premier train pour Luton. Vous devriez être là vers quatorze heures trente.

Sur ces mots, Wheels coupa la communication. James glissa le portable dans sa poche.

— Chloé, il faut que tu nous déposes à une station de train de façon à ce qu'on ait l'air de revenir de Londres.

— On est tout près de Luton, espèce de crétin, gronda Bruce. Pourquoi tu lui as servi cette excuse bidon ?

— Il m'a pris par surprise. Il veut qu'on lui fournisse des photos d'identité. Vous ne trouvez pas ça bizarre ?

— Je ne sais pas. Sasha a sans doute l'intention de vous faire porter une tenue particulière, avec un badge d'identification, quelque chose comme ça, dit Chloé. Ses plans sont toujours très sophistiqués.

— Au moins trois vans et une voiture rapide participeront à l'opération. Ça signifie que les Mad Dogs seront plus nombreux que prévu.

— Parfait, dit Bruce. Ça nous fera plus de criminels à arrêter.

— Wheels a parlé des frères Kruger. Ça vous dit quelque chose ?

Chloé hocha la tête.

— Oui, je sais de qui il s'agit. Et ça ne va pas plaire à l'inspecteur Rush. Il a intérêt à appeler des renforts.

43. En beauté

Au matin de l'opération, les trois agents prirent leur petit déjeuner à sept heures et demie au réfectoire du Zoo. James était si tendu qu'il ne parvint pas à finir son bol de Choco Pops. Bruce, lui, engloutit des œufs brouillés, des filets de hareng fumé et trois toasts. Michael, assis à une table voisine, leur adressa quelques mots à voix basse, sans les regarder, puis les trois agents regagnèrent leur chambre pour revêtir leur équipement de protection.

Dix minutes plus tard, Bruce et James quittèrent le foyer et se dirigèrent vers le carrefour où Wheels leur avait fixé rendez-vous.

— Tu n'as jamais le trac, fit observer James.

— Respiration, concentration, dit son camarade. Et puis, à vrai dire, je suis content d'avoir l'occasion de mettre en pratique mes compétences en situation réelle.

James parvint à esquisser un sourire, mais le comportement de son coéquipier avait à ses yeux quelque chose d'inquiétant. Il était discipliné et totalement imperméable à la moindre émotion, deux qualités qui faisaient de lui un agent de CHERUB extrêmement efficace mais déroutaient ses camarades sur le plan humain.

— Jolie bagnole, sourit Bruce en découvrant Wheels au volant d'une BMW M5. Nettement plus classe que l'Astra.

James dévisagea l'individu qui occupait le siège passager avant, un colosse aux traits sévères et aux joues grêlées. L'inconnu assis sur la banquette arrière lui ressemblait à s'y méprendre. Les deux agents prirent place à ses côtés.

— Les garçons, je vous présente Tim et Tony Kruger, dit Wheels.

— Salut, lança James en claquant la portière.

Selon les informations glanées par Chloé sur la base de données de la police, les Kruger, en dépit de leur participation supposée à de nombreux braquages, n'avaient effectué que de brefs séjours en centre de détention pour mineurs dans les années 1980. Ils étaient connus pour leur capacité à élaborer des plans audacieux et particulièrement rentables. Leur présence aux côtés des Mad Dogs témoignait de l'importance de l'opération que le gang s'apprêtait à mener.

— Sasha dit beaucoup de bien de vous, lança Tim Kruger d'une voix grave et rocailleuse en tendant un bras entre les sièges avant.

Il saisit la main de James et la pressa si violemment que ses phalanges émirent un craquement sinistre. Lorsque vint son tour, Bruce, ravi de relever ce défi, serra de toutes ses forces. Après dix secondes de duel, Tim éclata de rire.

— Quelle teigne, celui-là ! s'exclama-t-il. Pas beaucoup de viande autour des os, mais une poigne de fer.

Vingt minutes plus tard, la voiture passa aux abords de la cité de Thornton où James avait vécu lors de sa première mission dans la région. Il contempla avec un soupçon de nostalgie les maisons décrépies et les terrains de football où il avait disputé tant de parties, trois ans plus tôt.

La BMW poursuivit sa route jusqu'à la zone industrielle et suivit la haute clôture qui bordait l'aéroport de Luton.

Un grondement assourdissant se fit entendre, puis les turbulences d'un Boeing 737 au décollage chahutèrent les passagers de la voiture. Wheels s'engagea dans le parking d'un magasin *Sofa World* abandonné. Les vitrines étaient obstruées par d'immenses affiches annonçant la fermeture définitive de l'établissement et promettant d'importants rabais aux derniers acheteurs. Il pénétra dans l'immense hangar par la baie destinée à accueillir les véhicules de livraison. Aussitôt, deux hommes vêtus de combinaisons jaunes descendirent un volet blindé.

Une demi-douzaine d'hommes étaient étendus sur des sofas qui n'avaient pas trouvé preneur lors du jour de *folie discount* qui avait précédé la fermeture.

Trois véhicules étaient garés sur la moquette d'exposition : deux vans Mercedes noirs repeints aux couleurs d'une compagnie de restauration aéroportuaire ; un énorme tracteur routier dont le pare-brise avait été renforcé par une plaque de plexiglas et le pare-chocs remplacé par deux rails de chemin de fer.

James n'y comprenait plus rien. La présence des frères Kruger, les photos d'identité, la proximité de l'aéroport, tout démontrait que les Mad Dogs ne suivaient pas le plan prévu par Chloé Blake et l'inspecteur Rush.

— Ah, vous voilà ! s'exclama joyeusement Sasha.

Il donna l'accolade à Tim et Tony.

— Pour le moment, tout se déroule comme prévu, dit-il.

— Savvas a réussi à placer le dispositif ? demanda Wheels.

— Ouais, il a posé assez de plastic pour satelliser tout le pâté de maisons, sourit-il. Major Dee va avoir la surprise de sa vie.

— Et pour le fric ?

— L'avion décollera de l'aéroport de Schipol dans une minute.

Bruce s'éclaircit bruyamment la gorge.

— James et moi, on prend les mêmes risques que vous dans cette histoire. Au stade où on en est, vous ne croyez pas que vous pourriez nous dire ce qui va se passer ?

De l'autre côté de la ville, Major Dee avait chargé six hommes de procéder à l'échange à l'intérieur de l'entrepôt. Trente de ses complices patientaient à bord de véhicules dans les rues avoisinantes. En outre, il avait invité à la fête le gang de Salford au grand complet, ainsi qu'une organisation basée à Londres que Sasha avait dépouillée l'année précédente.

Convaincu que Sasha serait incapable de rassembler plus de vingt hommes, il avait adopté une stratégie d'une extrême simplicité : il laisserait les Mad Dogs pénétrer dans l'entrepôt puis rafler drogue et argent. Lorsqu'ils essaieraient de prendre la fuite, ils trouveraient les rues bloquées et seraient confrontés à une armée de Slasher Boys trois fois supérieure en nombre.

Comme on le lui avait ordonné, Michael gravit l'échelle de quinze mètres menant au toit de la structure. Il avança sur le toit de tôle, s'allongea près d'une grille d'aération, l'ouvrit à l'aide d'un tournevis électrique, puis jeta un coup d'œil dans l'entrepôt. Enfin, il s'assit et composa le numéro de Major Dee pour l'avertir qu'il était en position.

Cette dernière formalité accomplie, il adressa un SMS à Gabrielle :

JE T M

Moins de trente secondes plus tard, la réponse apparut à l'écran :

SOIS PRUDENT J T M AUSSI

...

James avait revêtu son équipement de protection sous le survêtement que Sasha lui avait fourni. Les membres du gang avaient reçu l'ordre de déposer leur portable dans la trappe située sous une banquette de l'un des vans. Il ne disposait plus d'autre moyen de communication que l'émetteur-récepteur dissimulé sous le pansement collé au pli de son coude.

Il frappa à la porte des toilettes des locaux administratifs du magasin.

— Tu comptes y passer la journée ? cria-t-il.

— Je ne me sens pas très bien, gémit Savvas.

— Je ne vais pas pouvoir me retenir !

— Tu n'as qu'à aller à l'extérieur du bâtiment.

— J'ai le droit de sortir ?

— Si on te dit quelque chose, réponds que c'est urgent et que je t'ai donné la permission.

James traversa la salle d'exposition et poussa une porte coupe-feu.

— Eh, où est-ce que tu vas ? demanda Riggsy, l'un des membres les plus âgés du gang, un joueur de poker chevronné que le chahut des jeunes dans la cave mettait régulièrement hors de lui.

— Savvas est au courant, dit James. Il est coincé aux toilettes depuis vingt minutes.

Riggsy éclata de rire.

— Il est toujours malade à crever avant un gros coup. Allez, tu peux sortir, mais magne-toi. On attend le feu vert de Sasha d'une minute à l'autre.

James franchit la porte, longea le bâtiment, se tourna face à la paroi, puis enfonça le bouton de l'émetteur-récepteur.

— Chloé, est-ce que tu m'entends ?

— La liaison est mauvaise, répondit la contrôleuse de mission.

Sa voix s'évanouit quelques secondes dans un flot de parasites.

— Où es-tu ? poursuivit-elle. On a perdu le signal de vos portables.

— *Sofa World*, près de l'aéroport, chuchota-t-il. Écoute, je n'ai que quelques secondes. On s'est fait avoir en beauté. Sasha n'a aucune intention de braquer la marchandise de Major Dee. D'après ce que j'ai pu comprendre, il sait que toutes les forces de police disponibles sont rassemblées près de l'entrepôt. Il va en profiter pour s'emparer d'un chargement qui transite quotidiennement par l'aéroport de Luton. Je ne sais pas de quoi il s'agit, mais les frères Kruger cherchent à s'en emparer depuis des années. J'ai vu un camion-bélier, et on m'a remis des billets d'avion et un faux passeport. C'est pour ça que Wheels nous a demandé d'apporter des photos d'identité. L'avion à bord duquel se trouve le chargement a quitté les Pays-Bas il y a quarante minutes… Oh, et je crois que Sasha va faire sauter l'entrepôt pendant l'échange. Il faut absolument que tu préviennes Michael.

À bout de souffle, James observa une pause.

— Chloé, est-ce que tu as compris ce que je t'ai dit ?

Il n'obtint aucune réponse.

Alors, il entendit des pas sur le gravier. Wheels apparut à l'angle du bâtiment.

— C'est l'heure, dit-il. Je dois vous conduire à l'aéroport.

44. Un visage familier

À neuf heures trente-sept, un camion pénétra en marche arrière dans l'entrepôt. Aussitôt, trois Slasher Boys ouvrirent les portes arrière, firent rouler plusieurs bidons le long d'une rampe en contreplaqué, puis les placèrent les uns après les autres sur une balance mécanique. À l'exception de leur poids, rien ne permettait de différencier les récipients.

Dès qu'un bidon contenant de la cocaïne était identifié, un quatrième homme plongeait la main dans le liquide gras et en tirait une brique de cocaïne sous vide. À l'aide d'un couteau, il ôtait l'un des deux films en plastique qui protégeait la marchandise puis la jetait dans le coffre d'une Alfa Romeo.

Lorsque les Slasher Boys eurent rassemblé douze paquets de poudre, ils replacèrent le chargement à bord du camion en prenant soin de substituer des bidons intacts à ceux qui avaient été ouverts. L'entrepreneur qui les avait fait venir de Jamaïque ignorait tout du trafic dont il se rendait involontairement complice.

Michael se redressa et scruta les alentours du hangar, s'attendant à voir débouler le commando des Mad Dogs. Il resta aussitôt frappé de stupeur.

Une armée d'adolescents armés de battes et d'armes à feu progressait dans les hautes herbes du terrain vague adjacent. Il envisagea d'avertir Maureen par téléphone puis, considérant que tous ses appels étaient relayés depuis la salle de contrôle du campus, il composa le numéro de Major Dee.

— Alors, ça donne quoi, de là-haut ? demanda ce dernier.

— On a un énorme problème, s'étrangla Michael. Une cinquantaine de types se dirigent vers l'entrepôt.

Major Dee n'en croyait pas ses oreilles.

— Les Mad Dogs n'ont pas autant d'hommes…

— Je crois que ce sont les Runts. À mon avis, c'est encore un coup tordu de Sasha.

— Cinquante… répéta Dee. Raccroche et tâche de foutre le camp. Il faut que j'avertisse les autres.

Michael roula sur le ventre puis rampa vers l'échelle. Soudain, un flash lumineux le contraignit à fermer brièvement les yeux. Une formidable détonation lui déchira les tympans. Il sentit une vague de chaleur irradier du toit, puis le bâtiment tout entier se mit à trembler.

•••

Pilote hors pair, Wheels slaloma avec aisance de file en file puis déposa ses passagers devant les portes du terminal de l'aéroport. James, Bruce et Sasha franchirent les portes automatiques.

—Désolé de vous avoir laissés dans le flou aussi longtemps, dit ce dernier. On prépare ce braquage depuis plusieurs années. C'est le plus gros coup de ma carrière, et on ne pouvait pas se permettre de laisser filtrer la moindre information. Ça a failli se faire le jour où la Reine a inauguré le nouvel hôpital, mais le vol a été annulé par mesure de sécurité.

—Vous avez des complices dans l'aéroport ? demanda James.

—Évidemment. C'est le premier employeur de la ville. La moitié de mes hommes ont un proche qui travaille ici. Vous n'avez même pas à vous inquiéter pour les caméras de surveillance. Elles ont toutes été neutralisées.

Ils se présentèrent au guichet d'enregistrement des vols intérieurs. Douze passagers patientaient devant le portail de sécurité. James examina la carte d'embarquement imprimée à domicile et le faux passeport que lui avait remis Sasha.

La photo prise la veille dans un photomaton de la gare de Luton ne le mettait pas en valeur, mais il était impressionné par la perfection du filigrane. Il s'agissait à l'évidence d'un document authentique dérobé dans un commissariat ou un consulat.

Un policier balaya son pass à l'aide d'un lecteur optique et ne jeta même pas un œil à son passeport. Lorsqu'ils eurent franchi le détecteur de métaux, James se dirigea vers la porte d'embarquement numéro onze, mais Sasha marcha dans la direction opposée.

— Ces cartes d'embarquement ne servent qu'à passer le contrôle de sécurité, expliqua ce dernier. On va au terminal de fret.

Ils longèrent le salon des passagers de première classe et s'arrêtèrent sous un panneau où figurait l'inscription VOLS PRIVÉS. Sasha contourna le guichet désert, puis glissa une carte magnétique dans le lecteur d'une porte blindée. Les trois complices suivirent un long couloir et débouchèrent sur la plateforme où les passagers les plus privilégiés empruntaient la navette qui desservait les points les plus éloignés de l'aéroport.

Sasha entrouvrit un placard de service et en tira un sac de sport contenant trois combinaisons floquées des mots *Aéroport de Luton — Sécurité*, des casquettes, des lunettes de soleil, des gants de jardinage et des Glocks neuf millimètres.

— Équipez-vous, ordonna-t-il en ôtant ses chaussures. Et faites attention aux empreintes.

James, qui étouffait de chaleur, passa de mauvaise grâce le vêtement sur son gilet pare-balles et son blouson.

— J'ai une bonne et une mauvaise nouvelle, annonça Sasha. La mauvaise, c'est que les vigiles portent des fusils d'assaut, alors vous n'ouvrirez le feu que si c'est absolument nécessaire. La bonne, c'est qu'ils ne sont que douze et que les renforts sont regroupés de l'autre côté de la ville pour procéder à l'arrestation de Major Dee.

Ils franchirent la porte automatique et se dirigèrent vers un bus jaune et blanc stationné devant le terminal.

∴

Une boule de feu jaillit de la bouche d'aération, puis le bâtiment commença à s'affaisser dans un grincement sinistre.

Michael vit deux Slasher Boys et le chauffeur du camion se précipiter à l'extérieur par une porte coupe-feu. Au même instant, une nuée de Runts enjamba le muret qui entourait l'entrepôt et se précipita dans leur direction. Major Dee avait fait exécuter huit de leurs camarades impliqués dans le meurtre d'Owen Campbell-Moore. Ils n'étaient pas disposés à faire preuve de clémence. Des coups de feu claquèrent.

Au même instant, la moitié du toit disparut dans les flammes. Michael n'avait plus le choix. Il devait échapper au plus vite au brasier, quitte à être confronté aux Runts.

À demi aveuglé par la fumée, il progressa à tâtons jusqu'au premier barreau puis se laissa glisser le long de l'échelle.

Soudain, une colonne de voitures chargées de Slasher Boys déboucha d'une rue avoisinante. Une pluie de balles s'abattit sur la foule des Runts qui déferlait vers l'entrepôt, les forçant à interrompre momentanément leur assaut pour se mettre à couvert. Profitant de la panique générale, Michael parvint à atteindre le sol sans se faire repérer.

Il sortit son revolver, poussa le cran de sûreté et courut droit devant lui en priant pour ne pas recevoir une balle perdue. Un hélicoptère de la police survola la zone, dissipant la fumée noire qui avait envahi les abords du bâtiment.

Frappé par la violence des combats, l'inspecteur Rush venait de modifier sa stratégie. Il n'était plus question de procéder en douceur. Il avait ordonné à ses hommes de boucler le périmètre afin de prévenir l'extension du chaos aux quartiers d'habitation qui jouxtaient la zone industrielle.

Michael emprunta la première artère venue et distingua un barrage de police, à une cinquantaine de mètres. Craignant d'être passé à tabac par des flics aux nerfs chauffés à blanc, il s'engouffra dans une rue perpendiculaire.

Quelques dizaines de secondes plus tard, il découvrit un véhicule abandonné au beau milieu de la chaussée. Le conducteur, un Runt d'une quinzaine d'années, était inanimé, le front contre le volant. Ses passagers avaient pris la fuite.

Michael envisagea de lui porter les premiers soins, mais un van transportant quatre Runts vociférants apparut à l'angle de la rue. Il s'engagea dans l'allée étroite qui séparait deux hangars puis déboucha aux abords d'un parc public où une femme promenait un golden retriever. Il jeta un œil par-dessus son épaule et constata que deux individus avaient quitté le véhicule pour se lancer à sa poursuite.

Il s'élança sur la pelouse, mais la camionnette avait contourné le pâté de maisons et s'était immobilisée au milieu de la route, le privant de toute échappatoire. En désespoir de cause, il escalada la grille entourant la cour d'une école primaire. Un coup de feu retentit. Une dizaine d'enfants âgés de six à sept ans se précipitèrent à la fenêtre de la salle de classe la plus proche. L'un des Runts lancés à ses trousses entreprit à son tour de gravir l'obstacle. Son complice contourna la clôture à la recherche de l'entrée de l'établissement.

Dès que son poursuivant se laissa tomber dans la cour, Michael se porta à son contact. Le garçon lui adressa un coup de couteau, mais la lame se heurta à la doublure en nanotubes de son blouson.

Michael appliqua mécaniquement la procédure de désarmement maintes fois répétée lors de sa formation à CHERUB. Il frappa son adversaire au visage, saisit son poignet puis le tordit derrière son dos jusqu'à ce que son épaule se brise.

Lorsqu'ils aperçurent le visage sanglant du Runt, les enfants rassemblés dans la salle de classe poussèrent des cris stridents. L'institutrice les refoula fiévreusement vers l'autre bout de la pièce.

Michael ne craignait pas d'affronter le second garçon qui l'avait pris en chasse, mais il redoutait que ses deux complices ne se joignent à lui, et il ignorait de quelles armes ils disposaient. Il devait à tout prix éviter qu'une fusillade n'éclate dans le périmètre de l'école.

Il estima qu'il était préférable de se mettre à l'abri. Il

courut jusqu'à la porte de l'établissement et tomba nez à nez avec un jeune homme aux bras chargés de livres. Ce dernier, voyant le pistolet, poussa un hurlement perçant.

— Je n'ai aucune intention de vous faire du mal, dit Michael. Bouclez les enfants dans leur classe et appelez la police.

L'inconnu décampa sans demander son reste.

Michael jeta un regard circulaire à la pièce et réalisa qu'il se trouvait dans la bibliothèque de l'école. Une silhouette grandeur nature d'Alex Rider, dressée près de la fenêtre, affichait un air satisfait. Il se glissa à ses côtés et constata qu'il pouvait observer toute la cour de récréation. C'était la position idéale pour tenir un siège en attendant l'arrivée des renforts.

Alors, il repéra un garçon de type indien qui longeait le grillage, revolver au poing. Il aperçut les énormes bagues dorées qui ornaient ses doigts. Son visage lui était familier : il l'avait longuement étudié sur une photo jointe à un rapport de surveillance.

C'était le garçon qui avait poignardé Gabrielle.

45. Deux cent soixante mille dollars

Cramponné à une barre à l'avant de la navette, James étudiait les instructions figurant sur un document photocopié.

— Prochaine à gauche, annonça-t-il en désignant une ligne tracée à la peinture jaune sur le tarmac.

Sasha, qui n'avait jamais piloté un véhicule aussi imposant, aborda la courbe à faible vitesse, roula devant le terminal de fret où étaient stationnés trois appareils moyen-courriers, puis se dirigea vers un 737 isolé sur une aire de stationnement.

À l'aide d'un convoyeur mobile, deux hommes transféraient des containers en aluminium de la soute de l'avion à la plate-forme d'un camion. James reconnut la silhouette massive des frères Kruger.

— Vous êtes en retard ! lança Tim lorsqu'il descendit du minibus en compagnie de Bruce. On a neutralisé et évacué l'équipage. Les explosifs sont en place.

Tony leur confia des masques à gaz et brandit une télécommande miniaturisée.

— Bouchez-vous les oreilles, dit-il avant de presser le bouton.

Un éclair blanc illumina l'intérieur de la carlingue. Ébranlé par une puissante détonation, l'avion recula de cinquante centimètres. James et Bruce gravirent les marches d'une passerelle motorisée puis Tim la manœuvra afin de leur permettre d'atteindre la porte de l'appareil.

— Attrapez les huit paquets à l'intérieur du compartiment blindé et jetez-les en bas des marches.

Les deux garçons enfilèrent leurs masques avant de pénétrer à l'intérieur du fuselage envahi par une épaisse fumée noire.

À en croire Sasha, ils avaient été désignés pour tenir ce rôle en raison de leur petite taille et de leur agilité. En réalité, James avait le désagréable sentiment qu'aucun autre membre du gang n'avait accepté de s'en charger en raison des risques d'explosion des réservoirs au moment de l'ouverture du coffre abritant les biens les plus précieux.

D'innombrables voyants d'alerte illuminaient le tableau de bord. La déflagration avait détruit la plupart des instruments de navigation, mais aucun incendie ne s'était déclaré.

Bruce se dirigea vers le fond de l'appareil et tira la porte du compartiment blindé, un réduit obscur d'à peine deux mètres carrés. Comme prévu, les Kruger, experts en explosifs, étaient parvenus à faire sauter la serrure sans endommager les paquets et les documents rassemblés sur les rayonnages.

Il alluma la lampe halogène intégrée à son masque et se baissa pour ramasser un colis de la taille d'une brique contenant deux cent soixante mille dollars enveloppés dans un film plastique. La somme, propriété des États-Unis, avait transité par Amsterdam la nuit précédente. Elle était destinée au paiement de la solde des forces armées stationnées en Irak.

Bruce remit le paquet à James, qui le lança à Tony Kruger. En moins de quarante secondes, les agents firent main basse sur plus de deux millions de dollars, puis dévalèrent les marches de la passerelle. Au loin, un véhicule de pompiers roulait dans leur direction. L'arrivée des forces de police était imminente.

Lorsque James, Bruce et les frères Kruger eurent embarqué à bord de la navette, Sasha écrasa la pédale d'accélérateur sans prendre le temps de refermer les portes et se dirigea vers le terminal des passagers. Une centaine de mètres plus loin, il poussa un juron.

— Impossible d'aller à plus de quarante kilomètres heure. Il doit y avoir un putain de limiteur de vitesse.

— C'est logique, dit calmement James. Les types chargés de conduire ces bus sont payés au lance-pierres. Imaginez un peu que l'un d'eux boive un coup de trop et décide de se jeter pied au plancher contre un zinc à cinquante millions de livres bourré de kérosène…

Tim Kruger s'adressa par talkie-walkie aux autres membres du commando.

— On est au niveau de la porte numéro trois. On devrait atteindre la sortie dans un peu plus d'une minute.

— Compris, répondit Savvas. J'arrive.

Bruce jeta un coup d'œil par la lunette arrière et vit deux voitures de police qui se rapprochaient rapidement de la navette.

— Les flics ! cria-t-il.

Sasha contourna le terminal puis se dirigea vers le portail sécurisé qu'empruntaient les camions-citernes pour accéder aux installations aéroportuaires, un check-point d'aspect militaire constitué d'une guérite et de barrières renforcées. Une sentinelle lourdement armée surveillait les lieux vingt-quatre heures sur vingt-quatre.

Alors que le bus ne se trouvait plus qu'à cinquante mètres du périmètre, James vit le camion bélier percuter le dispositif à plus de cent kilomètres heure. Les rails soudés au pare-chocs arrachèrent le poste de garde de ses fondations puis pulvérisèrent le barrage. Le véhicule heurta brutalement la bordure du trottoir. Savvas enfonça la pédale de frein, mais les roues gauches avaient quitté le sol, rendant la manœuvre inopérante.

Le camion se renversa lentement, glissa sur le flanc dans une gerbe d'étincelles, puis percuta violemment le terminal passager, ouvrant une large brèche d'où l'on pouvait apercevoir des gaines d'aération et un couloir de service.

— Nom de Dieu ! s'étrangla Bruce. Savvas doit être dans un sale état.

Sasha immobilisa la navette. Les deux vans Mercedes

ralentirent devant les ruines du portail de sécurité. Bruce actionna l'ouverture manuelle. Tous les membres du commando se préparèrent à sprinter dans leur direction.

Savvas tentait vainement de s'extraire du camion accidenté par la fenêtre de la cabine. Les deux voitures de police s'arrêtèrent à cinquante mètres. Les frères Kruger brandirent des fusils d'assaut et firent feu en l'air en signe d'avertissement.

— Restez où vous êtes ou on vous arrose ! hurla Tony.

Bruce bondit du marchepied et se mit à courir. James s'apprêtait à l'imiter lorsque Sacha le saisit fermement par le bras :

— Va aider Savvas. Il ne s'en sort pas.

James se précipita vers le camion, puis escalada la cabine, au mépris des gerbes d'eau qui jaillissaient de la façade éventrée du terminal. Saisissant Savvas par le col de sa combinaison, il tira de toutes ses forces sans parvenir à le hisser hors de l'épave. Le tableau de bord, déformé par le choc, pressait sur la poitrine du jeune homme, qui respirait avec difficulté.

James lui ôta la jugulaire du casque. Une rafale d'arme automatique retentit. Il se laissa tomber sur le tarmac et jeta un regard anxieux aux alentours.

Les tirs provenaient des ruines du poste de sécurité. Sortie indemne de la collision, la sentinelle, une jeune femme équipée d'un épais gilet pare-balles, s'était mise à couvert derrière les débris et tirait sur les roues des vans stationnés à une dizaine de mètres de sa position.

Les conducteurs, conscients de l'urgence de la situation, passèrent la marche arrière. Derrière les vitres fumées de l'un des véhicules, James distingua la silhouette de Bruce et des frères Kruger.

Il envisagea de rejoindre le convoi, mais les tirs nourris de la sentinelle l'en dissuadèrent. Ses complices l'avaient abandonné. Il ne lui restait plus qu'à lever les mains en l'air, à marcher vers les véhicules de police et à se constituer prisonnier.

Alors, il aperçut Sasha accroupi sur le marchepied de la navette.

∴

Michael était un excellent tireur. Le Runt qui traversait la cour de récréation à moins de dix mètres constituait une cible facile.

Les agents de CHERUB n'avaient l'autorisation de faire usage de leur arme à feu qu'en cas de danger de mort imminent, et l'agresseur de Gabrielle ignorait qu'il se trouvait dans sa ligne de mire. Pourtant, Michael était aveuglé par la haine qu'il éprouvait à l'égard de celui qui avait délibérément tenté de tuer celle qu'il aimait.

Des questions contradictoires se bousculaient dans son esprit. *Pourrai-je vivre avec ça ? Pourrai-je me regarder dans la glace ? Est-ce que ça ne me rendra pas aussi mauvais que lui ? Suis-je vraiment capable de lui ôter la vie ?*

Tout bien pesé, Michael était convaincu qu'il était

incapable d'abattre un être humain de sang-froid, quelle que fût l'ampleur de ses crimes. Il baissa son arme et caressa l'idée de lui tirer dans les jambes. Il se ravisa, car toute balle de gros calibre risquait de sectionner une artère et d'envoyer le Runt dans l'autre monde.

Des pas précipités résonnèrent dans le couloir. Persuadé que les complices de son ennemi étaient parvenus à pénétrer dans l'école, il fit volte-face.

— C'est la police ! gronda un homme derrière la porte donnant sur le couloir. Est-ce que vous m'entendez ?

— Oui, répondit-il.

— Jetez votre arme à l'extrémité de la salle. Il faut que je puisse la voir dès que je serai entré.

Michael envisagea de débouler dans le jardin et de se jeter sur le Runt, mais les équipes d'assaut travaillaient par binôme, et il était convaincu que le partenaire du policier avait pris position de façon à pouvoir le neutraliser s'il essayait de quitter la bibliothèque. Il avait beau porter un gilet pare-balles et un sweat-shirt en nanotubes de carbone, la perspective de recevoir une balle projetée à la vitesse de trois cent cinquante mètres par seconde n'avait rien d'enthousiasmant.

— Dépêchez-vous ! gronda l'homme.

— C'est bon, répondit Michael. Je pousse le cran de sûreté et je retire le chargeur.

Il fit glisser les deux parties de l'arme sur le parquet. Aussitôt, deux agents de police firent irruption dans la pièce, pistolets pointés dans sa direction. L'un d'eux renversa Alex Rider et un présentoir où étaient alignés des volumes de la série *l'Épouvanteur*.

— Les mains sur la tête ! Sur la tête !

Michael obtempéra docilement.

— Lève-toi. Face à la fenêtre.

Une femme en tenue d'assaut le plaqua contre une étagère puis lui passa les menottes. Alerté par les hurlements, le Runt commença à sprinter vers le portail de l'école.

— Tu es en état d'arrestation, dit le policier. Tu as le droit de garder le silence, et tout ce que tu diras pourra être retenu contre toi devant le tribunal.

— Il porte un gilet pare-balles, l'informa sa collègue, stupéfaite.

Elle inspecta les poches de Michael et en sortit un couteau de chasse et un téléphone portable.

— Port illégal d'arme à feu et d'arme blanche, soupira-t-elle. Rien que ça, ça va chercher dans les cinq piges. Et, à vue de nez, je dirais que tu n'as même pas encore seize ans...

46. Jour de chance

Sasha sauta du bus, fonça tête baissée vers le terminal, un paquet de dollars sous le bras, et s'engouffra dans la brèche. En dépit de la crainte qu'il éprouvait à l'idée de se retrouver confronté aux forces de police, James lui emboîta le pas. Il se refusait à le laisser échapper aux autorités et réduire à néant des mois d'efforts.

Il enjamba les débris et suivit Sasha dans le couloir de service. Une annonce préenregistrée tournait en boucle dans les haut-parleurs :

« *Par mesure de sécurité, tous les visiteurs sont invités à quitter le bâtiment en empruntant la sortie la plus proche.* »

Ils gravirent une volée de marches et débouchèrent dans un réduit où étaient entreposés des cartons de chips et des liasses de journaux. Sasha entrouvrit la porte pour jeter un œil à la boutique.

— La voie est libre, chuchota-t-il.

Il s'accroupit, s'avança prudemment jusqu'à un présentoir de cartes postales, puis observa le hall de l'aéroport : tous les passagers avaient évacué le terminal, mais un policier lourdement armé faisait les cent pas sur le sol ciré.

Sasha se déplaça jusqu'à la caisse enregistreuse, passa une main sous le comptoir, s'empara d'un grand sac en plastique et y fourra les dollars.

— Comment on va sortir d'ici ? demanda James.

— Les passagers ont été rassemblés vers le terminal des bus. La sortie se trouve à moins de cinquante mètres. Dès que Robocop tournera la tête, on piquera un sprint et on se mêlera à la foule.

Sur ces mots, Sasha sortit un couteau de sa poche, déchira l'enveloppe du paquet contenant l'argent et saisit une poignée de billets de cent dollars.

— Tu vois ce fric, James ? C'est notre passeport pour la liberté.

...

Le butin aurait aisément tenu dans le coffre d'un seul véhicule, mais Sasha, convaincu que les autorités établiraient de nombreux barrages de police, avait préféré le répartir à bord de deux vans empruntant des itinéraires différents.

Dix minutes après avoir quitté l'aéroport, Riggsy déposa Bruce, Tim Kruger et quatre paquets de dollars dans un terrain vague aux environs de la cité de Thornton.

Wheels patientait à bord d'une puissante BMW. Tim

Kruger ouvrit le coffre, y jeta la moitié du butin, plaça le reste dans une valise à roulettes Samsonite, puis se dirigea vers une Renault garée le long du trottoir.

Dès que les deux véhicules eurent disparu à l'angle de la rue, Riggsy dévissa le bouchon d'un jerrycan et commença à répandre de l'essence dans la cabine du van.

— Tu as l'air complètement paumé, mon garçon, dit-il en se tournant vers Bruce.

— Où est l'autre van ? Où sont James et Sasha ?

— Ils ont un autre point de rendez-vous.

— Mais je suis sûr qu'ils sont restés à l'aéroport, insista Bruce. Je suis monté dans le premier van avec Tim Kruger. Tony a sauté dans l'autre et on a démarré immédiatement… Ils n'ont pas eu le temps d'embarquer.

— C'est quand les choses tournent mal qu'il faut savoir garder la tête froide, petit. Pour le moment, enlève ta combinaison et jette-la dans le van avant que j'y foute le feu. Ensuite, je te déposerai à un arrêt de bus. Je veux que tu retournes au Zoo, que tu fasses profil bas et que tu réfléchisses à un alibi solide. Surtout, n'essaie pas de contacter Sasha.

Bruce considéra la cabine du van en ôtant les manches de sa combinaison. La moitié des Mad Dogs y avaient laissé empreintes digitales et traces ADN. C'était une véritable mine d'or. La mission était sur le point de s'achever. Il n'était plus nécessaire de protéger sa couverture.

— Zut, c'est trop serré, gémit-il, la combinaison ramassée sur ses chevilles. Je n'arrive pas à la retirer.

— Tu me fais perdre mon temps, grommela Riggsy. Pourquoi tu n'as pas enlevé tes bottes ?

Lorsque l'homme se pencha en avant pour lui prêter main-forte, le garçon lui donna un formidable coup de genou dans la tempe. L'homme s'écroula à plat ventre sans connaissance.

Bruce pressa le transmetteur collé à son cou.

— Chloé ? Tu me reçois ?

— Fort et clair.

— Tu as des nouvelles de James ?

— Je suis branchée sur la fréquence de la police. Apparemment, il se trouve à l'intérieur du terminal en compagnie de Sasha.

— Cool, soupira Bruce. J'avais peur qu'il n'ait reçu une balle pendant la fusillade.

— Il n'est pas encore sorti d'affaire.

— J'ai un cadeau pour toi, à deux cents mètres de la cité Thornton, sur Euphonium Street. C'est un van bourré de preuves matérielles. Tu peux envoyer des flics pour sécuriser la zone et ramasser Riggsy ? Je lui en ai collé une bonne, mais ma couverture explosera dès qu'il aura retrouvé ses esprits.

— Je contacte l'inspecteur Rush immédiatement. Tu as un moyen de quitter les lieux ?

— Je peux piquer sa bagnole.

— Parfait. Pour le reste, ne t'inquiète pas. On s'arrangera pour que Riggsy n'entre pas en contact avec ses complices tant que vous n'aurez pas été exfiltrés.

∴

Dès que le policier eut le dos tourné, James et Sasha traversèrent le hall à toutes jambes, poussèrent la porte vitrée, bousculèrent les employés de l'aéroport chargés d'interdire l'accès au terminal, puis coururent vers la foule rassemblée autour de la station de bus.

En des circonstances ordinaires, l'attaque audacieuse qui venait de se dérouler aurait provoqué le bouclage de l'aéroport par la police locale au grand complet, mais la quasi-totalité des unités disponibles se trouvait à l'autre bout de la ville, aux prises avec les Runts et les Slasher Boys.

— Joyeux Noël ! cria Sasha en se mêlant à l'attroupement.

Il piocha une poignée de coupures de cent dollars dans le sac en plastique et la jeta en l'air. Les voyageurs le dévisagèrent avec suspicion. Il dut répéter l'opération à deux reprises avant qu'une femme ne morde à l'hameçon.

— Oh mon Dieu, ce sont des vrais ! lança-t-elle.

Aussitôt, une centaine de passagers se ruèrent sur les billets dans le plus parfait désordre, s'écharpant et se piétinant sans ménagement.

Sasha vit trois policiers lourdement armés franchir la porte du terminal et trépigner de rage devant le spectacle invraisemblable qui se déroulait devant eux. Le chaos était tel qu'ils n'avaient plus la moindre chance

d'identifier les fuyards et de procéder à leur arrestation, pas même d'obtenir un témoignage avant que
l'ordre ne soit rétabli.

— J'ai toujours rêvé de faire ça, dit Sasha, tout sourire, en distribuant une dernière volée de billets.

James et son complice marchèrent jusqu'au parking
qui bordait la station de bus en se retournant fréquem-
ment pour s'assurer qu'ils n'avaient pas été pris en
chasse, puis ils s'accroupirent entre deux véhicules.

Sasha baissa la fermeture Éclair de sa combinaison, en
noua les manches autour de sa taille et saisit son talkie-
walkie.

— On est dans le parc de stationnement Est. Est-ce
que quelqu'un peut venir nous chercher ?

Tandis que Sasha s'entretenait avec son interlocuteur, James vit la sentinelle qui avait ouvert le feu
depuis les ruines du poste de sécurité surgir de derrière
une camionnette, droit devant lui. Convaincue que
Sasha tenterait de profiter du chaos pour se mêler à la
foule, elle avait contourné le bâtiment au lieu de se
joindre aux recherches à l'intérieur du terminal.

— Les mains en l'air ! ordonna-t-elle.

Sasha portait un gilet pare-balles, mais un fusil
d'assaut était braqué sur sa poitrine, une arme de
guerre capable de cracher des balles dont la seule onde
de choc pouvait faire passer un homme de vie à trépas.

James fit glisser son Glock sur le sol, mais Sasha se
redressa et marcha calmement vers la jeune femme.

— Si vous me tirez dessus, l'enquête interne durera

des mois, lança-t-il, sourire aux lèvres, en lui tendant le sac. Il y a encore au moins cent cinquante mille dollars là-dedans. Prenez-les et laissez-nous filer. Personne ne le saura.

— Restez où vous êtes. Je ne le répéterai pas.

James jeta un regard circulaire au parking et vit un second policier se faufiler entre les voitures.

Sasha fit un ultime pas en avant. Constatant qu'il n'avait pas l'intention d'obtempérer, la jeune femme appuya sur la détente. Il recula brutalement de deux mètres, percuta le capot d'un véhicule, puis s'effondra lourdement sur le sol.

— Nom de Dieu, balbutia-t-il en roulant des yeux affolés.

Le gilet pare-balles avait littéralement éclaté sous l'impact, et le projectile s'était logé entre deux côtes sans occasionner de blessure fatale.

— Toujours en vie ? ironisa son adversaire en pointant le canon de son arme devant son visage. Eh bien, on dirait que c'est votre jour de chance…

47. Si près du but

Seule une personne perdit la vie au cours des affrontements qui opposèrent les deux gangs aux abords de l'entrepôt en flammes. Les forces de l'ordre procédèrent à l'arrestation de trente-six Slasher Boys et de dix-huit Runts. Quatorze criminels et deux officiers de police furent hospitalisés, victimes de blessures par balle, de plaies par arme blanche ou de brûlures.

Sasha fut conduit à l'hôpital sous escorte policière. James, dépouillé de ses vêtements, fut jeté dans une cellule du commissariat de Luton. Les Runts et les Slasher Boys enfermés au sous-sol martelaient les murs comme des possédés et échangeaient des menaces de mort.

Les suspects furent convoqués à tour de rôle en salle d'interrogatoire. Ulcérés par les violences dont leurs collègues avaient été victimes, les enquêteurs n'étaient pas disposés à faire preuve de patience. Les prévenus qui commirent l'imprudence de mentir ou de garder le silence reçurent des gifles et des coups de poing à l'estomac. Les heures passant, plusieurs criminels commencèrent à se plaindre de la soif.

—Vous n'avez qu'à boire l'eau des toilettes, répliqua une femme policier. On les a nettoyées l'année dernière, vous allez vous régaler.

Ces mots provoquèrent un torrent d'insultes sexistes. Exaspérés par ce chahut, trois officiers équipés de boucliers antiémeute déboulèrent dans la cellule d'un Runt, le plaquèrent contre un mur et laissèrent la jeune femme le passer à tabac à l'aide d'une matraque télescopique.

Une dizaine d'heures s'écoulèrent avant que James ne voie s'ouvrir la porte de sa cellule.

—Tu es libéré sous caution, gronda un agent en lui balançant une combinaison jetable et une paire de tongs en caoutchouc. Je suppose que ta mère doit coucher avec le chef de la police.

—Et mes fringues ?

—Tous les effets personnels ont été transmis au laboratoire d'analyse scientifique. Ils ont des tonnes de pièces à conviction à étudier. N'espère pas les revoir avant Noël.

James s'habilla puis suivit l'officier dans le bureau du greffe. L'employé de permanence posa le registre d'écrou sur le comptoir.

—Signe ici et ici, ordonna-t-il.

James se trouvait dans un tel état d'épuisement qu'il faillit inscrire son véritable nom.

—Dégage ! aboya l'officier. Et je te conseille de te tenir tranquille, à l'avenir. Si je te revois ici, je m'occuperai personnellement de ton cas.

James, privé de téléphone, d'argent et de vêtements décents, se demandait comment il allait pouvoir regagner le Zoo. Il eut l'heureuse surprise de trouver Chloé dans la salle d'attente.

— Tu vas bien ? demanda-t-elle en lui tendant une bouteille d'eau minérale et une barre de céréales.

— Je t'adore ! lança James en déchirant l'emballage. Je suis mort de faim.

Il dévora le snack en trois bouchées puis vida la bouteille d'un seul trait.

— Suis-moi, dit Chloé. Maureen et les autres nous attendent sur le parking.

— On rentre au campus ?

— On a intérêt. Bruce a assommé Riggsy pour préserver des preuves biologiques. On l'a drogué afin qu'il ne garde aucun souvenir de l'incident, mais le traitement n'est pas toujours efficace à cent pour cent.

Ils descendirent une volée de marches, pénétrèrent dans le parking, puis se dirigèrent vers un van Toyota stationné parmi les véhicules de police. Maureen se trouvait au volant, Bruce sur la banquette centrale et Michael à l'arrière, vêtu d'une combinaison jetable semblable à celle de James.

— Je suis le seul à ne pas m'être fait pincer, gloussa Bruce.

James s'assit à ses côtés puis se tourna vers Michael :

— Ça va ? Tu n'as pas trop dégusté ?

— J'étais sur le toit quand l'entrepôt a explosé, je me

suis fait courser par les Runts et les flics m'ont traité comme un chien. Pas mécontent que la journée touche à sa fin.

Maureen s'engagea sur la rampe conduisant à la rue.

— Major Dee a été arrêté ? demanda James.

— Non, répondit Chloé. Il a décampé dès qu'il a vu débarquer les Runts. Il a été interpellé à un barrage quelques rues plus loin, mais ils n'ont rien trouvé. Même pas un couteau suisse ou un pistolet à grenaille dans la boîte à gants.

— Mais l'équipe de surveillance n'a pas filmé ses lieutenants en train de procéder à l'échange ?

— Si, répondit Bruce, et les flics ont même réussi à saisir la cargaison restée intacte dans le coffre de la voiture malgré l'incendie. Le seul problème, c'est que les sacs ne contenaient que du talc.

— Quoi ? s'étrangla James.

— On est convaincus que Siméon Bentine est l'auteur de ce coup fourré, avec ou sans la complicité des Mad Dogs. La police a perquisitionné son bureau et son domicile. Il s'est volatilisé.

— Au moins, on a Sasha, fit observer James. Savvas est à l'hôpital, et Bruce a réussi à neutraliser Riggsy avant qu'il ne détruise le van. On devrait y trouver assez de preuves pour coincer tout le gang.

— C'est déjà ça, soupira Chloé.

— Mais Wheels et les frères Kruger se sont évanouis dans la nature, ajouta Bruce, et je parie qu'ils vont se faire tout petits pendant quelques années.

— Qu'ils soient en prison ou en cavale, au moins, ils sont hors d'état de nuire, dit James.

— On est quand même très loin de nos objectifs initiaux, remarqua Michael.

— Évidemment, bâilla Chloé. Major Dee est en liberté et débarrassé de son principal concurrent.

Maureen secoua la tête.

— On ne pourra sans doute même pas obtenir la condamnation des suspects impliqués dans les combats de rue. Il leur suffira de prétendre avoir ramassé une arme afin de s'en servir en état de légitime défense pour obtenir le non-lieu au bénéfice du doute. Ces types se serrent les coudes face aux autorités. Nous n'obtiendrons pas un seul témoignage exploitable.

— En tout cas, le taux de criminalité n'est pas près de baisser dans la région. Les Slasher Boys sont des psychopathes. Maintenant qu'ils sont débarrassés des Mad Dogs, ils vont pouvoir agir à leur guise, et ça ne va pas être beau à voir.

— Ce n'est pas certain, dit Michael. Les Runts sont extrêmement nombreux. Si un type malin parvient à prendre leur tête, il pourrait faire de l'ombre à Major Dee.

Pensif, James se tourna vers la vitre et regarda défiler les réverbères.

— Alors pour résumer, en deux mois, on n'a fait qu'envenimer la situation…

— Pas nécessairement, dit Chloé, soucieuse de remonter le moral de ses agents épuisés. Votre travail a permis de rassembler de nombreuses informations que la brigade antigang pourra exploiter dans le futur. Nous n'avons peut-être pas rempli tous nos objectifs, mais je refuse de considérer cette mission comme un échec.

— N'empêche, c'est rageant, lâcha Bruce. On était si près du but…

— Ooooh, un *Burger King* ! s'exclama James. Ça vous dérange si on s'arrête ? Je n'ai presque rien mangé depuis ce matin.

Maureen adressa un regard interrogateur à sa supérieure.

— Il y a un rond-point à cent mètres. Je peux faire demi-tour, si tu es d'accord.

— Non, répliqua fermement Chloé. Attendons d'avoir quitté Luton. Je ne veux plus jamais entendre parler de ce trou à rats.

48. Par accident

Le van qui transportait l'équipe franchit le portail du campus peu après vingt-trois heures. James fila dans sa chambre, se débarrassa de sa combinaison puis passa des vêtements propres. En dépit de l'heure tardive, il était impatient de parler à Dana.

Il poussa sa porte en silence, s'assit sur le lit et lui caressa doucement la joue.

— Salut, murmura-t-il.

Lorsque sa petite amie ouvrit les yeux, il se sentit submergé par une bouffée de tendresse. Elle se redressa péniblement pour poser un baiser sur ses lèvres. Son haleine embaumait le dentifrice.

— Alors, comment ça s'est passé ?

— Pas génial. Notre informateur nous a arnaqués en beauté. On pense qu'il s'est fait la malle avec un chargement de cocaïne estimé à un million de livres. En plus, les flics n'ont pu procéder qu'à la moitié des arrestations prévues.

— C'est comme ça, les missions ne sont pas toutes

couronnées de succès. Surtout celles auxquelles je participe, d'ailleurs…

— Dana, j'ai quelque chose d'important à te dire. Un truc qui me pèse sur la conscience.

La jeune fille esquissa un sourire.

— Oh, je vois… C'était qui, cette fois ? Ne me dis pas que tu as remis ça avec April Moore…

James était frappé par la sérénité affichée par Dana.

— Non, ce n'est pas April… Comment tu peux prendre les choses aussi calmement ?

— Je te connais. J'ai remarqué la façon dont tu regardes les autres filles, alors je reste réaliste. Je savais que ça arriverait tôt ou tard, au cours d'une mission.

— Tu as une drôle d'opinion de moi, protesta James. Bon, c'est vrai, je me suis mal comporté avec Kerry… Je passais mon temps à la tromper et à lui mentir. Tout le monde était au courant, sauf elle. Au bout d'un moment, j'ai fini par ne plus pouvoir la regarder dans les yeux. Mais j'ai changé, et je ne veux plus jamais agir comme ça, surtout avec toi.

Dana était déroutée.

— Et pourtant, tu m'as trompée.

James poussa un soupir.

— C'est une histoire un peu bizarre… Disons que… comment dire ? J'ai couché avec la fille de Sasha Thompson… par accident.

Dana resta figée quelques secondes puis explosa de rire.

— Par accident ? répéta-t-elle. Tu veux dire que tu as trébuché et que tu es tombé sur une fille toute nue ?

James ne s'était jamais senti aussi idiot de sa vie.

— Non, je prenais un bain. Elle s'est déshabillée et elle a sauté dans la baignoire. Et comme elle était plutôt sexy… Je veux dire, il faut voir les choses en face. Aucun mec n'aurait pu résister.

— D'accord. Je te remercie de me l'avoir dit. Et maintenant ?

Dana avait cessé de sourire. Son regard exprimait un profond chagrin.

— Fais de moi ce qui te plaira. Si tu as envie de me frapper, ne te prive pas. Mais si tu préfères, je peux t'inviter à dîner, ou faire tes devoirs de maths, tout ce que tu voudras. S'il te plaît, donne-moi une seconde chance. Je te promets que ça ne se reproduira pas.

— Qui est au courant ?

— Bruce, mais il a juré de se taire.

— Alors tu n'es pas venu vider ton sac au milieu de la nuit parce que tu avais peur que je l'apprenne par quelqu'un d'autre ?

James secoua la tête puis ouvrit largement les bras.

— Vas-y, tabasse-moi. Je le mérite.

— Finalement, dit Dana, l'air pensif, tu voudrais que je me comporte comme Kerry, que je pique ma crise, que je te traite de tous les noms et que je te dérouille. Ensuite, on s'embrasserait, puis les choses redeviendraient exactement au point de départ. Eh bien, désolée, mais je ne te ferai pas ce plaisir.

James sentit son sang se glacer dans ses veines.

— Tu me quittes ?

— Est-ce que j'ai dit ça ?

— Je ne te comprends pas. Tu réagis de façon bizarre. Tu pourrais au moins me dire ce que tu ressens ?

— Je ne sais pas trop… Je suis blessée, un peu embrouillée. Ça me touche que tu aies eu l'honnêteté de tout me raconter alors que rien ne t'y obligeait. Je suppose que ça prouve que tu tiens vraiment à moi.

James sentit les larmes lui monter aux yeux. N'y tenant plus, il serra Dana dans ses bras.

— Je suis désolé. Tu m'as tellement manqué, pendant ces deux mois. J'avais si peur que tu me quittes…

Dana glissa une main sous son T-shirt.

— J'ai seize ans, toi quinze. Bientôt, si ça se trouve, nos relations deviendront… plus intimes. Si cette fille fait le tour des baignoires de Luton en sautant sur des garçons qu'elle connaît à peine, je suppose qu'elle doit avoir un sacré tableau de chasse. Il est possible qu'elle t'ait laissé un petit souvenir, si tu vois ce que je veux dire.

James secoua la tête.

— Je suis tranquille, on a utilisé un préservatif.

— Ce n'est pas sûr à cent pour cent, et ça ne protège pas contre toutes les maladies. Je veux que tu te fasses examiner.

— N'exagère pas, Dana. On ne l'a fait qu'une fois…

— C'est amplement suffisant.

— Mais j'ai moins de seize ans, protesta James. Je n'ai pas le droit d'avoir ce genre de relations. Si je vais à l'infirmerie, je serai viré.

— Tu n'as rien à craindre. Tu es couvert pas le secret médical.

James émit un grondement.

— Très bien, je prendrai rendez-vous avec le médecin demain matin.

— Super. Cela dit, je t'accompagnerai, histoire de m'assurer que tu ne te dégonfles pas.

— Pourquoi je me dégonflerais ? C'est juste une prise de sang.

— Oh, tu crois ça ? sourit Dana. Tu ne te souviens pas de la vidéo qu'on nous a projetée en cours de biologie ? Le passage avec le long coton-tige qu'ils utilisent pour effectuer les prélèvements ?

— Ça ne me dit rien.

— Je suppose que tu as détourné le regard, comme tous les garçons de la classe.

— Ça fait mal ?

— Comment le saurais-je, mon chéri ? gloussa Dana. Tout ce que je peux te dire, c'est que tu vas le passer, ce test, à moins que tu ne préfères te trouver une nouvelle copine.

James baissa les yeux en signe de soumission.

— OK. Je serrerai les dents et je penserai fort à toi…

Épilogue

Sauvé par son gilet pare-balles, **SASHA THOMPSON** demeura à l'hôpital pendant onze jours puis fut inculpé pour attaque à main armée, port d'arme illégal, vol de véhicules et incitation à la violence. Il reçut une peine de quatorze ans de réclusion criminelle.

DAVID KEMP (alias **WHEELS**) fut interpellé au moment où il tentait d'embarquer à bord d'un ferry à destination de la France avec une mallette contenant $ 250 000. Il fut accusé de complicité d'attaque à main armée, de vol de véhicules et d'usage de faux passeport. Condamné à quatre ans de prison, il purgera la moitié de sa peine dans une institution pour jeunes criminels.

SAVVAS THEOKELSIS fut désincarcéré de la cabine du camion bélier par une équipe de sauveteurs spécialisés. Resté trop longtemps privé d'oxygène, il souffre aujourd'hui de graves dommages cérébraux. Malgré l'insistance du procureur, le juge estime qu'il n'est pas en état d'être jugé.

Intellectuellement diminué, il est aujourd'hui entièrement dépendant de sa mère et de sa sœur cadette. Ces dernières accusent les forces de police de l'avoir abandonné quatre heures durant dans une cellule de garde à vue sans lui prodiguer de soins médicaux. Elles ont porté plainte afin d'obtenir une compensation financière.

KELVIN HOLMES fut interrogé dans le cadre de l'enquête concernant le braquage du bunker. En dépit des empreintes et des traces d'ADN retrouvées sur les lieux, le procureur dut renoncer à toute poursuite en raison du refus des dealers pris en otages de témoigner devant le tribunal. Craignant que les Slasher Boys n'exercent des représailles, Kelvin vit désormais dans la banlieue sud de Londres.

ALAN « RIGGSY » RIGGS reçut une peine de neuf ans. Neuf autres Mad Dogs impliqués dans l'attaque de l'aéroport écopèrent de trois à douze années de prison.

La police est toujours à la recherche de **TIM** et **TONY KRUGER**, ainsi que d'un million de dollars appartenant au gouvernement des États-Unis.

JUNIOR MOORE fut accusé d'attaque à main armée, de port illégal d'arme à feu, de possession de cocaïne, de rébellion et de violation des termes de sa liberté condi-

tionnelle. Il fut condamné à sept ans d'emprisonnement, la peine maximale applicable à un prévenu de
moins de seize ans.

Le juge d'application des peines recommanda en
vain son placement dans un établissement médicalisé
afin de lui permettre de traiter sa dépendance à l'alcool
et à la cocaïne. L'administration pénitentiaire, préfé-
rant favoriser les détenus purgeant de courtes peines,
rejeta sa demande.

DeSHAWN ANDREWS (alias **MAJOR DEE**) fut interrogé par les
enquêteurs chargés de faire toute la lumière sur
l'émeute de l'entrepôt, puis relâché faute de preuves. Le
mois suivant, une guerre sanglante éclata entre les
Runts et les Slasher Boys. Au cours de ces incidents, le
Green Pepper fut détruit par un incendie criminel.

Au cours de l'été 2007, plusieurs proches de Major
Dee furent arrêtés dans le cadre de l'enquête concernant le meurtre d'**AARON REID** et de deux autres adolescents. Craignant d'être poursuivi, Dee quitta le pays. Il
vivrait désormais en Jamaïque, son pays natal. La police
le soupçonne d'être impliqué dans onze affaires de
meurtre.

Considéré comme le cerveau de l'opération visant à
dérober la cocaïne au nez et à la barbe de la police, des
Mad Dogs et des Slasher Boys, **SIMÉON BENTINE** revendit la
marchandise puis quitta précipitamment l'Angleterre.
Les associés de Major Dee mirent un terme à sa cavale

quelques mois plus tard. Son corps mutilé fut retrouvé sur une plage par les forces de l'ordre jamaïcaine.

NORMAN LARGE et sa fille adoptive **HAYLEY** vivent désormais à soixante-dix kilomètres du campus. Il s'est présenté au concours de surveillant de prison, mais sa candidature a été rejetée en raison de son état de santé. Il exerce aujourd'hui les fonctions d'agent de sécurité dans une grande surface.

CHRIS JONES, le conseiller municipal sauvagement battu par Sasha Thompson, fut contraint de cesser toute activité professionnelle. Il souffre de troubles de la vision et de lésions cérébrales qui affectent gravement son comportement.

L'inspecteur en chef **MARK RUSH** se trouve toujours à la tête de la brigade antigang du Bedfordshire. Malgré l'échec du coup de filet visant à démanteler les deux gangs, il estime que la disparition des Mad Dogs a constitué une avancée capitale dans la lutte contre la criminalité à Luton.

Une enquête interne concernant les conditions dans lesquelles Sasha Thompson avait été informé des projets de la police a révélé des liens étroits entre les Mad Dogs et deux membres du personnel administratif de la brigade antigang. Ils furent révoqués à l'issue d'une audience disciplinaire, mais aucune charge criminelle ne put être retenue contre eux.

Le comité d'éthique de CHERUB rédigea un long rapport concernant la mission de Luton. Ils louèrent le courage et le professionnalisme des quatre agents, mais reprochèrent à **CHLOÉ BLAKE** et **MAUREEN ÉVANS** d'avoir sous-estimé les risques liés à l'opération.

Zara Asker félicita chaleureusement **BRUCE NORRIS** pour avoir eu la présence d'esprit de protéger le van de la destruction, et lui décerna le T-shirt noir.

Après avoir quitté CHERUB, **KYLE BLUEMAN** passa sept semaines chez Meryl Spencer puis s'envola pour un tour du monde en compagnie de son ami Rod Nilsson. À son retour, il étudiera le droit à l'université de Cambridge.

Zara Asker ayant passé l'éponge sur l'incident concernant Norman Large, Kyle est autorisé à rendre visite à ses camarades et à travailler sur le campus pendant les vacances.

DANA SMITH dut téléphoner au médecin de CHERUB afin de convenir d'un rendez-vous pour **JAMES ADAMS**. L'examen fut plus embarrassant que douloureux, et les résultats rigoureusement négatifs.

Suspendue de mission, **LAUREN ADAMS** s'occupe tous les soirs des T-shirts rouges du bâtiment junior. À l'exception de quelques éléments particulièrement turbulents, elle apprécie leur compagnie.

L'état de santé de **GABRIELLE O'BRIEN** s'améliore de jour en jour. Elle pratique quotidiennement le jogging et a été autorisée à reprendre l'entraînement dans le dojo, pourvu qu'elle évite tout contact physique. Sa relation avec **MICHAEL HENDRY** est plus solide que jamais.

CHERUB, agence de renseignement fondée en 1946

1941

Au cours de la Seconde Guerre mondiale, Charles Henderson, un agent britannique infiltré en France, informe son quartier général que la Résistance française fait appel à des enfants pour franchir les *check points* allemands et collecter des renseignements auprès des forces d'occupation.

1942

Henderson forme un détachement d'enfants chargés de mission d'infiltration. Le groupe est placé sous le commandement des services de renseignement britanniques. Les *boys* d'Henderson ont entre treize et quatorze ans. Ce sont pour la plupart des Français exilés en Angleterre. Après une courte période d'entraînement, ils sont parachutés en zone occupée. Les informations collectées au cours de cette mission contribueront à la réussite du débarquement allié, le 6 juin 1944.

1946

Le réseau Henderson est dissous à la fin de la guerre. La plupart de ses agents regagnent la France. Leur existence n'a jamais été reconnue officiellement.

Charles Henderson est convaincu de l'efficacité des agents mineurs en temps de paix. En mai 1946, il reçoit du gouvernement britannique la permission de créer CHERUB, et prend ses quartiers dans l'école d'un village abandonné. Les vingt premières recrues, tous des garçons, s'installent dans des baraques de bois bâties dans l'ancienne cour de récréation.

Charles Henderson meurt quelques mois plus tard.

1951

Au cours des cinq premières années de son existence, CHERUB doit se contenter de ressources limitées. Suite au démantèlement d'un réseau d'espions soviétiques qui s'intéressait de très près au programme nucléaire militaire britannique, le gouvernement attribue à l'organisation les fonds nécessaires au développement de ses infrastructures.

Des bâtiments en dur sont construits et les effectifs sont portés de vingt à soixante.

1954

Deux agents de CHERUB, Jason Lennox et Johan Urminski, perdent la vie au cours d'une mission d'infiltration en Allemagne de l'Est. Le gouvernement envisage de dissoudre l'agence, mais renonce finalement à se séparer des soixante-dix agents qui remplissent alors des missions d'une importance capitale aux quatre coins de la planète.

La commission d'enquête chargée de faire toute la

lumière sur la mort des deux garçons impose l'établissement de trois nouvelles règles :

1. La création d'un comité d'éthique composé de trois membres chargés d'approuver les ordres de mission.

2. L'établissement d'un âge minimum fixé à dix ans et quatre mois pour participer aux opérations de terrain. Jason Lennox n'avait que neuf ans.

3. L'institution d'un programme d'entraînement initial de cent jours.

1956

Malgré de fortes réticences des autorités, CHERUB admet cinq filles dans ses rangs à titre d'expérimentation. Au vu de leurs excellents résultats, leur nombre est fixé à vingt dès l'année suivante. Dix ans plus tard, la parité est instituée.

1957

CHERUB adopte le port des T-shirts de couleur distinguant le niveau de qualification de ses agents.

1960

En récompense de plusieurs succès éclatants, CHERUB reçoit l'autorisation de porter ses effectifs à cent trente agents. Le gouvernement fait l'acquisition des champs environnants et pose une clôture sécurisée. Le domaine s'étend alors à un tiers du campus actuel.

1967

Katherine Field est le troisième agent de CHERUB à perdre la vie sur le théâtre des opérations. Mordue par un serpent lors d'une mission en Inde, elle est rapidement secourue, mais le venin ayant été incorrectement identifié, elle se voit administrer un antidote inefficace.

1973

Au fil des ans, le campus de CHERUB est devenu un empilement chaotique de petits bâtiments. La première pierre d'un immeuble de huit étages est posée.

1977

Max Weaver, l'un des premiers agents de CHERUB, magnat de la construction d'immeubles de bureaux à Londres et à New York, meurt à l'âge de quarante et un ans, sans laisser d'héritier. Il lègue l'intégralité de sa fortune à l'organisation, en exigeant qu'elle soit employée pour le bien-être des agents.

Le fonds Max Weaver a permis de financer la construction de nombreux bâtiments, dont le stade d'athlétisme couvert et la bibliothèque. Il s'élève aujourd'hui à plus d'un milliard de livres.

1982

Thomas Webb est tué par une mine antipersonnel au cours de la guerre des Malouines. Il est le quatrième agent de CHERUB à mourir en mission. C'était l'un des neuf agents impliqués dans ce conflit.

1986

Le gouvernement donne à CHERUB la permission de porter ses effectifs à quatre cents. En réalité, ils n'atteindront jamais ce chiffre. L'agence recrute des agents intellectuellement brillants et physiquement robustes, dépourvus de tout lien familial. Les enfants remplissant les critères d'admission sont extrêmement rares.

1990

Le campus CHERUB étend sa superficie et renforce sa sécurité. Il figure désormais sur les cartes de l'Angleterre en tant que champ de tir militaire, qu'il est formellement interdit de survoler. Les routes environnantes sont détournées afin qu'une allée unique en permette l'accès. Les murs ne sont pas visibles depuis les artères les plus proches. Toute personne non accréditée découverte dans le périmètre du campus encourt la prison à vie, pour violation de secret d'État.

1996

À l'occasion de son cinquantième anniversaire, CHERUB inaugure un bassin de plongée et un stand de tir couvert.

Plus de neuf cents anciens agents venus des quatre coins du globe participent aux festivités. Parmi eux, un ancien Premier Ministre du gouvernement britannique et une star du rock ayant vendu plus de quatre-vingts millions d'albums.

À l'issue du feu d'artifice, les invités plantent leurs tentes dans le parc et passent la nuit sur le campus. Le lendemain matin, avant leur départ, ils se regroupent dans la chapelle pour célébrer la mémoire des quatre enfants qui ont perdu la vie pour CHERUB.

Table des chapitres

Pour tout connaître
des origines de CHERUB, lisez
HENDERSON'S BOYS

CHERUB - *les origines*

L'EVASION

L'espion britannique
Charles Henderson
recherche deux jeunes
Anglais traqués par les
nazis. Sa seule chance d'y
parvenir : accepter l'aide
de Marc, 12 ans, orphelin
débrouillard Les services
de renseignement
britanniques comprennent
peu à peu que ces enfants
constituent des alliés
insoupçonnables. Une
découverte qui pourrait
bien changer le cours
de la guerre…

LE JOUR DE L'AIGLE

Un groupe d'adolescents
mené par l'espion anglais
Charles Henderson tente
vainement de fuir la France
occupée. Malgré les
officiers nazis lancés à
leurs trousses, ils se voient
confier une mission d'une
importance capitale :
réduire à néant les projets
allemands d'invasion
de la Grande-Bretagne.
L'avenir du monde libre
est entre leurs mains…

LISEZ UN EXTRAIT GRATUIT À LA FIN DE CE LIVRE

L'ARMEEE SECRETE

Fort de son succès en France occupée, Charles Henderson est de retour en Angleterre avec six orphelins prêts à se battre au service de Sa Majesté. Livrés à un instructeur intraitable, ces apprentis espions se préparent pour leur prochaine mission d'infiltration en territoire ennemi. Ils ignorent encore que leur chef, confronté au mépris de sa hiérarchie, se bat pour convaincre l'état-major britannique de ne pas dissoudre son unité...

OPERATION U-BOOT

Assaillie par l'armée nazie, la Grande-Bretagne ne peut compter que sur ses alliés américains pour obtenir armes et vivres. Mais les cargos sont des proies faciles pour les sous-marins allemands, les terribles U-boot. Charles Henderson et ses jeunes recrues partent à Lorient avec l'objectif de détruire la principale base de sous-marins allemands. Si leur mission échoue, la résistance britannique vit sans doute ses dernières heures...

LE PRISONNIER

Depuis huit mois, Marc
Kilgour, l'un des meilleurs
agents de Charles
Henderson, est retenu dans
un camp de prisonniers en
Allemagne. Affamé,
maltraité par les gardes et
les détenus, il n'a plus rien à
perdre. Prêt à tenter
l'impossible pour rejoindre
l'Angleterre et retrouver ses
camarades de **CHERUB**, il
échafaude un audacieux
projet d'évasion. Au bout de
cette cavale en territoire
ennemi, trouvera-t-il la
mort… ou la liberté ?

TIREURS D'ÉLITE

Mai 1943. CHERUB
découvre que l'Allemagne
cherche à mettre au point
une arme secrète à la
puissance dévastatrice. Sur
ordre de Charles
Henderson, Marc et trois
autres agents suivent un
programme d'entraînement
intensif visant à faire d'eux
des snipers d'élite. Objectif :
saboter le laboratoire où se
prépare l'arme secrète et
sauver les chercheurs
français exploités par les
nazis.

LA MUSIQUE ÉTAIT LEUR PASSION, ELLE EST DEVENUE LEUR COMBAT

ROCK WAR

1

Par l'auteur de CHERUB

DÉCOUVREZ UN EXTRAIT D'UNE SÉRIE QUI VA FAIRE DU BRUIT !

1
PLAY-BACK

QUARTIER DE CAMDEN TOWN, LONDRES

Il y a toujours ce moment étrange, quand on se réveille dans un endroit inhabituel. Ces quelques secondes où l'on flotte entre rêve et réalité sans trop savoir où l'on se trouve.

Lorsqu'il ouvrit les yeux, Jay Thomas, treize ans, réalisa qu'il était effondré sur un banc, dans un angle de la salle des fêtes. L'atmosphère empestait l'huile de friture. Seul un quart des chaises en plastique disponibles étaient occupées. Une femme de ménage à l'air maussade pulvérisait du produit d'entretien sur le buffet en Inox placé contre un mur latéral. Au-dessus de la scène était accrochée une banderole portant l'inscription *Concours des nouveaux talents 2014, établissements scolaires de Camden*.

Constatant que ses cheveux bruns savamment hérissés, son jean noir et son T-shirt des Ramones étaient constellés de miettes de chips, il jeta un regard furieux autour de lui. Trois garçons le considéraient d'un œil amusé.

— Putain, les mecs, quand est-ce que vous allez vous décider à grandir ? soupira Jay.

Mais il n'était pas réellement en colère. Il connaissait ces garçons depuis toujours. Ensemble, ils formaient un groupe de quartier baptisé Brontobyte. Et si l'un d'eux s'était endormi à sa place, il lui aurait sans doute fait une blague du même acabit.

— Tu as fait de beaux rêves ? demanda Salman, le chanteur du groupe.

Jay étouffa un bâillement puis secoua la tête afin de se débarrasser des miettes restées coincées dans son oreille droite.

— Je n'ai presque pas dormi la nuit dernière. Ce sale con de Kai a joué à la Xbox jusqu'à une heure du matin, puis il a décidé de faire du trampoline sur mon matelas.

Salman lui adressa un regard compatissant. Tristan et Alfie, eux, éclatèrent de rire.

Tristan, le batteur, était un garçon un brin rondouillard qui, au grand amusement de ses copains, se trouvait irrésistible. Alfie, son frère cadet, n'avait pas encore douze ans. Excellent bassiste, il était sans conteste le meilleur musicien du groupe, mais ses camarades se moquaient de sa voix haut perchée et de sa silhouette enfantine.

— Je n'arrive pas à croire que tu laisses ce morveux te pourrir la vie, ricana Tristan.

— Kai est balaise pour son âge, fit observer Alfie. Et Jay est maigre comme un clou.

L'intéressé les fusilla du regard.

— Bon, on peut changer de sujet ?

Tristan fit la sourde oreille.

— Ça lui fait combien de lardons, à ta mère, Jay ? demanda-t-il. Quarante-sept, quarante-huit ?

Salman et Alfie lâchèrent un éclat de rire, mais le regard noir de Jay les convainquit qu'il valait mieux calmer le jeu.

— Laisse tomber, Tristan, dit Salman.

— Ça va, je rigole. Vous avez perdu le sens de l'humour ou quoi ?

— Non, c'est toi le problème. Il faut toujours que tu en fasses trop.

— OK, les mecs, le moment est mal choisi pour s'embrouiller, intervint Alfie. Je vais chercher un truc à boire. Je vous ramène quelque chose ?

— Un whisky sans glace, gloussa Salman.

— Une bouteille de Bud et un kilo de crack, ajouta Jay, qui semblait avoir retrouvé sa bonne humeur.

— Je vais voir ce que je peux faire, sourit Alfie avant de se diriger vers la table où étaient alignés des carafes de jus de fruits et des plateaux garnis de biscuits bon marché.

Au pied de la scène, trois juges occupaient des tables d'écolier : un type chauve dont le crâne présentait une tache bizarre, une Nigérienne coiffée d'un turban traditionnel et un homme à la maigre barbe grise portant un pantalon de cuir. Ce dernier était assis à califourchon sur sa chaise retournée, les coudes sur le dossier, dans une attitude décontractée en complet décalage avec son âge.

Lorsque Alfie revint avec quatre verres d'orangeade, les joues gonflées par les tartelettes à la confiture qu'il y avait logées, cinq garçons à la carrure athlétique — quatre Noirs et un Indien âgés d'une quinzaine d'années — investirent la scène. Ils n'avaient pas d'instruments, mais portaient un uniforme composé d'une marinière, d'un pantalon de toile et d'une paire de mocassins.

— Ils ont braqué un magasin Gap ou quoi ? sourit Salman.

— Bande de losers, grogna Jay.

Le leader du groupe, un individu à la stature de basketteur, se planta devant le micro.

— Yo, les mecs ! lança-t-il.

Il s'efforçait d'afficher une attitude détachée, mais son regard trahissait une extrême nervosité.

— Nous sommes le groupe Womb 101, du lycée George Orwell. Nous allons vous interpréter une chanson de One Direction. Ça s'appelle *What Makes You Beautiful*.

De maigres applaudissements saluèrent cette introduction. Les quatre membres de Brontobyte, eux, échangèrent un regard abattu. En une phrase, Alfie résuma leur état d'esprit.

— Franchement, je préférerais me prendre un coup de genou dans les parties que jouer une daube pareille.

Le leader de Womb 101 adressa un clin d'œil à son professeur de musique, un homme rondouillard qui se tenait près de la sono. Ce dernier enfonça la touche *play* d'un lecteur CD. Dès que les premières notes du play-back se firent entendre, les membres du groupe entamèrent un pas de danse parfaitement synchronisé, puis quatre d'entre eux reculèrent pour laisser le chanteur principal seul sur l'avant-scène, devant le pied du micro.

La voix du leader surprit l'auditoire. Elle était plus haut perchée que ne le suggérait sa stature, mais son interprétation était convaincante, comme s'il brûlait réellement d'amour pour la fille jolie mais timide évoquée par les paroles. Ses camarades se joignirent à lui sur le refrain, produisant une harmonie à quatre voix sans perdre le fil de leur chorégraphie.

Tandis que Womb 101 poursuivait sa prestation, Mr Currie, le prof de Jay, s'approcha des membres de Brontobyte. La moitié des filles de Carleton Road craquaient pour ce jeune enseignant au visage viril et au corps sculpté par des séances de gonflette.

— Pas mal, non ? lança-t-il à l'adresse de ses poulains.

Les quatre garçons affichèrent une moue dégoûtée.

— Les boys bands devraient être interdits, et leurs membres fusillés sans jugement, répondit Alfie. Sans déconner, ils chantent sur une bande préenregistrée. Ça n'a rien à voir avec de la musique.

— Le pire, c'est qu'ils risquent de gagner, ajouta Tristan. Leur prof a copiné avec les jurés pendant le déjeuner.

Mr Currie haussa le ton.

— Si ces types remportent le concours, ce sera grâce à leur talent. Vous n'imaginez pas à quel point il est difficile de chanter et danser en même temps.

Tandis que les choristes interprétaient le dernier refrain, le leader recula vers le fond de scène, effectua un saut périlleux arrière et se réceptionna bras largement écartés, deux de ses camarades agenouillés à ses côtés.

— Merci, lança-t-il en direction de l'assistance, le front perlé de sueur.

Le public était trop clairsemé pour que l'on puisse parler d'un tonnerre d'applaudissements, mais la quasi-totalité des spectateurs manifesta bruyamment son enthousiasme.

— Super jeu de jambes, Andrew ! cria une femme.

Alfie et Tristan placèrent deux doigts dans leur bouche puis firent mine de vomir. Mr Currie lâcha un soupir agacé puis tourna les talons.

— Il a raison sur un point, dit Jay. Ces types sont des merdeux, mais ils chantent super bien, et ils doivent